U0937501

何新世界史新论

何新 著

中国出版集团
现代出版社

图书在版编目（CIP）数据

何新世界史新论 / 何新著 . -- 北京 : 现代出版社，2020.1
（何新文选）
ISBN 978-7-5143-7950-1

Ⅰ. ①何… Ⅱ. ①何… Ⅲ. ①世界史—研究
Ⅳ. ①K107

中国版本图书馆 CIP 数据核字（2019）第 193416 号

何新世界史新论

作　　者：何　新
责任编辑：张　霆　哈　曼
出版发行：现代出版社
通信地址：北京市安定门外安华里 504 号
邮政编码：100011
电　　话：010-64267325　64245264（兼传真）
网　　址：www.1980xd.com
电子邮箱：xiandai@vip.sina.com
印　　刷：三河市国英印务有限公司

开　　本：710mm×1000mm　1/16
印　　张：17.75　　字　　数：266 千字
版　　次：2020 年 1 月第 1 版　　印　　次：2020 年 1 月第 1 次印刷
书　　号：ISBN 978-7-5143-7950-1
定　　价：49.80 元

目录

历史的视角

诡异的希腊史

罗马史的秘密

印度史的误读

中东古史考

欧洲史的另一种言说

俄罗斯帝国新考

历史的视角

历史学与“国民”意识

历史学并非中性学术

日本文部省一次又一次地修改其官修历史教科书，我们已多次提出抗议。日本人我行我素，完全不顾中韩等周边国家的抗议，不顾教科书事件影响其国际关系。为什么？为什么日本人不认真反思其侵略对于亚洲和中国所犯下的罪行？许多善良的国人对此颇感迷惑。作为近代日本对外侵略战争之最大受害国，我们具有一切愤慨憎怒之道德理由。

但是，从理性的立场去观察和分析，日本统治集团之所以必须为此，却是经过深思熟虑的。这种选择不仅透现出日本之政略方针的选择，而且透现出其统治集团对于历史作为国家政治意识形态之重要性的一种认知，以及日本统治集团对于通过历史教学塑造日本国民意识的极度重视。

19 世纪意大利独立运动政治家阿塞利奥曾大声疾呼：“我们创造了意大利，现在我们必须创造意大利人！”

这一思想对近代日本人影响颇大。日本著名史学家信夫清三郎在其所著四卷《日本近代政治史》中指出，明治维新的意识形态课题可一分为二：创立新“日本”；形成新“日本人”。前者是民族革命的课题，即建立与万国对峙的中央集权“国家”；后者是资本主义革命的课题，即为了动员人民的创造性和以全体意见支持国家，从而实行意识改革以形成新的“国民意识”。

由此反思，我们可以认识到，官修历史教科书是一个现代国家政治意识形态的基本内容。它涉及培育和教化每一个公民对其国家、其历史、其祖先、其民族具有认同感、自尊感、尊严感、耻辱感，亦即形成“国民意识”。

因此，历史学之所以重要，并非因为它是一门中性的所谓“历史科学”。在主观性的意义上，历史是一种意识形态。黑格尔说：“纯粹直观中的民族精神，就是在历史中所透现的普遍人性。”历史意识构成国民意识和民族精神的核心内容，关系着现代政治国家的某些根本价值。

历史认知关系到国家利益和民族利益。从这个意义上可以说，历史学乃是一门塑造民族整体人格，表述民族自我意识、自我评价和自我认知的伟大学术。

现代史学在方法论上存在问题

在1949年中华人民共和国成立之前，近代中国人为什么形同一团散沙？因为近代中国缺乏政治国家主义在意识形态上的一个系统的发育进程。自19世纪后半期以来以至整个20世纪，中国一直陷于频繁的政治革命和政治运动之中。激烈的民族斗争、阶级斗争导致了国民内部严重的政治分裂及意识形态分裂。在某种意义上，这种意识分裂导致了民族历史人格的自我迷失。

20世纪初叶，中国出现了激进的民族历史否定论。当时流行的激进观点如谓，中国五千年史是一部“吃人”史。胡适一派西化主义的“疑古”论者，则根本怀疑中国的全部成文古史体系，认为都是出自莫须有的虚构。20世纪二三十年代，当日本史学界掀起一股“中国古史抹杀论”的时候，章太炎曾说：“欲亡其族者，必先诬诋而灭其史。”痛哉，斯言也！

现代史学在历史理念及方法论上也存在严重问题。多年来中国历史学总体而言深受“左”倾阶级斗争史观的影响，具有形式主义与教条主义的特征。这种史观不仅使古代史、近代史教科书体系，显得贫乏、苍白、幼稚、薄弱，而且由于全部历史被描绘成一部“阶级斗争史”，因之古史中的几乎所有重要政治代表人物，都通过阶级分类被异化为所谓“奴隶主代表”（如周公、孔子）或“地主阶级”代表；中国历史因之而成为一部几乎没有伟人和好人的原罪史。在近几十年中，可以说，流行过的三种史观，“疑古”史观、阶级斗争史观，以及晚近颇为流行的“巫史文化”观，将中国历史特别是早期史涂抹得乌烟瘴气。

胡适说：“历史是一个任人装扮的小女孩。”的确，历史实体存在的复杂性、丰富性，以及人类认知的片面性，会导致史学解释难以避免的见仁见智的随机性（即主观性）。在一定意义上，历史解释与文学艺术一样具有自由性和创造性。但是历史与国家民族利益直接攸关。国家和民族的根本利益，要求必须限制和规范主流历史解释的这种自由和随意。

“德”具有政治历史内涵

中国历史上的政治家常常提出“德”的问题。“德”并不单纯是一个抽象的形而上的伦理概念，“德”也是一个具有丰富历史文化内涵的政治意识形态概念。

从商周时期“德”这个概念在古代政治中的起源追溯，《尚书》所谓“天监其德，用降大命，抚绥万方”“逆德违常，九州则亡”，所讲的“德”，首先是指政德，要求政治家和国民共同承担对国家、民族、社会的责任。所谓“天下兴亡，匹夫有责”，也正是体现了古代士人对于这种政治公德的自我认知。政治公德是大德，其次才是个人之私德、小德。

宋名儒吕祖谦曾指出，历史学对于政治之所以重要，是因为它可以“观国运之所以兴、衰，人事之所以成、败，人德之所以邪、正，于极微之萌芽，而洞察其所以然”（《吕东莱先生遗集》卷二十）。

中国是一个具有举世最为丰富的史典文献资源的国家。“惟殷之先，有册有典”“是左史倚相，能读三坟五典”。自虞、夏、商、周、秦、汉以来至今五千多年，中国历史文献具有一贯的线索，年次分明，从来不曾中断。世界上历史比我国古远的国家，如苏美尔、古埃及、摩揭陀（古印度）等，都没有留下如此数千年而一脉相承的系统史籍。

世界上没有一个国家有中国这样悠久系统的成文史，没有任何民族具有中国古代历史哲学和政治哲学所具有的那样悠远、深刻，富于忧患感的历史意识。这是我国历史在世界史上极可骄傲之点。

盛世修史。在当代，我们有必要重新寻求一种理性的历史认知，首先必须寻求对于民族生存、国家发展有利的历史认知，必须寻求一种新的历史哲学，以国家民族意识为本位而同时具有开阔宏大的世界主义视野。已故杰出史传家朱东润先生在其所著《张居正大传》书后曾深有寄托地说："整个的中国，不是一家一姓的事。任何人追溯到自己的祖先的时候，总会发现许多可歌可泣的事实；有的显焕一些，有的黯淡一些。但是每当我们想到自己的祖先，曾经为自由而奋斗，为发展而努力，乃至为生存而流血；我们对于过去，固然看到无穷的光辉，对于将来，也必然抱有更大的期待。努力啊，每一个中华民族的儿女！"（《朱东润传记作品全集》第一卷，422 页）

列祖列宗缔造了一个伟大的历史中国。现在必须创造具有现代民族国家意识的中国人！在某种意义上，中国在 21 世纪世界中的命运和地位，取决于这一点。

颠覆普世价值，推翻欧洲中心论

【导读】

本文是何新对德国著名学者安德烈·贡德·弗兰克《白银资本：重视经济全球化中的东方》一书的评论。何新认为，安德烈·贡德·弗兰克的这本书所开辟的视野远大且深刻。在当代史学中，这部书极具挑战性和争议，因而更显其重要，在某种意义上可以说具有革命性。此书的最大意义是彻底推翻了近代西方学院正统派（代表史学即剑桥史派）亦即共济会主流史学所一直倡导的世界历史欧洲中心论，而对1500年以来世界各地之间的经济联系做了一个气势恢宏的全新论述。弗兰克指出，在19世纪以前的世界历史中，中国曾长期处于世界贸易的中心和目的地的地位。

一个民族如同一个人，久跪在地上累不累？想在地上站起来，先要敢把眼睛睁开，脑袋昂起来。中国现状很不好，但也并非那么差。中国当前有严重问题，但西方共济会所推荐的经济政治招法，招招会让中国死得更快。中国的问题，只能靠中国人用中国的方法解决。

反复读了两遍安德烈·贡德·弗兰克的这本《白银资本》一书，深感其视野远大而且有些论点颇为深刻，值得推荐。自然，天下哪有终极的或者人人都认同的普世真理？有人说“人都要吃饭”，这总是一条普世真理吧？可是每年不见有许多人就是放弃吃饭主动绝食而死。真理也是一种选择，而我的选择就是要颠覆文艺复兴以来输入东方，现在已经成为许多国人之下意识的欧洲中心论。

在当代史学中，弗兰克的这部书一出版就因其挑战性而爆发争议。但争议算什么——上帝的存在都有争议，有争议才更见其意义。

我欣赏此书的意义所在，就是作者作为西方人——放弃其奴视东方的文化特权而挑战了近代西方学院史学主流派（代表史学即剑桥史派）——也就是共济会主流史学所一直鼓吹的历史欧洲中心论。以此为着眼点，此书对近代自公元1500年以来世界各地之间的经济联系，做了一个气势恢宏、别开生面的全新而宏大的叙事。

我所特别认同的，是弗兰克此书中的这样一种观点——在19世纪以前的整个世界历史中，中国曾长期处于世界贸易的中心和目的地的地位。

如果我们鸟瞰式地回顾一下世界历史，会注意到，世界旧大陆从经济地缘上可以分为三大板块：

1. 东方板块，即以黄色人种的华夏文明为中心的东亚农耕人类板块。

2. 中央板块，即以黑、白、黄色人种混血的苏美尔（“粟末”，高加索人种）为代表的波斯—匈奴—突厥／土耳其—阿拉伯—蒙古板块，这是中亚和西亚、中近东区域游牧与商业民族驰骋活跃的草原大漠的人类活动板块。

3. 西方板块，白色盎格鲁－撒克逊—高卢—日耳曼和维京人种的渔猎以及农牧猎混合民族活跃的欧陆丘陵、森林和海洋区域的人类活动板块。

大约在1万年前，新兴农业技术和种植与养殖文明兴起于中央板块，并向东传播。在公元前3000年—2000年之间，东方板块成为新兴农业技术发达的文明中心，建立了强盛富庶的东方农业统一大国。

而中央板块因人类活动过度和气候干燥化导致的荒漠化扩大，引发了巨大的人口流动和商业交易运动，东方的富庶农业地区成为中央板块与西方板块从事生存物资国际交换的主要目标地。

在全球贸易和资本的流动中，中近东地区的商业资本，特别是犹太商人和犹太资本，始终是全球商业贸易和金融资本的来源与中心。

尽管中国历史上不断有防止资源外流、人口外流和形成资本力量挑战中央集权的“抑商”政策和“禁海”政策，但是不断地抑制和封锁——恰恰表明这种势力始终存在、影响及威胁之强大——商业文明在汉唐以后的中国历史中所发生的影响和作用，大大地超过目前国内史学的认知。

中国历史上除了西北部的丝绸之路，还有以北京为起点穿越辽东走廊和西伯利亚，以大同为出发点穿越张家口、内蒙古、西伯利亚通向俄罗斯和欧洲的北线茶马古道，以宁波和泉州为出发点的两条海上丝茶之路，以四川成都为出发点通过云南的茶马古道进入印度通向阿拉伯和欧洲的西南贸易通道。中国与西亚、南亚及欧洲的交通史，远比现在人们所了解的更早得多。

例如，唐代的安史之乱，安禄山（东胡）势力的兴起，就与当时北京作为北方与欧洲交易中心因而藩镇经济实力的不断增强有重要关联。

正是为了保持对华贸易的顺畅进行，中世纪晚期的犹太共济会资本在葡萄牙、西班牙王族支持下，发起了地理大发现和大航海运动。美洲被发现，印度的殖民化，都是以中国为目的地的大航海运动的副产品而已。

在几千年的世界历史中，中国的确一直是世界的中心——中央之国。因此，与西方学术界多数人的看法不同，在弗兰克的历史分析中，中国在工业革命前的经济史中占据着极其突出和积极的地位。

弗兰克认为，一方面中国需求白银（何新按：大多数的白银与黄金长期以来都控制在中西亚的古波斯、突厥资本和欧洲的犹太资本手中），另一方面欧洲需求中国商品，这二者的结合导致了15世纪以来全世界的商业市场扩张，新地理发现、宗教改革和近代欧洲资本主义的兴起。

弗兰克认为，我们在其中生活的这同一个世界体系至少可以追溯到五千年以前，我们并没有生活在一个和所谓“启蒙运动”以及“工业革命”前的世界截然不同的世界体系里。换句话说——资本主义、市场经济都并不是什么新鲜事物，古已有之！从这一点来说，弗兰克实际上彻底否认了所谓资本主义文明具有特殊的“现代性”的理论。

弗兰克认为，资本积累过程几千年来在世界体系中一直发挥着主要作用。它被共济会学院派理解为一种“现代生产方式、现代生活方式和现代文明”的资本主义——实际上是虚构的，或者用弗兰克自己的话来说，它不过是一个被虚拟而编造出来的“欧洲中心主义神话”。在弗兰克那里，由启蒙时代以来的西方共济会学院派所虚拟的关于现代资本主义市场制度及其全部神话（包括资本主义民主性的神话）的合法性，在理论和价值观念上，都被从根本上质疑甚至颠覆。

欧洲之所以最终在 19 世纪成为全球经济新的中心，是因为欧洲——应当说是欧洲的犹太资本征服了拉丁美洲并占有其贵金属，使得欧洲获得了进入以亚洲为中心的全球经济的机会，才使欧洲此后有可能站在亚洲的肩膀上。

为了阐述他的观点，弗兰克广泛利用了现代学者的研究成果，包括研究亚洲和欧洲经济史的专家的最新成果。如把这种新的视角与对犹太金融共济会的研究相结合，会对近代世界与中国的历史产生一系列崭新的认识。

美国远东战略的近代渊源

近代美国的民族精神

读近代美国的开拓史，令人不得不产生钦佩：美国的确是一个伟大的国家，这个民族的确是一个卓越的民族。尽管它的历史年龄极为年轻，其种族来源也绝非纯一，而且这种钦佩绝非是因为美国的制度。我所钦佩的是美国立国以来百年如一、贯彻始终的一套国家发展战略，也是这个国家的创始者们那种俯瞰历史、面向未来的远大抱负和眼光，更是近代美国卓越的思想家们对于美国命运和世界使命那种明哲而富于实用主义的洞察力，以及其政治家们对于美国国家利益的忠诚、信念以及贯彻其国家战略和目标的坚定决心。

《美国历史故事》的编撰者卡里金斯（C. C. Calkins）曾说："如果说绝大多数美国人都有一种共同的品质的话，那就是，他们的目光始终面对着前方，遥望目力所及以外的远方，关注着在视野那一边的远景，而且敢于迈开脚步奔赴那未知的前程。"（*The Story of America*，New York，1975）

走向远方，征服他们，这就是近代美国人的民族精神。在我们的汉唐鼎盛时代，在刘彻、李世民、张骞、苏武、司马迁、卫青、霍去病、李靖身上我们也曾见到过这种富于想象力的开拓精神。但在近代史中，这种精神却已久违了。

将目光投向太平洋

在世界历史中，从来没有任何国家的领土扩张具有美国在近 200 年中所达到的那种规模和速度。卡尔金斯说："开国元勋们中恐怕没有任何人在签署 1787 年独立宪章的时候会预见到，美国的版图不久将可以推展到密西西比河以西。"

美国独立时只有 13 个州，全部领土不足 300 万平方公里。1800 年，美国总统杰斐逊从拿破仑一世手中以每英亩约 25 美分的惊人低价购进了现在属于美国西部路易斯安那的一片土地。这块土地原来属于西班牙，后来归属法国，其中包括森林、草原、平原、河谷和山脉。这样一来，美国的国土扩大了一倍有余。

1846 年，美国从印第安人手中获得了俄勒冈，不久又获得了加利福尼亚。1867 年，美国从俄国手中廉价购买了阿拉斯加。1898 年，美国兼并太平洋中部的夏威夷。到 19 世纪中叶，北美洲的整个太平洋西北部都已并入美国版图。美国领土比开国时扩大了三倍多，其中有三分之一（90 万平方英里，1 平方英里约为 2.6 平方千米）得之于战争。美国人把这一连串幸运的机会称为令美国走向"强大的命运"（Manifest Destiny）。

从这时开始，美国战略家们就将目光投向了太平洋。自 1846 年以后，在美国战略思想家中已普遍形成这样一种意念，认为美国的使命必须跨越太平洋而向东方扩展。林肯总统的国务卿西沃德提出：美国的使命是"在太平洋沿岸同东方文明相会"。1852 年，他在一次著名的参议院演说中提出关于"被亚洲平原划分成东西的两大文明的冲突与融合"问题（早于亨廷顿文明冲突论 140 年）。他指出，在不久的将来欧罗巴将要衰退，然而，"以太平洋盆地为中心的沿岸和岛屿这一广大地区，在伟大的世界未来中，必将成为发生各种伟大历史事件的主要舞台"。

东亚形势对美国利益攸关

但是，在 1840 年，美国资本主义正面临着不容乐观的问题。英国作为"世界工厂"，把大量商品运进美国市场。到 1857 年，加利福尼亚金矿所产黄金的一半，都要用来偿还美国对英国的贸易赤字。美国当时仍然是一个农业国，它向英国和欧洲出口的商品，并不是工业品，而是小麦和面粉。为了开拓美国工业品的出口市场，美国领导人将目光转向了太平洋对岸的亚洲。美国战略家意识到，英国、法国、西班牙、荷兰等国家在近代之所以强盛，是因为拥有东方。印度与中国，对英国产业革命起到了极其重要的作用。扩大对亚洲贸易，被美国政治家认为是美国资本主义发展迫在眉睫的紧急课题。

1840 年，美国总统派遣佩理将军（M. Calbraith Perry）率军舰首航日本。

1844 年，美国与清政府签订《中美望厦条约》，为登陆中国提供了条件。

1852—1853 年，美国舰队以武力进行威胁，强迫日本实行门户开放。

1856 年 3 月，佩理在美国地理学统计学协会发表的演说中，对 20 世纪的世界做了如下的展望。

"……我们美国人民应当思考，怎样扩大领土和权力，从而把撒克逊人安置于亚洲的东海岸。我还想到，美国的强大竞争者也将要向东和向南扩张，把权力扩大到中国与暹罗的海岸，相互对立的自由主义与绝对主义（Absolutism）的代表者，一旦不可避免地相遇，终会在举世瞩目中发生大规模的争斗……巨人们正在东方崛起，东亚形势对美国利益攸关。"他还指出，"我们应当具有一种远略，让太平洋及其周边盆地成为美国平静的内陆湖泊。"

这些话，发表于约 150 年前。

美国全球战略具有总体和一贯的设计

19 世纪末美国全球战略设计师马汉（A. T. Mahan）在其名著《海权论》中指出，中国在美国的太平洋战略中居于中央枢纽的核心地位："必须重申的是，当前的主要利益焦点是中国，它幅员广大又正处于动荡之中。另外，在中国四周还有着其他陆上及海上的富庶地区，它们构成了从爪哇到日本的东亚世界。既然当前的世界历史正处于十分关键的时期，而中国的变化趋势也处于一个将决定未来前景的转折点，那么对美国来说，完全有必要认真考虑中国应扮演怎样的角色，并如何为此做好准备。"可以说，19 世纪佩里及马汉等战略家的上述思想，影响了整个 20 世纪美国的外交基本政策。

在第二次世界大战中，美国击败了日本。战后中华人民共和国取得了统一和独立，从地缘战略的角度看，意味着在太平洋盆地一个强大主权国家的崛起，这是美国的一些战略家所不愿意看到的。由此我们才能理解为什么后来会发生朝鲜战争、越南战争，以及美国近几十年来的全部台湾政策。“这实质上是一场为争夺欧亚大陆边缘地区沿海地带控制权的斗争。”（H.R. 尼科耳,《战争与和平的地理学》）

丘吉尔说过：“一切历史都是当代史。”不读近代美国兴起的历史，就不会了解美国政治家对于全球战略始终具有总体和一贯的构想与设计；以及为什么 200 年来，这个国家在战略上始终能做到兵无幸胜，算无遗策。我们中国人，难道不应当从这里学习到一些东西吗？

诡异的希腊史

诡异的希腊古文明

希腊文明说起来好辉煌，但其真实的存在却又好诡异，似乎是一个幽灵文明。

不同于美索不达米亚、亚述、巴比伦、华夏以及罗马，都有层层叠叠的考古发现和可靠文献相互支撑，证实其存在。希腊文明基本是被宣传——吹出来的，实物多数并非直接出土（除了少数残留建筑的断壁残垣——这个比起中东和罗马的残留建筑也显得小气得多）。希腊文明完全是文艺复兴时代及以后在西方被指认的。几乎所有现存的史诗、文献包括哲学著作都是来自第二手、第三手的，据说全部都来自中东阿拉伯地区——鬼知道是真还是假。

问题在于，如此一个强大、伟大、辉煌灿烂的古文明，为什么在相邻的阿拉伯人、中东文献中并不见痕迹和描述。这些地区的文献中丝毫不见记载希腊文明，也并没有真正能对应的考古发现。西方关于希腊的种种说法、描述和吹嘘，与外部史料完全不接榫。比如，著名的影响重大的希波战争，据说横跨欧亚非三洲、幅员辽阔远达印度逼近喜马拉雅山的亚历山大帝国——我们却找不到波斯方面、阿拉伯方面、印度方面和中国方面的任何文献、回忆录或者记述，所有听到的都只是文艺复兴以后西方人的一面之词。

就是在欧洲，在整个中世纪也没有任何教皇、国王或者宗教家知道希腊、吹捧希腊、尊崇希腊，没有任何经院哲学家研究希腊，除了柏拉图和亚里士多德少数著作。然而究竟亚里士多德算不算希腊人还是可以争论的。唯一肯定的是，亚里士多德绝对不是雅典人。

就是因为中古欧洲不知道希腊文明，所以 1000 年漫长的中世纪时代才被称为“黑暗的中世纪”。而后，突然来了个文艺复兴。意大利那几个当时欧洲最有钱的商人和银行家家族——他们主要是犹太人或者改宗犹太人，宣传他们买到了来自十字军的重要希腊文物和作品。于是，在那几个主要是被犹太商人（共济会）的“议会”控制下的城邦中，希腊文明突然地被发现了。

其后，就是大批的艺术品：彩陶、雕塑，文学和历史、自然、哲学作品，轰轰烈烈地出现，简直令人目不暇接——当时可没有碳 14 和热释光的考古鉴定技术，几乎可以说什么是什么。从此，古希腊文明成为欧洲大学的显学，光彩灿烂，照亮了新世纪的前程。而那些大学的出资者是谁呢——犹太人和改宗犹太人的商人和银行家。

此后，欧洲就出现了一种整体反抗现世主流基督教及拉丁文明的新文化传统——这就是人文主义、自然主义、自由主义和自治共和的民主主义，而这一切的源头据说都是来自希腊。上帝说：需要光，就有了光。历史说：需要希腊，就有了希腊！于是，神圣罗马帝国和基督教文明从此摇摇欲坠。一切近代美好的东西，都已经出现在古代的希腊——希腊可谓应运而生。这就是文艺复兴！

文艺复兴做的铺垫是为了准备宗教改革，教权被打破了，接着就是启蒙和大革命，王权和贵族被颠覆了，然后向银行家和商人们（第三等级，所谓“市民”权力）投降了——一种新的共治形态出现了。

一切都从古希腊开始，而古希腊也提供了意识形态上所需要的一切。

但是现实中的希腊，当时和现在又究竟如何呢？又穷又破、凋敝不堪，至今仍保持着王政——一点也看不出来这个荒凉偏僻的小国数千年前曾经有过那么神奇、神圣、辉煌的古文明。那么，近代现代的考古发掘又如何呢？业绩寥若晨星。好像往古文明的种种遗物和遗存也与那个神奇的大西岛一起都沉到大西洋中去了。

我认识一些希腊人。其实许多现代希腊人并不知道他们的祖先多有文化，数典忘祖，并不亚于中国。

那么真相究竟在哪里？好一个诡异而伟大的古希腊。

古希腊语言与文字的东方来源

古希腊语言来自小亚细亚地区的爱欧尼亚，古希腊字母源自腓尼基字母。对此西方希腊学者也无异议。

腓尼基字母从右向左写。因为希腊人的书写工具是泥板和蜡板，有时前一行从右向左写完后顺势就从左向右写，变成所谓“耕地”式书写，后来逐渐演变成全部从左向右写。字母的方向也颠倒了。后来罗马人引进希腊字母，略微改变为拉丁字母，在中世纪世界广为流行。

腓尼基语是古代中东沿海地区的语言，这一地区古埃及称“Pūt”，希伯来、埃及称“迦南”，拉丁人称“腓尼基”。

迦南地（英语：Canaan，希伯来语：כְּנַעַן，希腊语：Χαναάν，阿拉伯语：كنعان）很有名，原意为“低”，指沿海低地。

这是一个古代中东地区的名称，大致相当于今日巴勒斯坦—以色列和加沙，加上临近的黎巴嫩和叙利亚的临海部分。这块地方在《圣经》中是耶和华特许给犹太人的土地。

犹太民族最早是两河流域的游牧民族，亚伯拉罕带领家人进入迦南地。传说的时间是在公元前 2086 年，相当于中国夏朝禹的时期，中东地区文明处于青铜时代。

亚伯拉罕是犹太教、基督教和伊斯兰教三教的先知。

腓尼基语属于闪含语系闪米特语族，现存语言中与腓尼基语最接近的语言为犹太—希伯来语。希腊字母便是以腓尼基字母改造而来。因此，古希腊语在语言系属上应当被归类为亚非语系的闪含语族，而不应被归入印欧语系。

文艺复兴时期共济会思想家颂扬希腊文明的目的之一，实际是间接地暗示希腊文明的犹太来源，颂扬犹太古文明。因为犹太文明是小亚细亚的爱欧尼亚——希腊文明的根。

希腊字母对希腊文明乃至西方文化影响深远。《新约》中的神说："我是阿拉法、我是俄梅戛（欧米伽）。我是最先的、我是最后的、我是初、我是终。"（圣经启示录 22：13。）在希腊字母表里，第一个字母是「Α，α」（阿尔法），代表开始；最后一个字母是「Ω，ω」（欧米伽）。

原始希腊语是假定的所有已知希腊语变体的公共祖先。古希腊语来自小亚细亚的爱奥尼亚方言，原始希腊语可能在公元前 3000 年—前 2000 年使用，传入迈锡尼，迈锡尼人在大约公元前 21 世纪—前 17 世纪进入了希腊半岛（实际这都只是推测，史料及考古均无据，因此这个时期被西方称作希腊史上的"黑暗时代"[1]）。

总之，后来出现的希腊（雅典、斯巴达）文明，其种族起源、语言和文字的起源，都不是如国人主观想象那样似乎来自北欧、西欧的白种人，而是来自东方的小亚细亚和中东地区的黑色、褐色（混血）或黄色人种。

文艺复兴以后的西方白种人夸大了希腊文明的意义，伪造了许多文史典籍和传说，并且完全夸大了希腊文明对于人类的意义。这些结论，并非武断而是来自颠扑不破的铁的事实！

1. 希腊黑暗时代（Greek Dark Ages，约前 1200—前 800 年）是指希腊历史中从传说的多里安人入侵和公元前 13 世纪迈锡尼文明覆灭直到公元前 9 世纪，也就是希腊传说中的第一个城邦的崛起和荷马史诗所描述的年代，所谓神话"英雄的时代"。公元前 1200 年左右的黑暗时代，这段时期有关希腊文明的历史记载和考古资料几乎是真空。西方考古学者认为在这一时间段中东地中海区域的文明似乎湮灭了，包括迈锡尼文明的宏伟的宫殿和城市也被不明原因地毁坏或放弃了。

《雅典学院》：被篡改的拉斐尔名画

据说欧洲文艺复兴时，意大利“艺术三杰”中年龄最小的拉斐尔（1483 年—1520 年）曾经画过一幅著名的名画《雅典学院》（*The School of Athens*），表现的是古希腊时期百家争鸣、学者相互切磋的景象。

这是如今普遍的说法，见于各种百科全书、辞海以及学校课本，人人信以为真。关于这幅画流传许多故事，无数中国学者，对此画顶礼膜拜，叩头不已。

“雅典学院”见下图：

局部：

图中人物据近代西方人的说法，分别为：

1——芝诺：爱利亚哲人。

2——伊壁鸠鲁：哲学家，快乐主义者。

3——原子论者：德谟克里特。

4——中世纪晚期西班牙的阿拉伯学者阿维洛伊（毕达哥拉斯后方头缠白巾伸头向左看的老者）。

5——毕达哥拉斯：数学家。

6——亚历山大：军事家，马其顿国王，亚里士多德的学生。

7——安提西尼：犬儒学派的创始人。

8——希帕提娅：女数学家。

9——色诺芬：军事家与文史学家。

10——巴门尼德：存在论思想家。

11——苏格拉底：哲学奠基者之一。

12——赫拉克利特：爱非斯哲人，脸部原型为米开朗琪罗。

13——柏拉图：苏格拉底的学生，头像以达·芬奇为原型。

14——亚里士多德：哲学奠基者之一，柏拉图的学生。

15——第欧根尼：古希腊犬儒学派学者。

16——关于这位人物异说最多，有人认为是普罗提诺（Plotinus c. 204/5 –270）。有人认为是中国的孔夫子。也有人认为是阿拉伯哲人金迪（al-Kindi，公元 801

年—873 年)。

17——欧几里得：数学家。

18——琐罗亚斯德：波斯琐罗亚斯德教（又称拜火教）创始人。

19——托勒密：手持天文仪者，天文学家。

20——黑帽者为拉斐尔，拉斐尔身旁白衣少年是当时教皇的侄子乌尔宾诺公爵。

注意：图中右侧字母 R 可能是印度哲人商羯罗，字母 R 右下角黑衣戴帽男子即拉斐尔本人。

旁边的绿衣者是阿拉伯哲人阿维森纳（Avicenna)。

梵蒂冈教皇图书馆的环绕油画：

所谓的《雅典学院》的原图，绘制在梵蒂冈教皇的办公室和私人图书馆，现在被称为梵蒂冈的拉斐尔展室。

16 世纪初，负责圣彼得大教堂与梵蒂冈宫的总建筑师是拉斐尔的叔父布拉曼特。他为了让拉斐尔来罗马一显身手，说服了教皇尤里乌斯二世，请这个年仅 25 岁的画家前来罗马完成教皇办公室（包括图书馆）内一系列壁画。

按照教皇的意图，在这间办公室内绘制的壁画有一个总主题，即赞誉天主教及其首脑们，这意味着用富丽堂皇的壁画来宣扬罗马教权的威望。所有壁画的内容都必须涉及罗马教廷的历史，并且要把尤里乌斯二世及其继承人利奥十世的肖像画进去。

按照这种要求，拉斐尔来到罗马后，对四面墙上的壁画做了认真的思考。这间里室内本来已有名家壁画，除极小部分外，几乎全部被翻新重绘，全部绘画的绘制期自 1508 年至 1524 年才告完成。拉斐尔于 1520 年突然去世，故部分作品并未完成，是由后人（吉昂弗朗斯科 · 班尼、朱利奥 · 罗马诺和若弗琳诺 · 迪 · 库里等）继续绘制的。

拉斐尔的这幅画的本来主题是“教义的辩论”，这是拉斐尔为教皇宫的教皇私人图书馆绘制的一幅表现经院哲学传教和辩论内容的画作。该画创作于 1509 年—1511 年。在此画正对面，是另一幅天主教题材的画“圣典的辩论”。两画对称，用以表明“启示的真理”（宗教）与“理性的真理”（哲学）的平衡。“教义的辩论”的油画与“圣典的辩论”正相呼应。

《圣典的辩论》，这幅壁画与《教义辩论》本应都属于罗马梵蒂冈宫教皇图书馆的《神学》主题。拉斐尔用基督教会展开对圣体的“学术研究”的形式来展现一幅宏伟的多人物场面。所谓“圣典辩论”是基督教的“圣事”。但天主教、东

正教两者仪式不一样，画家在这里描绘的是基督教中三位一体的神圣不凡与神父们在隆重圣事上谈论圣典细节的场面。这里有作为圣餐（即圣体）象征的圣饼，它放在全幅构图中间的祭坛上。画上展开的事件共分两大层次，即两个不同场面——人间与天上。在天上，象征圣父的形象是在圆拱形画面的最高处，两侧有诸神与天使长加百列；在他的下面是处在光芒万丈的圆形光环之中的耶稣，他以裸体形象展现。在耶稣两边，是圣母与施洗约翰，在耶稣的云彩下有一球形，内有一只鸽子，它是圣灵的象征，如此来构成三位一体（即圣父、圣子、圣灵）。《圣经》中所述的各路先知与使徒们分坐在两侧，气势十分庄严，脚下彩云翻滚，形成一个天上人间的大间隔。在这一长条的浮云下面，乃是数量众多的人间著名人物形象。这里有神父、主教、祭司、老人和年轻人，画中可以找到但丁、萨伏纳罗拉、虔诚的僧侣画家安哲里柯等历史人物的面容。

如同《圣典的辩论》的作品中有但丁等人物的面相，“教义的辩论”画中被描绘的人物中，也有两位文艺复兴时期的名人达·芬奇（1452 年—1519 年）和米开朗琪罗（1475 年—1564 年）的面相。此画内容其实与所谓希腊的“雅典学院”无关，而是描写中世纪后期经院哲学与各种异端思想的交会和辩论。

此画中既有一些天主教的经院学者，也有拜火教徒（琐罗亚斯德）、印度教徒（商羯罗）以及头戴大头巾、身穿绿袍的阿拉伯学者阿维森纳（Avicenna）和西班牙的阿拉伯学者阿威罗伊。甚至有人认为上图中的红袍者也许是中国的哲人孔夫子。但是无论如何，这些东方哲人和波斯的拜火教领袖琐罗亚斯德，都绝对不可能出现在古代希腊的所谓“雅典学院”中。

此外拉斐尔这幅画描绘的建筑背景也不是雅典的建筑，而是罗马的圣彼得大教堂：

由此可见，拉斐尔这幅世界名画的真正主题，并不是描写什么希腊的雅典学院，而是描写文艺复兴时代人类哲学的交会与大辩论——教义辩论。这幅画中，拉斐尔把不同时期的人全都集中在一个空间，古今 50 多位不同学派的哲学家、艺术家、科学家荟萃一堂，进行讨论，表现对人类智慧的赞美。整个背景和构图，采用透视法以二度空间呈现三度空间的纵深，如同舞台空间一样。

实际上，此画中的人物大部分是虚拟的——未能最终完成这幅作品的拉斐尔本人，从来没有对人说明这幅画中每一个人像所代表的人物。至于后来所有关于此画中人物的命名和传说故事，都是出自后人的猜测和假设，特别是那些被比附的所谓古希腊哲人。实际上，画中很多人物的身份至今仍无定论。

将此画改名称为“雅典学院”是在 17 世纪末的事情。确切地说，该画是在 1698 年之后才被称为“雅典学院”的，改名时间距拉斐尔创作此画的时间相距已经接近 200 年。

最早将这幅油画改名称作“雅典学院”（Georgio d’Atene）的人，是 17 世纪的意大利学者贝洛里（G. P.Bellori，1613 年—1696 年），他是教皇图书馆的管理员。他于 1695 年的一篇文章中首次提出这幅画应称为“雅典学院”（Liceo d’Atene），并且赋予了画中一些人物以希腊人的名称。由于拉斐尔的这幅作品在他生前并没有完成，很可能由修补此画的后人伪造了此画某些局部的细节。[1]

1. 以上背景资料可参阅英格丽德·罗兰（Ingrid Rowland）撰写的《雅典学院的知识背景：在朱流斯二世的罗马中探寻神医》，马西亚·霍尔（Marcia Hall）主编的《拉斐尔的雅典学院》，剑桥，1997 年，第 150 页以及注释第 56。哈里·B. 古特曼的文章《拉斐尔壁画雅典学院中的中世纪成分》（期刊《思想史》第 2 卷第 4 期，1941 年 10 月，第 420–429 页。

为何焚毁亚历山大图书馆?

【何新按】

必须指出:以下所述皆非可信的实在历史。如同西方史学关于埃及、希腊的多数历史叙述一样,关于马其顿帝国以及亚历山大大帝并不存在任何可信的古代成文历史。其近代考古亦不乏伪造物,其对考古发现的解释和文字破译都极其可疑。以下叙述转自西方不可信的史料,姑妄存之而已。

据说公元前4世纪中叶希腊半岛兴起了一个野蛮帝国——三代蛮族专制王者击败民主自由的雅典诸城邦——据说当时希腊人眼中与今天英美等国一样盖以“普世价值”作为划分野蛮与文明的准则,不民主、不自由、不普世的都是蛮族——而北部巴尔干的马其顿人既非与希腊人同文,也非同种,更不普世所以都是蛮族。但是在这个马其顿蛮族的两代菲利普王和后生小王亚历山大的打击下,以雅典为首的希腊同盟被击败被征服,终于不得不解散同盟对专制王权俯首称臣。野蛮人亚历山大在历史上第一次统一此前小邦林立除了斯巴达外都号称民主典范的希腊诸城邦,而成为亚历山大王国的属地。(这一段以后的帝国历史,在英国19世纪最强大的希腊史家格罗著有名著14卷《希腊史》笔下是希腊耻辱的历史。)

然后亚历山大挥师东进,击败波斯,灭亡波斯,占领埃及,于公元前332年驻跸至埃及的亚历山大港湾——此后这个港湾即以“亚历山大”命名并建筑城市,这就是埃及的亚历山大里亚。

据说亚历山大大帝南征北战十余年，建立了一个横跨欧亚非的庞大帝国。这个帝国以马其顿先统治的希腊半岛文化为统治文化。而亚历山大建立的这个马其顿帝国，也被西方史家称为“马其顿的大希腊帝国”——19世纪的西方史家为了更加突出这个帝国具有的希腊文化色彩发明了一个新词——“希腊化时代”。

半人半神的马其顿神王亚历山大大帝

但是在亚历山大大帝死后，马其顿大帝国陷入分裂。亚历山大手下的埃及总督托勒密在埃及建立了一个托勒密王朝，继续以亚历山大里亚作为王朝的首都。

亚历山大里亚在历史上的著名，主要是由于两大奇迹，一是亚历山大港口的灯塔，被誉为古代世界七大奇观之一。另一个就是在亚历山大里亚建立的图书馆。

据说，埃及托勒密王朝对西方科学后来的发展意义极其重大，它的最大的贡献是建立了当时世界上最大的学术中心——缪赛学院，后来英语的“博物馆”（Museum）一词即来源于此。亚历山大里亚的图书馆就是缪赛学院的图书馆。在这个学院和图书馆之中，据说集聚了美索不达米亚文明以来亚洲两河流域数千年古老文化的结晶知识和智慧，其中可能也包括来自小亚细亚——爱奥尼亚和希腊半岛的知识和智慧。

据传说：托勒密王朝二世国王乌基曼迪亚斯主持兴建了亚历山大图书馆的巨大工程。修建亚历山大图书馆的目的是“收集全世界的知识之书”，实现“世界智慧总汇”的梦想。

图书馆建成后，王朝出重金让缪赛学院雇用了一大批抄写文书的人员，主要以埃及的纸草为媒介，誊抄来自古埃及、古巴比伦、古波斯和希腊的文献。所使用的文字主要是希伯来文字和部分的希腊文字。

为了广泛收集书籍，据说托勒密王朝有命令，所有到达亚历山大港的船只都要被检查，船上携带的文书一律收缴检验，由亚历山大图书馆派员抄录，留下原件，将复制件奉还原主。

就这样，亚历山大图书馆拥有了数量浩繁的藏书，据说最多时藏书达到50万—70万卷。可以这样说，地中海沿岸地区古往今来所有重要文献几乎都汇聚到亚历山大图书馆。这里也就是集大成的西方知识源泉之所在。

据欧洲文艺复兴时代流传的一种传说，在全盛时期的亚历山大图书馆中，藏书达到约540000纸草手卷，其中既包括东方著作也包括希腊半岛学人的全部著作——诸如古希腊三大悲剧作家欧里庇得斯、埃斯库罗斯和索福克勒斯的手稿原本，荷马的全部诗稿，包括《几何原本》在内的小亚细亚数学家欧几里得、毕达哥拉斯等的许多真迹原件。[1]早在公元前270年就提出了地圆论和日心说理论的天文学家托勒密的著作；有西方医学奠基人之称的希波克拉底的许多著述手稿；第一本希伯来文本的《圣经》旧约摩西五经及其希腊文的译稿；还有亚里士多德和物理学者阿基米德的手迹。

17世纪的欧洲铜版画：亚历山大图书馆。

1. 文艺复兴后有一则传说讲到，当时古希腊三大悲剧作家欧里庇得斯、埃斯库罗斯和索福克勒斯的手稿原本收藏在雅典。托勒密三世得知后此事后便设了一计，以制造副本为由先用一笔押金说服雅典破例出借，可据说最后归还给希腊的实际上是复制件，而真迹原件却被送往亚历山大图书馆了。

据说，“地理学之父”托勒密曾被委任为亚历山大里亚图书馆的馆长。

除了全部埃及著作外，古埃及、古巴比伦和古希腊的大批哲学、诗歌、文学、医学、宗教、伦理及其他古老的东方学术均有大批著作品收藏于此。

另外，由于四方学者纷纷云集此地，使缪赛学院和亚历山大里亚图书馆享有“世界智慧之源”的美名，在整个地中海世界传播文明数百年。

但是据说，在后来的三场浩劫和焚书灾难中，亚历山大图书馆被彻底地毁灭了。

第一场浩劫发生在公元前 48 年，罗马统帅恺撒在法萨罗战役中获胜追击庞培进入埃及，作战时放火焚烧敌军的舰队和港口。这场大火蔓延到亚历山大里亚，致使图书馆遭殃，全部珍藏过半被毁。

第二场浩劫是由罗马独裁者恺撒发动的征服埃及战争，这次战争灭亡了托勒密王朝，乱兵也劫掠和焚烧了亚历山大里亚图书馆。

另一场更大的浩劫是公元 4 世纪罗马帝国皇帝狄奥多西一世发动的宗教战争。

公元 379 年，狄奥多西一世就任罗马帝国皇帝。他颁布敕令，将基督教定为国教，要求所有臣民成为基督教徒。公元 391 年，他下令拆毁亚历山大城所有异教教堂和庙宇，包括传播异教徒思想的亚历山大里亚图书馆。

亚历山大城的基督教大主教圣·狄奥菲鲁斯带领狂热的基督徒将萨拉贝姆神庙夷为平地，缪赛学院及其图书馆也被放火焚烧。

从此，有六百多年历史的亚历山大图书馆被毁灭而基本荡然无存了。

但随后据说还发生了又一场劫难。公元 7 世纪，阿拉伯帝国在阿拉伯半岛崛起。642 年，阿拉伯军队在阿慕尔·伊本·阿斯率领下攻占亚历山大城。

三年后，拜占庭帝国派兵收复亚历山大城。随后，阿慕尔奉命再次出征，于 646 年初再次占领亚历山大城。于是他又一次焚烧了这里的图书馆。

据说，阿慕尔占领亚历山大城之后，一位与他相识的学者表示，希望得到亚历山大图书馆流散民间的图书。

阿慕尔的回答是：“把所有书审查一下。如果其内容与《古兰经》相同，就无须保存。如果相悖，也无须保存，予以销毁。”阿慕尔下令，将所有从民间收集到的流散馆藏图书交给城里的 4000 多个公共澡堂作燃料，足足烧了 6 个月之久。这样，比秦始皇焚书坑儒还惨烈，民间壁藏的最后的少量古书也被收缴而彻底焚毁了——这包括所有的希腊人的手稿。[1]

但是，如果历史果真如此，那么欧洲人声称文艺复兴后出现的大批希腊、罗马以及阿拉伯人的著作，又从何而来呢？

【附录】

亚历山大港、图书馆和灯塔在古地理学意义上不存在

据地理学家陈中原教授的论文《尼罗河三角洲全新世海平面变动及其对环境的影响，与长江三角洲的对比》[2]：

“距今 2000—3000 年，（尼罗河）三角洲平原上的潟湖已基本成型，但它们的规模远比现今大得多。据大量钻孔资料分析可知，这些潟湖的南界（也就是最大海侵范围）可继续向南延伸 10km—30 km 不等，横向也远较现代扩展得多。例如三角洲平原中部的布鲁卢斯潟湖曾经向东扩展至达米亚德河的西侧（钻孔 S40—31 处），平原西部的伊德库渴湖西区都曾是潟湖环境（钻孔 S73—76 处）。”

程碧波副教授近期指出，地理学家指出古潟湖及沼泽的这个位置，基本就是西方所说的亚历山大港口以及灯塔和图书馆所在的位置（约北纬 31°，东经 29°）。

因此，这个地理探测报告具有重大的历史学意义。

也就是说，所传说的亚历山大港、灯塔以及图书馆的位置，在距今 3000 年—2000 年，那里曾经是潟湖以及沼泽区域。

另外，美国地质学家 D.J.Stanley 和 A.G.Warne 对过去 35000 年来尼罗河海平面变化、气候振荡、沉降和运输过程的相互作用所做研究[3]，以及 Hadeer Sheashaa、赵小双、Alaa Salem、刘演、赖晓鹤、陈中原采用 C14

1. 17 世纪后，有人为了替文艺复兴以后大量平地涌出来的伪冒希腊文古董书辩护，也有人对这种焚书说提出质疑。例如，英国的埃尔弗雷德·乔舒亚·巴特勒（1850—1936）在《阿拉伯征服埃及史》中说，约翰是 6 世纪中叶人，不可能知道 7 世纪阿慕尔征服亚历山大城的事情。而且亚历山大图书馆的藏书许多是用羊皮纸书写，而羊皮纸很难燃烧。因此，他认为，许多藏书还是能保存下来。

但是，20 世纪的美国著名阿拉伯历史学家菲利普·希提在所著《阿拉伯通史》（1937）中认为，最根本的历史事实是，在阿拉伯人征服埃及的时候，亚历山大图书馆及其文献已经在此前的两次焚书运动中基本都被销毁无存。

2.《海洋学报》2002 年，第 24 卷。

3. D.J.Stanley, A.G.Warne. Nile delta:Recent geological evolution and human impact[J].Science,1993,260 (5108) :628—634。

测年、沉积物粒度和孢粉分析对尼罗河地区历史地理情况所进行的研究，结论皆认为：

尼罗河三角洲剖面 150 ~ 100 cm 地层为早全新世河流相沉积；100 ~ 27cm 地层为早、中全新世（8000—4000 cal a BP）三角洲冲积平原沉积。[1]

程碧波副教授在上述古地质学研究的基础上，利用埃及地区的一批旧档案地图，对于尼罗河三角洲和两河流域的地理演化情况做了比较和分析。

他得出的结论是：根据埃及旧地图所展示的尼罗河三角洲变化，现在的尼罗河三角洲陆地的形成历史不超过距今 600 年。由此可以推及尼罗河三角洲上的其他相关人文古迹历史应不会超过距今 700 年。

根据两河流域旧地图，幼发拉底河与底格里斯河流到波斯湾西南陆地的形成历史也仅在距今不到 900 年之后。根据以上研究，程碧波、黄忠平等学者认为，亚历山大港、灯塔以及古图书馆在距今之 2000—3000 年以前都不可能存在。

因为上述遗址的区位所在，几千年前或是潟湖及沼泽，或是汪洋大海。[2]

1. Hadeer Sheashaa、赵小双等 . 尼罗河三角洲早—中全新世气候—环境变化对早期农业发展的影响 [J]. 湖泊科学，2018，30(3):857—864。

2. 程碧波 . 从古埃及地图研究尼罗河出海口与两河流域地理人文的演化。

希罗多德

希罗多德的《历史》是文艺复兴人改编或编制的诗情小说而非信史。

希罗多德出生在小亚细亚的哈利卡纳苏斯（今天的土耳其的博斯鲁德）城邦，他出生时这个城邦是波斯的第一省区。换句话说，如果历史上确实曾经有过希罗多德此人的话——那么此人并非希腊人，而是希腊的对头波斯人。

那么，何以一个波斯人希罗多德竟然成了最著名的希腊历史之父呢？这一转换的关键是文艺复兴以后的西方史学家编制了一个关于希腊人在公元前 1000 年—前 500 年前后 500 年期间曾在小亚细亚的爱奥尼亚建立过殖民地的伪史。据说这个波斯城邦曾经是“多利斯人”（何新按语：这是历史上没有真实存在的一个虚构种族）在小亚细亚的殖民地。而所谓多利斯人，并非历史上真正存在的一个民族，而来自来源不明的荷马神话诗中的虚构。

所谓多利安人（Dorians），又译为多利斯人、多利亚人、多里安人，传说的古希腊四个部族之一。最早提到“多利安人”这个名词的是《奥德赛》，据说他们源自赫楞（Hellen）之子多洛斯（Dorus），居住在克里特岛上。他们讲多利安语，是一种希腊的方言。约公元前 12 到前 11 世纪，多利安人由巴尔干半岛北部迁来，大都分布在伯罗奔尼撒半岛、克里特岛、罗得岛以及西西里岛东部一带，之后逐渐扩展到希腊各地。定居在伯罗奔尼撒半岛的多利安人建立了斯巴达、科林斯、阿尔戈斯等城邦，并且在小亚细亚建立了殖民地。这些说法得不到考古的支持，也得不到波斯方面的史料支持。而这种说法也被修昔底德的《伯罗奔尼撒战争史》所否认，他认为在古代的希腊半岛上并没有形成固定的居民和民族。

笔者推测编撰希氏《历史》的与编撰荷马史诗的应当属于同一组人。据希罗多德说，当时（公元前1000年—前500年）希腊有两个比较有实力的人种，分别叫作拉栖代梦人和雅典人，拉栖代梦人属于多利斯族，而雅典属于爱奥尼亚族。雅典人从前属于皮拉斯基民族，一直没有离开过故土。而多利斯人是希腊本土的外来者，他们原先是在北部地区，文化较为落后。

希氏说，多利斯人原来在丢开里昂统治时代（西方人认为是在诺亚洪水过后），居住在弗提奥提斯地区，在希伦儿子多鲁斯统治时代，移居到了奥萨山和奥林帕斯山山脚下一个叫希斯提埃奥提斯的地方，后来有一群多利斯人南下移居到了奥林匹亚一带，为了纪念他们的先祖，他们把这个居住点叫作奥林匹亚。

在这些说法中充满难以置信的混乱抵牾和自相矛盾，也没有任何可以稽考的考古实证资料或来自巴比伦或亚述或波斯方面的史料支持，实际这些说法都是属于完全不可信也难以考据的神话。但就是这类乱七八糟的混沌说法，在西方希腊学中一直被奉为信史。中国精英只会怀疑中国古史的一切，对矛盾百出千奇百怪的希腊伪史则始终深信不疑。

伪史家把希罗多德的波斯故乡小亚细亚的爱奥尼亚，说成是希腊本土阿提卡（雅典）人在小亚细亚的殖民地。

实际上，所谓的爱奥尼亚地区位于今日小亚细亚的土耳其半岛，与古代两河流域的文明十分接近。问题在于，在历史上除了产生于中世纪后期的荷马史诗提到希腊人远征小亚细亚的特洛伊之战外，没有任何史料和考古证据能够证明史前希腊人曾经远征小亚细亚并且把这里建立为雅典的殖民地。而据修昔底德的《伯罗奔尼撒战争史》的说法，事实上，在荷马史诗描写的那个时代，希腊半岛的希腊民族还未形成。

同样是根据这种荒唐虚构凭空捏造出来的小亚细亚是希腊太古时期的殖民地的说法，小亚细亚地区的许多非希腊族的哲学家从第一个哲学家泰勒斯，到历史学家赫开提阿斯（约公元前550年—前478年？）、戴奥尼素等来自爱奥尼亚米利都城邦的人，以及来自爱奥尼亚萨摩斯城邦萨摩斯岛，位于爱琴海以南，东临安纳托利亚海岸。历史上一直属于波斯、土耳其，直到1912年才被西方夺取强行划归希腊——目的应也是为希腊历史圆谎的毕达哥拉斯和欧几里得等，都被荒谬地称作希腊哲学家，实际上他们与希腊和雅典毫无关系！

由希罗多德编撰的《历史》，又称《希腊波斯战争史》，原书用土耳其半岛的伊奥尼亚方言——而非所谓的古希腊语言文字书写，内容包括古希腊城邦、波斯帝国阿契美尼德王朝、近东、中东等地的历史文化与风土人情，以及叙述著名的希波战争，竟然成为希腊的史学经典。

按照希罗多德自己在《历史》里的开首中说，该书是他本人的"研究成果"。他将之发表出来的目的"是保存人类的功业，使之不致由于年深日久而被人们遗忘，为了使希腊人和异邦人的那些值得赞叹的丰功伟绩不致失去它们的光彩，特别是为了把他们发生纷争的原因给记载下来"。

值得注意的是，《历史》中承认东方民族具有比希腊更古老，更高的文明。波斯人希罗多德并不欣赏雅典的民主，相反他赞扬波斯大流士的统治。[1]

《历史》一书是在14—15世纪前后才出现的，文艺复兴时期的校注学家将其整理成9卷本，每卷卷首都冠以希腊神话中9位缪斯女神的名字。这是明显的伪造，波斯人希罗多德不可能这样做。全书以希波战争为主线，但内容不仅限于这次战争。

据说与希罗多德的时代甚为接近的修昔底德，读过希罗多德原著——他批评《历史》一书，内容中有太多不实而备受质疑的传说："他们所关心的不在于说出事情的真相而在于引起听众的兴趣，他们的可靠性是经不起检查的；他的题材，由于时间的遥远，迷失于不可信的神话境界中。"

古罗马作家西塞罗据说也读过此书。他虽然把希罗多德称为"史学之父"，但同时认为《历史》中不少内容实在"难以置信"。他在《法律篇》里说："对历史来说，评论万事的标准是真实，而在诗歌中，标准一般是其所给予的愉悦；即使如此，在史学之父希罗多德的著作及泰奥彭波斯（The

1. 例如在《历史》第3卷第80节至第82节，希罗多德对大流士一世夺位后，波斯贵族中就有关民治、寡头、独裁的争辩大书特书，并提到最后由大流士一世提倡的"独裁之治是最好的统治方法"。

opompus）的著作中，人们却发现有数不清的难以置信的故事。”

希罗多德号称西方“历史之父”。他的名著《历史》究竟是神话传说集萃，还是一部可信的历史？

我们来看看，这本伟大《历史》中的记述，到底有多么有趣。

巨兽金蚂蚁

希罗多德称他亲眼见到过一种大型蚂蚁，个头像狐狸一样大，浑身是毛，喜爱在沙地上挖土，排泄的粪便是金粉。

希罗多德说，当地人收集这种金粉以炼制黄金。他还说，这些“蚂蚁”以大骆驼为食物。他曾经亲眼所见，这些金蚂蚁猎杀而吞噬了许多头骆驼。

怪物狮鹫人（格力芬，Griffin）

希罗多德记述了一种神奇的怪物——狮鹫人。据说这种奇特怪物也属于一种人类，生活在印度北部的山里，看守着黄金宝藏，他们的名字叫“格律普斯人”。他们也经常活动在独眼巨人阿里玛斯波伊人的土地上。这种怪物人，长着狮身鸟面，有翅膀会飞，爪子和腿像狮子，身上的羽毛是彩色的，长着锐利的鹰嘴，目光炯炯有神。

独眼巨人

希罗多德在《历史》第三卷和第四卷中多次提到被称为“阿里玛斯波伊”(Arimaspoi)的独眼巨人，以及库克罗普斯（Cyclopes）——独眼巨人族的统称。

希罗多德说，这些独眼巨人从北欧偷运黄金，而黄金则被一种“狮身鹰首”的狮鹫怪兽人守护着。

希罗多德说“西徐亚人”（即塞人、斯基泰人）称独眼巨人为阿里玛斯帕人。他说西徐亚人的语言中，Arima的意思是“一个”，斯帕Spou的意思是“眼睛”。希罗多德说，库克罗普斯巨人和守护黄金的狮鹫兽都真实存在。

狮鼻秃头人和羊腿人

希罗多德说，东方（亚洲）住着被称为阿尔吉派欧伊人的“秃头族”人，这些人一生下来就是秃脑袋。

希罗多德还说：“秃头族”长着狮子鼻子和巨大的下颚（一些西方史家认为希罗多德说的这种人，是蒙古和突厥人种的特征）。

希罗多德说，据“秃头族”人说，在更远的东方还居住着一种人，长着山羊腿，而且一年当中要睡半年觉——这似乎是在说远东地区的人（中国人？）。

希罗多德描述的世界上的人类图景，大体是这样的：

狮鹫人——独眼人——伊赛多涅斯人或玛撒该塔伊人——秃头族——西徐亚人——玉尔卡依族——杜撒该塔伊人——步迪诺伊人——撒乌罗玛泰伊人——黑衣族——西徐亚人——奇姆美利亚人。

这都是一些极其奇离古怪的族类。注意，据希罗多德说，他叙述的这些事并不是神话，而是真实的历史，许多事乃是他亲身有见。

总之，希罗多德的书中充满各种耸人听闻的奇怪传说和妖怪魔兽。因此有人说，希罗多德的历史与其说是历史，不如说类同中国的《山海经》。

我们再来看看他笔下的城市与战争。

巴比伦巨城

希罗多德在描述巴比伦时，声称他亲自去过那里：

巴比伦城在波斯城的入口，是 100 座用黄金制作的城门。城墙高 100 米 (328 英尺，即约 30 层塔楼的高度。注意中国长城之标高仅为 8 米。) 巴比伦城长度为 22 公里 (14 英里，相当于 44 华里，与元大都城的周长相仿)。城墙宽 50 米 (164 英尺，而中国长城之地基仅宽 10 余米)。有一条又宽又深的护城河，围住整个城的周边。

你相信这样一座巨型的金门之城，在 3000 年前曾经存在吗?

波斯攻打希腊的人数

希罗多德的书中以大量篇幅描述波希战争。据希罗多德称，波斯出动了数千条（3000）人力的军舰和近600万大军来攻打小小的希腊雅典。当时雅典充其量人口不到10万人（说法不一）。

希腊军只有千人迎战波斯的数百万大军[1]，于是发生了著名的马拉松长跑报警故事，随之发生了一场空前绝后之军力不对称的大会战。

马拉松战争的结局，是波斯的惨败。6400个波斯人的尸体被遗留在战场，而战死的希腊人（雅典）只有192位。

1000人以体力对抗600万人全副武装的大军，激战之后击溃之，杀死6400人，自己死了不到200人——真是空前绝后的神军，值得顶礼膜拜。

马拉松战役的胜利，使雅典城成为希腊城邦的领导者，开启了雅典希腊帝国的时代。

按西方学界的说法，希罗多德出生在马拉松战役六年后，那么这些神奇的故事，就无从知晓究竟希罗多德是从哪儿搜集来的。

具有“恋童癖”的变态人

据希罗多德说，古希腊人中流行的文化是一种“恋童癖”[2]——成年男人与男孩之间发生性关系。

希罗多德说，波斯男人与少年发生性关系的行为也是从希腊人那里学到的。

希罗多德关于希腊人变态恋童的上述说法，并非孤立。似乎古希腊人颇以他们的“恋童文化”为骄傲。柏拉图曾经说——“爱好哲学，爱好裸体运动（奥林匹克），以及恋童癖”，是使文明的古希腊人与蛮族——野蛮人区别的三大特征。

以上是我旧日翻阅希罗多德此书随手而记。由此可见，被一些人奉为经典的希罗多德的《历史》，里面到底有多少可笑而荒唐的奇谈怪论。

1. 关于波斯大军的确切数字，商务印书馆译本说波斯军超过170万人，3000条人力战舰。而有的学者则根据希罗多德书中的数字仔细做了统计，发现波斯军团人数竟可以精确到个位数，总计为5,284,468个人，即五百二十八万四千四百六十八人，可能超过一场世界大战动员的总兵力，更超过历史上任何一场战争。真是荒谬无稽到极点也。

2. 恋童癖，Pederasty，来自希腊语paiderastia，即loveofboys，指成年男人与男童之间的极其变态的性关系。中文也译作“少年爱”。

阿维洛依

使欧洲人知道亚里士多德的是中世纪晚期的一位阿拉伯哲学家、伊斯兰神学家阿维洛依（Averroes）。但是，多数言必称希腊而盲目膜拜西方的中国精英则对此人一无所知。

阿维洛依（1126年—1198年），是12世纪最有影响的阿拉伯哲学家、伊斯兰神学家。由于他成为把所谓的古爱奥尼亚和希腊哲学介绍给欧洲拉丁文明的主要媒介人，因此他的学术被欧洲人称为"拉丁阿维洛依主义"（可参看《不列颠百科全书》有关"拉丁阿维洛伊主义"的条目）。

阿维洛依祖籍来自阿拉伯地区，生活在西班牙半岛的"科尔多瓦"地区。

自8世纪至14世纪，整个伊比利亚半岛（包括西班牙地区）都在阿拉伯人控制下。阿维洛依作为哲学家曾经担任西班牙半岛上科尔多瓦伊斯兰公国（伊斯兰名古儿土拜）的大法官。

公元711年，柏柏尔人和阿拉伯人的联军（西班牙人统称他们为"摩尔人"）征服了整个伊比利亚半岛。在其后的750年中，一系列伊斯兰国家相继建立。当时被穆斯林控制下的西班牙地域被称为阿尔－安达卢斯（Al-Andlus）。

阿维洛依本人来自阿拉伯民族，但他是一位阿拉伯的亚里士多德专家。这里应当特别特别注意的是以下一点：

在伊斯兰教兴起以后，一部分阿拉伯精英反对伊斯兰经院主义的主流教义和教规。有人试图从伊斯兰经文之外寻求自由思想的空间，这是伊斯兰教的异端思潮，于是一些阿拉伯哲学家试图从古代爱奥尼亚包括希腊地区曾经流行的古代哲学思想中寻找论据。所以尽管亚里士多德的著作当时已经失传，但是他的一些残篇和残卷被这些阿拉伯哲学家所重视。

据说最早可追溯到公元4世纪，叙利亚地区的基督徒（即“大秦景教”教派，唐末曾传布到中国）、犹太教徒、琐罗亚斯德教徒（即袄教，是共济会、光明会的核心信仰之一）教徒，就有人整理、解读、翻译和重构古代爱奥尼亚人和希腊人的哲学著作，以及亚里士多德的著作。这些著作最初都是用希伯来语或古希腊语写成。阿拉伯人把它翻译成古阿拉伯语言——当时的古叙利亚语言。其中著名者如鲁哈城的费鲁巴翻译了被认为是亚里士多德作品的《修辞学》及《分析篇》的论文。奈绥宾的布里斯、费尔吉优斯（生年不详，卒于公元536年）将亚里士多德的《论灵魂》和《范畴篇》解读成古叙利亚语等。

6世纪中叶以后，阿拉伯人在幼发拉底河左岸的根塞林建有一座修道院，成为古叙利亚的爱奥尼亚、古希腊文化的研究中心。阿拉伯学者马尔萨威斯（生年不详，卒于667年）在此留下多部哲学著作。

公元7世纪伊斯兰教兴起。8世纪前后，阿拉伯哈里发帝国控制了希腊和巴尔干半岛、伊比利亚半岛，成为横跨亚、非、欧三洲的游牧、商业及军事的强大帝国。

8世纪中叶，阿拉伯人在伊比利亚半岛建立了科尔多瓦哈里发国家（756年—1031年）。

到9世纪初，以西亚的巴格达为中心（有说这座大城是来自唐朝的工匠帮助设计和建造的），在一些阿拉伯伊斯兰僧侣及知识精英中形成了研究古代近东地区及希腊哲学著作的潮流。他们主要是用阿拉伯文或者希伯来文字抄写和翻译了大量的古代作品。

到10世纪中叶，西班牙的科尔多瓦 度成为一个向欧洲传播阿拉伯文明的学术中心。

这一时期，一些伊斯兰哲学家用自己的主张注释亚里士多德的著作残篇，并以此为思想武器而与伊斯兰教的正统派神学思想进行论争。因此在阿拉伯控制下的地区包括西班牙半岛，竟然兴起了一个现今中国人很少知道的学派——

"阿拉伯亚里士多德学派"(Arabia Aristotelians)。古阿拉伯语称作"侯卡玛"派(Hukama)',意为"智者",哲学家(有关此学派资料可参阅《伊斯兰百科全书》)。

西班牙的阿拉伯人阿维洛依,就是中世纪晚期"阿拉伯亚里士多德学派"中影响最大的人物。在1169年—1195年间,阿维洛依对亚里士多德著作撰写了一系列介绍和评注(有提要,有中篇和长篇的评介),这些介绍和评注都是以阿拉伯文或希伯来文写成的。事实上,他的许多篇以希伯来文写作的对亚里士多德学术的解释文论,被当时的阿拉伯学者直接用以代替当时已失传的一些亚里士多德的原文(注意:这意味着,今日我们所读到的某些亚里士多德著作,其实可能是阿维洛依等阿拉伯学者的著作)。

在12—15世纪文艺复兴早期,当意大利半岛的拉丁文明开始兴起以后,是阿拉伯人阿维洛依使他们知道了亚里士多德的存在。阿维洛依的评注后来均被编入15世纪以后威尼斯最早出版的《亚里士多德全集》的拉丁文版。

在以后的数百年间,阿维洛依关于亚里士多德的著作对天主教廷统治地区的犹太教徒(秘密的共济会员、光明会员)和基督教徒,均产生了巨大的影响,由此而形成了所谓的"拉丁阿维洛依主义"。

阿维洛依的许多哲学论著,还通过西班牙传布到更远的欧洲。例如,当时欧洲最早兴办的巴黎大学和意大利的巴杜亚大学中都曾建立阿维洛依(伊本·路西德)学院,形成了当时影响力不亚于亚里士多德的拉丁阿维洛依学派。

这个也被欧洲人称为"阿拉伯亚里士多德主义"的学派,在中世纪后期和文艺复兴时期的欧洲思想界占有重要地位竟然长达400年之久,影响相当深远。

事实上,近代欧洲人之了解亚里士多德学说,了解爱欧尼亚及希腊的哲学思辨,完全是通过中世纪兴起的阿拉伯学派——特别是通过这位可能不仅是重新阐释,甚至可能重新创作了部分已失传的亚里士多德著作的阿维洛依。

毕达哥拉斯

古代著名哲人毕达哥拉斯是地中海上的萨默斯岛人，这个岛在历史上与希腊毫无关系。但在所有的西方哲学史中，此人却一直号称是古希腊最重要的哲学家之一。

萨摩斯岛（Samos Island）在爱琴海东部，是爱琴海东部距小亚细亚大陆最近的岛屿，和小亚细亚的土耳其半岛只隔着窄窄的萨摩斯海峡，距离希腊半岛则较远，相隔数百公里。

岛上最早居民种族及来源不详。新石器时代早期，南岸蒂加尼（Tigani）附近已有人居住。约西元前 11 世纪有来自小亚细亚的爱奥尼亚人到达。至前 7 世纪该岛已经成为地中海主要商业中心之一，与黑海海岸、埃及、昔兰尼（利比亚，Cyrene）、科林斯和哈尔基斯（Chalcis）有贸易往来。

该岛历史上曾先后被波斯、拜占庭、奥斯曼土耳其人统治。

1912 年巴尔干战争中土耳其被英国击败，英国强行夺取该岛使其归属于希腊。

萨摩斯岛在古代是一个富有和强大的城市，属于爱奥尼亚文化区域。岛上出产葡萄酒和萨摩斯红色陶器（罗马称之为“萨摩斯瓷器”）。

海岛面积476平方公里。现代人口约4万人（1991年）。岛上的主要城市瓦锡，有良好港口，岛上发现早铜器时代遗物。

该岛上发掘有一座女神庙（来自小亚细亚人信仰的大地及生育女神，后来被列入希腊和罗马神系，称赫拉，罗马称作朱诺）以及殿堂的遗迹，建筑风格为小亚细亚神殿建筑的传统风格。1992 年被指定为联合国教科文组织世界遗产。

传说的历史学家希罗多德（公元前484年—前425年）也曾在萨摩斯岛居住，据说他的著作《历史》是在该岛上写成的。

毕达哥拉斯，出生于地中海的萨摩斯岛。早年曾游历从学于埃及、巴比伦、印度，后定居意大利半岛的南部城市克罗顿，在那里讲学建立了著名的毕达哥拉斯学派。传说毕达哥拉斯还建立了一个传授哲学宗教秘密学问的秘密组织兄弟会——中世纪兴起的神秘组织“玫瑰十字架学会”以及“光明会”都引用毕达哥拉斯密教为宗祖。

在安德森的《共济会宪章》中，共济会把毕达哥拉斯尊作其来源的先祖之一。

毕达哥拉斯是著名的古代数学家和数理哲学家。他认为数学原理可以解释世界上的一切事物，同时建立了对神秘数字的崇拜和禁忌。这种神秘数字崇拜，也被共济会信仰所继承。毕达哥拉斯认为一切真理都可以用比例、平方及直角三角形去反映和证实：主张平方数“4”意味“公正”。

毕达哥拉斯的密教要求徒众信守秘密。据说毕达哥拉斯通过几何学发现了无理数，大为震惊。他的弟子希帕索斯向外人透露无理数的存在后，毕达哥拉斯的弟子就将其扔进海中淹死。

应当指出，历史上从来没有过什么真正属于希腊人的“古希腊哲学”。多数所谓的古希腊哲人，都是小亚细亚地区人、意大利地区人、地中海地区海岛的人，很少是真正希腊地区的人。

亚历山大大帝

【何新按】

西方所盛传的伟大马其顿王亚历山大，实际仅是没有信史的传说人物。西方史料学家承认，关于亚历山大史料的来源基本不可靠。以下是一些有关的译文和资料考述。其实，关于希腊、罗马的西方史料，多数都是诸如此类，不可靠也不可信。

亚历山大史料问题是古典史学最复杂的难题之一，也是现代学术争辩的主要领域之一。因此梳理这一问题对其他史料的研究有一定的指导意义，比如，基督教文献中的《四福音书》也存在类似的情况——史实、想象与虚构并存。

亚历山大（公元前356年—前323年），一个谜样的人物。他被西方史学家捧为战无不胜的天才、征服欧亚建立了世界帝国的传奇英雄。但是真实的亚历山大，却是一个在历史中莫须有的幻影人物，一个没有真身的神话故事；他的诸多传奇，都仅仅是臆造多于史料的一系列伪史骗局。

关于亚历山大的神话

马其顿的亚历山大三世，其名字“亚历山大”——意为“人类的守护者”，世称亚历山大大帝，巴尔干半岛马其顿国王。生于佩拉，到16岁为止一直由亚里士多德任其导师。30岁时，创立历史上最大的帝国之一，其疆域从爱奥尼亚海一直延伸到喜马拉雅山脉。他一生未尝败绩，被认为是历史上最成功的统帅之一。

亚历山大据说在公元前 336 年继其父腓力二世王位成为马其顿国王，并掌握王国的实际权力，因此有能力实现其父的扩土计划。公元前 334 年，他向波斯帝国统治的小亚细亚地区发起进攻，开始长达十年的东征。他击破波斯，并推翻其统治者大流士三世，征服整个波斯帝国。为了寻找并抵达“世界的尽头和大外海”，亚历山大大帝在公元前 326 年侵略印度，但最终应军队强烈要求不得不撤军。公元前 323 年，亚历山大大帝死在巴比伦，没能来得及实现他入侵阿拉伯的计划。在他死后，由于无继承人，他的将领们互相不服，最终引发内战，亚历山大帝国也就迅速瓦解。

据说亚历山大大帝建起数十座以他的名字命名的城市，最著名的就是埃及的亚历山大港。据说他将希腊文化一直向东传播，导致希腊化时代的到来。他的原型是古希腊神话中的英雄阿喀琉斯，最终他也成了一个神话人物。

关于亚历山大的种种神话没有任何可信的第一手信史

据说有关亚历山大的“第一手”历史资料均源于曾随他远征的目击者所记录而残存的片言断句，其中最著名的是一位作为亚历山大的远征军的随军史官，奥林瑟斯城的卡利斯西内斯（Callishenes of Olynthus）。这位据说是哲学家亚里士多德的亲戚，他留下的零星记录残缺不全，他记录下的他所理解的有关亚历山大远征军的有关资料，据称算是最直接的第一手史料记录。但是此书现在只有传说不见踪迹。

后来的作者们，即利用这些所谓“目击者”的叙述，掺和那些流传于民间有关亚历山大的通俗故事，写出大量的有关他的历史著作。而这后一群体（所谓的“二手资料”作者）中的史料奠定了现代研究亚历山大历史的基础。这些作者中最著名的是卢修斯·阿里阿纳斯（Lucas Flavius Arrianus），英文译文中他常被称为阿里安（Arrian）。这位诞生在亚历山大死后 400 多年的希腊人（他来自罗马时代的比塞尼亚省，现今黑海西南角的土耳其的一部分，是当时罗马帝国的一位行政官员，也是历史学家）。

他写了六部希腊语的 Anabasis（一般直译为《远征他国》），根据阿里阿纳斯的陈述，他的作品是根据两位目击和亲历亚历山大远征过程的证人所叙述的故事的基础而构成的；一位是亚历山大儿时的朋友，随亚历山大远征而后成为将军的托勒密（Ptolemy），也就是后来成为埃及国王的托勒密一世。

另一位经历史研究者们推测可能是位建筑工程师，名为亚里斯托布拉斯（Aristoboulos）的人，对于为什么阿里阿纳斯要选择这两人的叙述作为他写作的原始资料的来源，这两种史料的长处为何，因为早些或与阿里阿纳斯同时代的其他亚历山大历史学家们的著作中都没有引用这两人的资料的有关记叙，这些资料就揭露历史本身的事实是有"价值"或"无价值"，到目前为止，尚无所谓"定论"。

但是阿里阿纳斯的这部著作提供了亚历山大征战路线上诸大战役的按年月顺序，前后一致，令人信服的大量资料。这些资料中也包括了许多阿里阿纳斯自称为"奇闻趣事"的各式故事，而这些故事的来源却不得而知，这是解释阿里阿纳斯史料来源对研究者们所带来的最大困扰。尽管阿里阿纳斯的著作在许多方面受人诟病，最主要的是他的史料来源不明，及他所处时代离亚历山大时代较晚，可是他的《远征他国》一书却是有关亚历山大历史书中最好的一本。

另外一本有关亚历山大历史的重要的"二手史料"是公元前 1 世纪，戴奥多拉斯·西科勒斯（Diodorus Siculus，其中"Siculus"乃拉丁文，意为"西西里人"）写了一本根据希腊语翻译的《历史图书馆》（*Historical Library*）。这是一本相当于现在的百科全书类的从神话时代到当时的世界编年史，在罗马时代备受欢迎。这套书的第 17 卷涉及了亚历山大大帝的历史。

戴奥多拉斯生活的时代离亚历山大时代更远，写世界编年史的资料自然依靠他可能找得到的早些时候的资料来选材，同阿里阿纳斯一样，他没有注明所引用资料的出处，这也是个引起历史学者们争论的问题，但是谁也没有明确的答案。历史学界一般认为，戴奥多拉斯著作的史料主要源于一个名不见经传的历史学家——克莱塔丘斯（Cleitarchus），据说他曾经写过最少 12 卷的《亚历山大史》，不论此说真假，就戴奥多拉斯的著作本身来看，他的记述和那些被视为"通行说法"（Vulgate tradition）的亚历山大的历史著作有共同相似之处。这类著作的主要特点是叙述流畅，文辞华丽，鲜少对事件的批评。这些所谓的“通行说法”的历史著作为后来的读者提供了一幅和阿里阿纳斯著作中截然不同的历史画面，如何在二者之间取舍，以求一致是件至今困惑历史学者的问题。

第三类有关亚历山大的史料源于传记。公元 2 世纪来自中希腊博奥蒂亚（Boiotia）人普鲁塔克（Plutarch）的许多著作中，其中有一系列叫《希腊罗马名人记》（*Parallel Lives of Greeks and Romans*）。他写这系列的主要目的是给世人提供道义方面的训导，所以他的名人传记系列里，希腊和罗马历史混合并立。他的《亚历山大传》和《尤里斯·恺撒传》相连，一如他在序言里所指出的，他写的是“生活”而不是历史（“Lives” not “Histories”）。

在亚历山大生平历年史的框架里，普鲁塔克添加了他认为对说明主人公性格有用的逸闻趣事的传说（Incidents and anecdotes），为了这种特殊目的，他对史料的使用和引证进行了随意的“编排”（Use the sourse liberally）。值得注意的是，他的著作中的所谓“引文”往往在“正式”的史料中无法找到。尽管他的著作有非常强的“可读”性，叙说详尽，其中有许多极其生动而在他处无法找到的逸闻。他写的是亚历山大这个“人”，而不是作为国王或统治者的亚历山大（Concentrate on Alexander the man rahter than Alexander the King and conqueror）。

我们现在读到的有关亚历山大的传记作家和小说家的大多数作品里，为了使这位战场和军营里传奇人物的形象更加生动和令人难忘，细心的读者不难找出这些后来者从普鲁塔克著作中“提炼”出的资料“加工”后的“成品”。自然，以历史研究者的观点看，普鲁塔克所描述的史实的历史价值如何，是值得探讨的另外一个问题。

除了上边提到的阿里阿纳斯，戴奥多拉斯和普鲁塔克三人外，有一位奎因达斯·科莫尼斯·鲁佛斯（Quintus Curtius Rufus）用拉丁文撰写的亚历山大史值得一提，这个作者的具体身份，所处时代、写作目的到目前还知之甚少，这也是个历史学界争议纷纭的人物和作品。

其他的有争议性的历史文件包括亚历山大的那些真假难辨的信件（尽管亚历山大研究者们都对这些文件有各种不同的引用），他的所谓“日志”（没有定论的解释有许多，有人认为这些都是伪造的，目的是用来掩盖亚历山大死亡真相）。还有一部名为《亚历山大浪漫史》的著作，其中充满对亚历山大生活的虚构和想象的叙述，一如中世纪的骑士故事和古代小说，这类著作完全没有史料价值。

但是，就是在这样不可靠的史料以及传说的基础上，西方史学家构筑起整个公元 4 世纪以后的希腊化历史：包括腓力二世——亚历山大大帝的征服史，包括腓力时代发明并推广雅典希腊语，亚历山大把这种语言推广的小亚细亚的虚假神话。[1]

1. 现代马其顿人主要属于斯拉夫人，语言属于斯拉夫语系。但是，据说现代马其顿语与古马其顿语言是两种完全不同的语言，后者属于“希腊语言”。那么什么是希腊语言呢？据西方语言学家说，现代希腊的语言与古希腊语言也是两种完全不同的语言，后者是荷马史诗的语言，不是希腊半岛的语言而是地中海以东小亚细亚（即安纳托里亚）地区本土人的语言。据说亚历山大时代的马其顿人接受并且也在希腊半岛推行了这种非本土本族母语的外来语。

希波克拉底

传说人物希波克拉底据说是地中海东部的科斯岛人。他一直被传说为古希腊的古代神医，有著名的希波克拉底誓言作为医生的座右铭。实际上科斯岛屿在历史上不属于希腊。此岛现代希腊语作 Kos，意大利语作 Coo，土耳其语作 Istankoy，位于爱琴海东南，是多德卡尼索斯群岛中的一个大岛（次于罗得岛）。面积 288 平方公里，现在人口约 2 万（1981 年）。主要城市科斯，人口 1.2 万（1981 年）。此岛与土耳其西南海岸隔海相望。此地原属于东方罗马帝国，后来归入奥斯曼土耳其，20 世纪以后才归于希腊。

关于希波克拉底的生平，留下的资料十分贫乏。关于希波克拉底的生平主要来源是罗马作家苏拉诺斯的记载，但关于他的传说都并非严肃的历史传记。据说同时代的著名哲学家柏拉图曾提到过他，称他为“科斯岛的神医”；据说亚里士多德也称他为“伟大的医生”。

关于希波克拉底的生平，据传说，约公元前 460 年出生于小亚细亚科斯岛的一个医生世家。祖父、父亲都是医生，母亲是接生婆。约公元前 370 年，逝世于拉里萨附近。

传说希波克拉底曾经在小亚细亚、里海沿岸、北非等地一边游历，一边行医，接触了许多的民间医学知识。希波克拉底和原子论者德谟克利特可能一道学习过。后来，在旅行过程中，希波克拉特斯医治了很多怪病，并把一些城市从瘟疫中拯救出来。

文艺复兴后结集出现的《希波克拉特斯全集》共约 70 篇著作，都系托名之作，来源和真实作者不明。

伊索

不追究文本出处，即无从认知希腊历史的真相

已故罗念生先生是一位对学术非常认真的翻译家，值得尊敬。他懂希腊语，身为80岁的老人，临终前还在孜孜不倦地翻译荷马的著作。罗氏也是著名的《伊索寓言》的翻译家之一。出于对古希腊文化的热爱而深信不疑，与古希腊哲学的另一位著名翻译家苗力田先生敢于存疑求真的态度不同——罗氏毫无保留地相信关于希腊的全部故事。所以他从来不对所翻译的原作，做版本和文本来历方面的考证。罗氏只是根据西方所出版的所谓古希腊文本力求准确地进行对译。他以为，这样就可以准确地“复制”古希腊文化。殊不知，在不分辨源流出处的情况下，如果那是假货，这种准确翻译所准确复制的也只是西方的谎言，对中国读者只能模糊掉所应该了解的真相。例如，《伊索寓言》，所谓的“希腊寓言家伊索”——既不是希腊人，生前也并没有写过任何寓言著作，或者就如同那位著名的瞎子诗人荷马一样——生前根本没见过什么古希腊文字。其实，最早在欧洲出现的托名

16世纪西班牙名画家委拉斯贵之笔下的伊索，注意画家赋予伊索共济会的秘仪揣手礼姿态。

的“伊索寓言”，文本不是古希腊文，而是拉丁文本。所以极为具有讽刺意味的是，已故罗老先生根据所谓“古希腊文”进行的翻译，并不能保证其译作可以接近原作和原文（中国清季朴学中有校勘故书辨伪的一派，所做的就是这个文本学的求真和辨伪工作）。

伊索及其寓言的真相

根据古代拉丁作家的零星记载，伊索约生活于公元前 7 世纪至前 6 世纪（中国的春秋时期）。伊索是小亚细亚的弗里基亚人，也有人说他是来自非洲的奴隶，侍奉过克桑特斯（Xanthus）和雅德蒙（Jadmon）。他在小亚细亚的萨摩斯岛为一位哲人克桑特斯打工，因其博学多闻获得尊重和被释放，遂成为自由人，可以参与公共事务。曾经游历希腊各城邦，有一段时间曾经住在科林斯湾。传说中的伊索，面貌不俗，“黝黑，高大，结实，短臂，厚唇，高大”。据此可知伊索应非白人。据说伊索善讲寓言，曾经到过雅典，会过梭伦、泰勒斯（Thales）等“七贤”，受到莱地亚（Lydia）城邦国王哥尔昔斯（Croesus）的器重和信任，曾奉命前往撒狄（Sardis）处理外交事务。但由于他经常以寓言讽刺世人，最后在德尔菲被当地人推下悬崖丧命（据阿里斯托芬喜剧《云》）。伊索死后，德尔菲就不断受到各种天灾人祸的侵扰，史称这是“伊索的复仇”（The blood of Aesop）——直到德尔菲人向其幽灵表示赎罪。关于伊索的这些传说，其实都是文艺复兴时代意大利出版的《伊索寓言》及有关故事中所记述的，纯是流传的传说而不是可靠的传记或历史。但我们特别感兴趣的则是如下一点：伊索根本不是希腊人，而是亚述或巴比伦人。因为在公元前 7—前 6 世纪，统治小亚细亚地域的不是希腊人或雅典人，而是亚述人或巴比伦人。（据西方史表：公元前 671 年，亚述国王伊萨尔哈登攻埃及，攻陷孟菲斯，自号“上下埃及和努比亚之王”。公元前 612 年，新巴比伦人与米底人攻陷亚述首都尼尼微。当时所谓希腊即雅典，据说也正在发生动变，废除了王政，建立了第一个共和城邦国。）

伊索寓言的版本流传经过

与传说的盲诗人荷马一样，伊索讲寓言故事全凭记忆，根本没有写作过所谓的文稿。古代在西亚、希腊等地流传的伊索寓言故事也全凭口耳相传，也没有所谓的书稿。公元 1 世纪初，罗马巴勒隆的哲人拜特路斯（Demetrios Phalereus）用拉丁文撰写《伊索寓言》五卷。所以最早的伊索寓言是拉丁文本而不是古希腊文本。公元 2 世纪有拔勃利乌斯（Babrius）以希腊韵文写成寓言 122 则，后来罗马人亚微亚奴斯（Avianus）又以拉丁韵文写出寓言 42 首。公元 15 世纪来自君士坦丁堡的东正教修道士普拉努得斯（Maximus Planudes）收集到《伊索寓言》150 篇，由巴勒斯（Bonus Accursius）在意大利的佛罗伦萨初次印刷出版。但是这位被天主教视为异端的东正教教士因此而被教廷追查。教廷认为：普拉努得斯其实根本没有见到过什么真正的“伊索寓言”，只不过是以“伊索”的名义自编故事用以讽刺天主教士——其实这类做法，的确正是文艺复兴时期意大利各异端城邦的流行文化风尚（如但丁的《神曲》和薄伽丘的《十日谈》）。根据伊索寓言的上述流传经过，可以相信教廷的这种指控是比较可信的。而这个来自君士坦丁堡的印刷版本，后来多数却也失传了。1453 年意大利文艺复兴学者洛伦佐·维勒（Lorenzo Valla）将《伊索寓言》以拉丁文本印行传世。1546 年法国教士罗伯特·史蒂芬重新编辑《伊索寓言》，在这个版本中增加了一些巴黎皇家图书馆藏的无名的寓言抄本的内容。1610 年瑞士学者艾萨克（Isaac Nicholas Nevelet）又据此版本改编刊印《伊索寓言》，题为 Mythologia Aesopica，其中包括 136 则寓言，据说是在梵蒂冈图书馆的羊皮书里发现的，成为当时最详尽的一部寓言故事汇集。瑞士学者耐弗莱特曾说，罗马的那位拜特路斯（Demetrios Phalereus）如果不是《伊索寓言》的真正作者，也至少应为《伊索寓言》的作者之一。法国学者弗朗西斯（Francis Vavassor）则指出，《伊索寓言》中的《猴子和海豚》（*The Monkey and the Dolphin*）这一篇里提到一个比雷埃夫斯港（Piraeus）地名，那是在伊索死后数百年才建造的一个海港。所以发，所谓的伊索寓言，早就很难说究竟是不是那个小亚细亚人伊索讲述的故事。

有人认为伊索寓言是出自东方的寓言故事

伊索的名字最早出现在希罗多德的《历史》一书中（见希罗多德的《历史》第二卷第134则。希罗多德经常被冒名为希腊人，其实其真实的出生籍贯是波斯人。研究者称希罗多德的生卒年在公元前485年至公元前420年之间）。《伊索寓言》被认为是以动物寓意讽刺人生的寓言经典之作。不过据现代人的研究，早在伊索生前二千年前的苏美人和阿卡德人的泥版中就有许多动物寓言，动物已经常是寓言故事的主角。根据现代西方的资料和研究成果，苏美人的动物寓言，很有可能是《伊索寓言》的"原型"。但是，中国的印度学者季羡林则认为《伊索寓言》故事的本源出自佛经。钱锺书的《管锥编》说："看了《伊索寓言》，觉得有好多浅薄的见解，非加以纠正不可。"钱锺书举"蚂蚁和促织的故事"为例，促织饿得半死，向蚂蚁借粮，蚂蚁说："在夏天唱歌作乐的是你，到现在挨饿，活该！"钱锺书以为这样的结论有问题。钱锺书又引卢梭在《爱弥儿》（*Emile*）卷二里反对小孩子读寓言，"认为有坏心术，举狐狸骗乌鸦嘴里的肉一则为例，说小孩子看了，不会同情被骗的乌鸦，反会羡慕善骗的狐狸"。

伊索寓言在中国的流传

《伊索寓言》在中国，最早有耶稣会教士利玛窦的著作《畸人十篇》（徐光启笔录，1608年印行）中，引用了一些《伊索寓言》为譬喻。中国最早的《伊索寓言》译本是1625年由耶稣会的比利时传教士金尼阁（Nicolas Trigault）口授、教友张赓笔录的《况义》（"况"就是"比喻"的意思），该书在西安出版，共收录寓言22篇，现在在巴黎国立图书馆仍有藏本。1837年，广州一家教会出版了英汉对照的《伊索寓言》，书名《意拾蒙引》，译者署名"蒙昧先生"，共收寓言81篇。此书出版后遭到清廷禁制，1840年鸦片战争中国失败后才得重印。这个版本附有汉字的罗马化拼音，主要是供外国人学习中文之用。19世纪60年代，香港英华书院曾经翻译此书，名为《汉译伊苏普谭》，将伊索的翻译成伊索普，谭即故事集。1876年此书在日本被翻刻，在东京出版。最早使用"伊索寓言"这一书名的是林纾，他的版本于 1902 年出版，系由严璩（严复的长子）口译。中华人民共和国成立后，国内翻译了两种据称据古希腊语直译的《伊索寓言》汉译本，包括周作人（周启明）的译本和罗念生等人合作的译本。但是，实际上伊索并不是希腊人，也不曾用希腊的文字写作。所以关于伊索的生平也如同荷马史诗一样，只能作为传说故事，而不能视同历史。尤为值得深思的是，如我们此前所已经一一考证和指出的：所有的希腊著作——不论伊索寓言、荷马史诗、亚里士多德哲学、希罗多德历史或者阿里斯托芬的戏剧，现在流传传世的都并不是直接承继于所谓的“古希腊”而流传有序的，而是都经历过几百年以至千年以上的中断、失传，然后却都在文艺复兴时期从意大利的那几个银行及商业城邦先后被发现、传播和鼓吹起来，然后传播到全世界的——这种事实说明了什么呢？

安德罗尼柯

亚里士多德是距今2000年前一位名震天下的“古希腊”哲学巨人，据说他留下了无所不包的哲学、逻辑学和科学著作。

今天所知的被署名为“亚里士多德”的著作，总数大约47种，其中的著名著作包括:《工具论》，讨论逻辑问题;《形而上学》，讨论抽象的一般哲学问题;《物理学》《论天》《论生灭》《论灵魂》，讨论自然哲学问题;《尼各马可伦理学》《大伦理学》《欧德谟伦理学》，讨论道德伦理问题。此外，还有《政治学》《修辞学》《诗学》以及有关政治、经济等方面的著作。

在整个西方哲学史、科学史以及文化史上，亚里士多德发挥了无与伦比的广泛而又重要的影响。

据说，亚里士多德的一切著作都是来自一个人，这个人就是希腊罗德岛的哲学家安德罗尼柯（Andronicus of Rhodes）。那么他又是谁呢？遍查西方百科全书和哲学史资料，关于这位如此重要而伟大的人物，我们却找不到任何具体介绍，只有以下三行字:“安德罗尼柯，古希腊哲学家，属逍遥学派。生于罗德岛。后定居罗马。”

据说有这样一个故事:“在亚里士多德去世后，其侄子带着他的一些主要著作去了小亚细亚的塞普西斯，在那里把它们封存在一个洞穴里，据说封存了200年，之后被转移到罗马，交给了亚里士多德派哲学家、吕克昂学园最后的领袖——罗德岛的安德罗尼柯。公元前60年，安德罗尼柯根据主题将这些著作加以编辑、分类。”

“安德罗尼柯主要的功绩是引起人们对被长期忽视的亚里士多德和德奥佛拉斯多斯的著作的注意，以精心编定、注释、出版亚里士多德的著作出名。他撰写了不下于5卷的有关亚里士多德著作编排的论著，讨论了亚里士多德著作的内容以及真伪、亚里士多德的生平和遗嘱的抄本等。约在公元前40年编定亚里士多德著作集。以后就任逍遥学派吕克昂的第11任校长。”

一位完全不知道生于何年、死于何年的传说人物，却被西方学界言之凿凿地断定他在公元前40年编辑了亚里士多德全集，并且担任过什么校长——根据是什么？安德罗尼柯其人，真的存在吗？如果存在，那么请给我们一个可信的证据！

无独有偶，关于亚里士多德的传记传说，据说出自一个名叫第欧根尼·拉尔修的人物，他写了一部名著《哲人言行录》。“第欧根尼·拉尔修，罗马帝国时代作家，约活跃于公元3世纪，其名字暗示他生于奇里乞亚，生平不详。《哲人言行录》的编纂者。”

关于这个人，只能知道这么多，其实这也是一个子虚乌有的人物。

但是这个生平不详的人据说留下一部来历不明的哲学史《哲人言行录》，这就是传说中的希腊思想的基本史料。

《希腊罗马名人传》并非信史

普鲁塔克（拉丁文 Plutarch，希腊文 Plutarchos，约 46 年—119 年），他是罗马帝国早期的官员和传记作家。图拉真和哈德良皇帝曾委任普鲁塔克在希腊省当总督，平生到过意大利、埃及和希腊的许多地方。晚年写下这部《名人传》，据说此书希腊文原名是 *Bioi parallēloi*，英文是 *Parallel Lives*。

此书是现存关于希腊罗马历史英雄与名人的最早记述，包括从远古神话时期的传说人物到作者生活时代的希腊及罗马名人计 50 位，如忒修斯、梭伦、伯里克利、亚历山大、罗穆鲁斯、苏拉、布鲁图斯、恺撒等。此书的独特写法是以一个希腊名人和另一个相似的罗马名人匹配对比列传，分别组成 24 组（现仅存 23 组），每组后面则附有作者的人物评价。

普鲁塔克流传下的一句名言是“习惯决定性格，性格决定命运”。但是此书不能视作信史。现代西方学界也承认，与其说《希腊罗马名人传》是历史传记不如说是传记文学，因其对史料取舍不严谨，想当然很多，叙述风格较浪漫。

这部书原文据说是用希腊文写作，大约写作于公元 100 年—120 年间。近代西方人认为，由于此书侧重描写希腊罗马的政治军事英雄，因而可以与第欧根尼·拉尔修的“哲学家传记”互补。其实这两本书都是中世纪欧洲人所不知道，又一起在文艺复兴时期从威尼斯城市共和国冒出来的。后来欧洲人就不断地神化此书，说此书在古罗马时代很有名，在君士坦丁堡也很有名。但事实上此书久已失传——在中世纪的近千年间，如同威尼斯冒出来的希腊其他著作（包括什么荷马史诗）一样，久已失传而不为欧洲人所知道。

直到文艺复兴时期的13世纪，此据说才被威尼斯的犹太商人从拜占庭的阿拉伯人手中发现，遂根据希伯来文字的原本转译成拉丁文和意大利文，后来又译成法文和其他欧洲国家的语言。此书对文艺复兴时代及此后关于希腊的历史及神话之传播，影响至大。[1]

但是事实上，希腊无信史。

也许我们永远无法考究这个《希腊罗马名人传》内容之中究竟有多少成分是真，多少成分是伪。也永远无从知道那些故事究竟是不是文艺复兴时期威尼斯作家的杜撰或改编？关于它的来源究竟是否可信？——其中究竟有多少是原作？又有多少是重新塑造希腊者们的添枝加叶？

实际上，此书在19世纪西方学界也曾受到许多历史主义者的质疑，认为故事只是故事而已——作为严肃史料，此书不足凭信。也就是说——此书与其当作历史看，还不如当作小说看。

《名人传》23组传记的目录是：

（1）忒修斯－罗穆鲁斯 Theseus-Romulus；

（2）来库古－努马 Lycurgus-Numa Pompilius；

（3）梭伦－普布利科拉 Solon-Publicola；

（4）特米斯托克勒斯－卡米鲁斯 Themistocles-Camillus；

（5）阿里斯提德斯－老加图 Aristeides-Cato major；

（6）西蒙－卢库鲁斯 Cimon-Lucullus；

（7）伯里克利－拖延者法比乌斯 Pericles-Fabius Maximus "Cunctator"；

（8）尼西阿斯－克拉苏斯 Nicias-Crassus；

（9）阿尔西比阿德斯－考廖兰努斯 Alcibiades-Coriolanus；

（10）德谟斯提尼－西塞罗 Demosthenes-Cicero；

（11）福西翁－小加图 Phocion-Cato minor；

1. 关于此书传入欧洲的版本来历，商务版《希腊罗马名人传》译者序是这样说的："文艺复兴后期，普鲁塔克的著作通过拜占庭学者传入意大利，由意大利人文主义译成拉丁文和近代意大利文。13世纪中叶，法国古典学者阿密奥特主教将《名人传》和《道德论丛》先后译成法文（1559年、1572年），不久英国诺斯爵士又以阿密奥特的法文本为蓝本，把《名人传》译成英文。这些译本问世之后，普鲁塔克著作在西欧各国的影响日益扩大，几乎成了家喻户晓、人人爱读的经典著作了。"（第22页）

（12）狄翁－布鲁图斯 Dion-Brutus；

（13）提摩勒昂－埃米利乌斯 Timoleon-Aemilius Paulus；

（14）欧梅内斯－塞尔托留斯 Eumenes-Sertorius；

（15）菲洛佩门－提图斯 Philopoimen-Titus Flaminius；

（16）佩洛皮达斯－马切鲁斯 Pelopidas-Marcellus；

（17）亚历山大－恺撒 Alexander-Caesar；

（18）德米特留斯－安东尼 Demetrius-Antonius；

（19）皮鲁斯－马留斯 Pyrrhus-Marius；

（20、21）阿基斯和克利奥米内斯－提贝留斯和盖约格拉古 Agis and Cleomenes-Tiberius and Gaius Gracchus；

（22）来山德鲁斯－苏拉 Lysandrus-Sulla；

（23）阿格西劳斯－庞培 Agesilaus-Pompeius.

此后是4篇单独的传记：阿拉图斯 Aratus，阿塔薛西斯二世 Artaxerxes II，加尔巴 Galba，奥拓 Otho。

罗马史的秘密

哈德良堡战役：匈奴和蛮族彻底摧毁罗马军团

哈德良堡（Hadrianople），意思是“哈德良（Hadrian）之城”，也称阿德里安堡（Adrianople），是古代罗马帝国色雷斯东部重镇，位于今天的土耳其共和国埃迪尔内省省会埃迪尔郊区。

哈德良堡战役，是公元378年罗马帝国军队与匈奴骑兵和斯基泰人之间的一次战役，发生在东罗马帝国的色雷斯行省马里查河河畔的哈德良堡。

公元3—4世纪，来自遥远的中国北部的游牧族群——匈奴人，越过莫伊提斯大沼泽，侵入斯奇提亚草原，击败而且奴役了曾经居住于此的斯基泰人和格鲁森尼哥特人（Greuthungi）。西方现代史学称侵入罗马帝国的主要是定义不明的哥特人。但根据古代东罗马帝国史料，则说是斯基泰（月氏）人：

“与此同时，一支此前尚未被人知晓的蛮族突然现身于世，并侵袭了伊斯特河对岸的斯基泰人。他们被称为匈奴人。他们或是该被称作生活在王权之下的斯基泰人，或是希罗多德所述的那支定居在伊斯特河附近塌鼻子的弱小民族，抑或是从亚洲迁入欧洲的……（这些匈奴人）他们得到了一条从亚洲通往欧洲的陆上通道。然而，或许是这些人，他们携妻儿、马匹和辎重，侵略了定居在伊斯特河对岸的斯基泰人。他们完全不知道怎样按步兵的方式作战，因为他们连脚都无法平衡地站立在地上，只能在马背上生活与睡觉，在这种情况下他们又怎么会做其他事呢？可是他们驾驭马匹疾驰如风，突然奔袭而至，转瞬又撤退而去，此外还能骑射自如，凭借着上述这些，他们制造了大规模的杀戮。

他们不停地烧杀掳掠，以致斯基泰人陷入了这番惨境，活下来的人不得不将自己的居所交给匈奴人，被迫渡过伊斯特河，乞求皇帝能够接纳自己，并允诺他们会和忠诚的盟友一样对他百依百顺。伊斯特河畔城镇里的卫戍司令官将上述请求禀报给了皇帝，瓦伦斯答应斯基泰人，放下武器就允许他们进入帝国。于是，为了将那群蛮族卸下武装并带入罗马境内，军事保民官与其他一些将领便渡过了河。不过，他们却只顾着抢掠漂亮妇女、猎捕成熟少年这些无耻的勾当，以及抓出可以充当奴隶和农夫的人。他们仅仅热衷于做上述事情而把国家利益完全抛到了脑后。就这样，在他们的麻痹大意下，成群结队的蛮族竟携着武器渡河而来。这群蛮族一踏入罗马人的领域，就忘记了自己的恳请，也背弃了誓言。于是，他们在色雷斯、潘诺尼亚以及远至马其顿和塞萨利的土地上到处充斥着蛮族，一路上见什么就夺什么。

皇帝便急忙从安条克城赶到了君士坦丁堡，接着再从那里进入色雷斯，以抗击那些挑起战乱的斯基泰人。”

公元375年，匈奴人征服斯奇提亚的哥特人以及其他萨尔马提亚和西徐亚部落（斯基泰人）。公元376年，匈奴人渡过塔拉斯河（Tyras），袭击了定居于达西亚的哥特人，包括格皮德人（Gepids）、特温基人（Tervingi）和部分在此避难的格鲁森尼人。在匈奴人的攻击下，大批蛮族的斯基泰人和哥特人被迫归附匈奴，称臣纳贡。

在匈奴人的压迫下，部分蛮族逃到罗马帝国边境，遣使向东罗马皇帝瓦伦斯请求庇护，请其允许他们在罗马帝国境内定居。瓦伦斯希望利用蛮族人马来补充军队，抵御匈奴人，所以接受了他们的要求。然而，很快事态失去了控制，大量蛮族人源源不断地迁入多瑙河流域，而罗马帝国的兵力又十分薄弱，无法对其加以有效的控制。蛮族人于公元377年开始暴乱，并且多次击败罗马帝国军队。瓦伦斯（东罗马帝国皇帝）向西罗马帝国皇帝格拉提安求援。格拉提安派出菲戈尔杜斯

罗马金币：瓦伦斯皇帝头像（何新收藏）

（Frigeridus）将军和他的禁军队长瑞克莫瑞斯（Richomeres）。

公元378年，两位罗马皇帝瓦伦斯和格拉提安决定联手对哥特人进行一次决定性的会战。瓦伦斯从叙利亚集结大量的军队，而格拉提安则从高卢带来西罗马的军团。瓦伦斯从安提诺克出发，向君士坦丁堡前进，于5月30日抵达君士坦丁堡，随后任命刚从意大利来的塞巴斯提安努斯为特伦斯军团指挥官。塞巴斯提安派出2000名军团士兵向亚得里安堡前进，沿路伏击了哥特人，取得了一些小胜利。

与此同时，格拉提安将自己的部队派往帕诺阿，路上他们在阿根提阿（今法国克尔马附近）痛打了前来进犯的日耳曼族的雷廷尼斯人（阿拉曼人的一部分，阿拉曼人是一些经常骚扰上莱茵行省的极具攻击性的日耳曼部落，今日法语中"德国"一词即为Allemagne）。

于是蛮族人与匈奴人结成联盟，匈奴人派出骑兵来支援哥特人。格拉提安将他的罗马大军一分为二,一路跟着他，走水路直奔东罗马帝国，一路从路上向东行军。走水路的一路抵达离阿得里安堡400公里的火神营地后，途中遭到了哥特人和匈奴人的进攻，随后就撤退到了帕诺阿。

公元378年8月9日，瓦伦斯率部抵达阿德里安堡。瓦伦斯命令部队向蛮族人的营地发动进攻，而没有等待前来增援的西罗马皇帝格拉提安的军队。当两军激战犹酣之际，匈奴骑兵的主力抵达正在进行战斗的河谷旁的高地。

匈奴骑兵以良好的机动性能对罗马方阵步兵军队的左翼发动了袭击，整个罗马军队顿时乱作一团，匈奴人与蛮族人的联军击溃了罗马军队。瓦伦斯皇帝本人身负重伤，被哥特人放火烧死。罗马军队有超过三分之二的士兵阵亡，匈奴和蛮族方面伤亡人数相当轻微。

据古代的东罗马历史家记述：皇帝带着整支部队杂乱无序地开到了前方。于是，蛮族人果断地和他们交战，轻而易举就获得了胜利。除了几人随皇帝一同逃入一座不设防的村庄，其余部队几乎都被对方歼灭了。蛮族人见状就取来大量木材围住那个地方，点上了火。就这样，逃至那里的人连同当地居民全在烈火中身死覆灭，而皇帝的尸身从未被找到过。

在哈德良堡之战中，蛮族军队可能是来自多瑙河东北的哥特人的瑟文吉部落（Thervingi），以及来自东方的匈奴人、斯基泰人的格鲁森尼部落（Greuthungi）。西方现代历史学家将瑟文吉哥特人，称为西哥特人（visigoths）；而将包括匈奴、斯基泰等复杂部族的格鲁森尼人，称作东哥特人（Ostgoths）。

实际上，匈奴哥特联军中不仅有匈奴人、斯基泰人，还有奄蔡人（波斯人）。此战，由于东方匈奴骑兵暴风雨般的冲击和胜利，导致罗马步兵方阵战术从此没落而一蹶不振，以后骑士和骑兵开始成为欧洲战场上的主力。

对于罗马帝国，这次战败的后果不可估量，也是罗马帝国历史上最惨重的失败。东罗马皇帝瓦伦斯以及众多高级将领阵亡，东罗马帝国的核心军团被彻底摧毁，东方蛮族的形象也从此转变。他们不再仅仅是骚扰罗马帝国边境的游民，而成了和帝国平起平坐的竞争对手。这次战争不仅是罗马军队的最大失利，也是罗马帝国走向灭亡的标志。

继任罗马皇帝狄奥多西一世和哥特人在公元 382 年议和，哥特人答应帮助罗马防御匈奴人，保护罗马疆界以获得粮食补给。但是另一些日耳曼人以及斯基泰人的部落却仍然与匈奴结盟，不断入侵和蚕食原罗马帝国的疆土。最终，匈奴人的皇帝阿提拉与蛮族联军攻进亚平宁半岛。

古罗马人眼中的匈奴形象

匈奴是一个古代生活在欧亚大陆的强悍的游牧民族，秦汉时代，他们曾经以蒙古高原为中心建立了强大的国家。据《史记·匈奴列传》的记载，匈奴祖先实际是夏人之后。“匈奴，其先祖夏后氏之苗裔也，曰淳维。夏桀无道，汤放逐之鸣条，三年而死。其子獯粥妻桀之众妾，避居北野，随畜迁徙。秦时族人渐众，中原谓之匈奴。”这就是说，匈奴的祖先本来是夏朝王室的后裔，名号叫“淳维”。

【何新按】

维，古音读仪，通于；淳，与单相近。所谓“淳维”，其实就是单于的异文。

《史记》又说，夏王朝最后一个王是桀，亡国以后他被商朝流放，一年后死了。他的儿子獯粥娶了他老爸桀的几个妃子，然后带着她们往北方逃跑，流落成为游牧人，随畜迁徙。后来繁衍生息，又合并其他草原部族，遂强大起来。此后不断骚扰中原，人们就称之为匈奴（即凶奴）。

《山海经·大荒北经》也称：“犬戎（即匈奴）与夏人同祖，皆出于黄帝。”

总之，中国古籍中讲述的匈奴是在秦汉时称雄中原以北的一个非常强大的游牧民族，其中混合了多个种族族群，其势力席卷中国西部高原、北部草原和东北平原。直到公元前 215 年，匈奴被汉武帝逐出黄河河套以及蒙古高原地区，分裂为二，南匈奴归附汉朝，北匈奴继续流窜戈壁、草原。

东汉光武帝建武二十四年（公元 48 年），又有一部分北匈奴人，分裂出来归附了汉朝，加入南匈奴。大部分北匈奴人于公元 89 年以后迁徙西方。其中一部分人（被称为白匈奴）进入今日的阿富汗、巴基斯坦和印度。

另一部分匈奴人在里海一带的大草原上流落了两百多年，其中一些部落进入欧洲到达多瑙河流域。在 4 世纪下半叶时（360 年），匈奴的势力骤然爆发了。在一个叫作巴兰姆巴尔的王的领导下，匈奴人灭亡斯基泰人和哥特人的阿兰国，这是一个位于伏尔加河和顿河之间的强大王国。匈奴人在顿河沿岸大败阿兰人的联军，杀死了阿兰国王，接着继续向西，不断驱逐当时居住在那里的日耳曼—哥特人。

公元 400 年，匈奴单于乌尔丁带领大军攻入匈牙利，然后越过阿尔卑斯山，进入了意大利。于是匈牙利的原住民凡达尔人、瑞维人开始了大跑路。这些日耳曼部族人在匈奴的驱逐下进入高卢，于公元 409 年越过比利牛斯山，进入伊比利亚半岛，在当地建立了自己的国家。与此同时，阿勒立克带领的一支哥特人也南下逃避匈奴的大军，进入了意大利平原，然后在公元 408 年、409 年、410 年三次围攻罗马，并于公元 410 年攻入罗马城中，烧杀抢掠，毁灭了这座城市。

在这次战争中，西方日耳曼诸族在匈奴的军事压力下为了生存而互相火并。而匈奴人则占据了巴诺尼亚（今匈牙利），把当地剩余的哥特人部落纳入统治之下，遂形成了一个以今日匈牙利为中心，横跨欧亚大陆中部地区的大匈奴国。

被罗马帝国也看作蛮族的日耳曼—哥特人不怕罗马人，但是他们非常害怕匈奴人，称匈奴人为“野人”。

关于匈奴，他们的传说是：“一切不幸，都源于匈奴人所播下的种子。他们不但具有出类拔萃的骑马能力，还有在马背上一箭中的的高超技能。他们往往具有如下特征：一、无目的，无目的地。这就允许他们采用随机应变的战法。二、对拥有房屋无兴趣。这显示出他们对财产和积累财富不感兴趣。但他们嗜好黄金和黄金制品。不仅是黄金，只要是发亮的，都喜欢。三、无法律。因此，头人的命令就是圣旨。四、无守护神。这表现出他们没有家族观念，因而人质这种担保形式对他们不适用。五、无稳定的食物观念。只要有机会，不论何时何物，他们首先想到的就是抢夺。”

在哥特人的传说中，匈奴人是比一切蛮族都更野蛮的种族。“他们不用火烹煮食物，也不佐以其他食材。他们骑马时，将肉夹在两腿之间，焐热后生吃。他们身材矮小，体格健壮，动作敏捷。他们的脸，与其说是人类的面孔，不如说更像一块平坦的肉块，只有两个会动的黑点，才让人知道那是一双眼睛。他们几乎没有胡须，大概是因为还在吃奶的时候，就经常被短剑刮脸，习惯了受伤和流血。他们像祭拜神灵一般，祭拜插在地上的剑。无论如何，他们是一群长成人样的动物，是从前住在森林中的恶魔与被赶出哥特人的魔女媾和而生的。”

罗马帝国的将军阿米阿努斯·马尔塞利努斯在 4 世纪中叶注意到了匈奴人的威胁，他在回忆录中这样描绘匈奴人：“与其说他们是用两脚走路的人，不如说他们是野兽。他们骑在马上，用马背和两腿夹运生肉，不烧就吃。扁平的面孔上嵌着两只小黑点一样的眼睛，胡须稀少，个子矮小但体格健壮。他们栖息于森林，身上裹着用麻绳把多张鼠皮连在一起的衣服。这衣服从来不洗，一穿到烂，总是散发着恶臭。鞋子也是用麻绳缝合起来的未经鞣制的羊皮做成，难以行走，不适合长时间步行。也许因为这个，他们不管去哪里，干什么都是骑马。在战场上他们也极度讨厌下马作战。不过，骑在马上的匈奴人人马一体，就像钉在马上一样，可以发挥出惊人的突击力。他们住在两轮牛车里，在车棚里吃喝、交媾、生子，做所有的事情。也许因为在最本质的意义上他们是游牧民族，土地再肥沃，他们对耕作也完全没有兴趣。”

另一位罗马官员普利斯库斯，曾经是公元 449 年被派往阿提拉处谈判的罗马使节。他这样描写在匈奴国的所见所闻：我们一行进了纳伊苏斯城（现在的尼什）。这座城市是君士坦丁大帝出生的地方，也是干线大道经过的地方，现在已被匈奴人的侵袭破坏殆尽。除了几个人在已是废墟的教堂避雨、水、霜、露，全城已是无人之境。纳伊苏斯附近流淌着摩拉瓦河，大道也沿着这条河通向西北。我们一行沿着摩拉瓦河，行进在大道上。大道周边尽是无人地带，许多被匈奴人杀死的人已成白骨，死者无人掩埋，被弃置在被害之处。行走在寺道的途中，伊利里亚军团的大元帅在等着我们，把 5 个逃兵托付给我们。这 5 个人将按皇帝在协约里约定的那样引渡给阿提拉。带着这 5 个人，我们一行渡过多瑙河，进入了

欧洲人绘制的两幅阿提拉画像

阿提拉的根据地。

阿提拉（Attila，约 406 年—453 年），是公元 5 世纪的匈奴皇帝，古代欧洲人敬畏地称他们的军队为“上帝之鞭”。他曾率领军队两次入侵巴尔干半岛，包围君士坦丁堡，远征至高卢（今法国）的奥尔良地区，在沙隆之战不利后才停止继续西进。后来他挥师攻进意大利半岛，屯兵罗马城下，得到大量赎金。公元 452 年，阿提拉攻陷西罗马帝国的首都拉文纳，赶走皇帝瓦伦丁尼安三世，致使西罗马帝国濒于灭亡。

匈奴帝国在阿提拉时代，版图达到了极盛：东起自咸海，西至大西洋海岸；南起自多瑙河，北至波罗的海。在欧亚大陆的广大区域内建立了无数附属国，虽然各有自己的国王和部落酋长，但都向阿提拉称臣纳贡，战时出兵参战。

在阿提拉死后，他的帝国瓦解，但他在欧洲历史上仍具有传奇性。在欧洲人的心目中，这位亚洲血统的皇帝被视为残暴及抢夺的象征。但也有历史记载，称他是一个伟大仁慈的皇帝（尤见于古北欧的萨迦人的文献记载中）。

觐见过阿提拉的罗马使节普利斯库斯是这样记述的：“从渡过多瑙河开始，匈奴人的卫队就一直跟着我们。在他们的带领下，我们走了大约 13 公里，来到了阿提拉的大本营。在交割了 5 名逃兵后，我们得到许可会见阿提拉。很多蛮族人麇集在阿提拉的帐篷周围。我们进入帐篷后马上认出了坐在木凳上的阿提拉。

因为其他人都站着，只有他坐着。我们站在离那张粗糙御座老远的地方，只有马克西米努斯走上前去，向阿提拉致意，转达了皇帝祝阿提拉和匈奴人更加繁荣的话，递上了皇帝的亲笔信。蛮族头领也祝愿皇帝和罗马人繁荣。阿提拉在帐篷里被几名高官和武将围在中间。坦率地说，我对阿提拉本人衣着之朴素感到很震惊。与他不同，高官和武将们个个都穿着质地优良、色彩丰富的华丽服装，上面绣着大片花鸟，一定是从中国人和波斯人那里抢来的。

“在这位把从莱茵河到多瑙河的大片土地置于自己统治之下的部族酋长的帐篷里，没有一件值钱的家具和有艺术价值的摆设。帐篷里也没有床，只有可能还值点钱的毛皮扔在地上，另有几张粗糙的木制椅子。阿提拉把弓和斧立在身旁，此外就再没有别的武器了。

“阿提拉个头虽矮，但体格强壮。他面色暗黄，几乎没有胡须，脸型扁平得近乎奇妙。他两眼斜视，凹陷的黑眼睛像看稀罕物件似的盯着我们。他们好像吃饭、睡觉、会客都在这顶帐篷里。虽然没有餐桌，但有餐具，都是用金银做成的，无疑也都是抢来的。

“阿提拉是一个不停行动的人。我们尽管跟他保持着一定距离，也还是得骑马跟他各处行走。渡过几条河之后，终于到了他定为首都的城镇。与其叫城镇，不如说这只是个村庄。阿提拉木造的房子周围只围了一道根本起不到防卫作用的木栅栏。匈奴人二把手奥涅格西姆斯略小一点的房子建在阿提拉房子的附近，周围也围着木栅栏。

“阿提拉刚一进村，一群姑娘就唱着歌迎了出来。有几个人戴着白色面纱，其他人捧着面纱跟在后头。这时，奥涅格西姆斯的妻子带领着大群女奴出现了，向阿提拉奉上了食物和酒。这是匈奴人最高敬意的表示。

阿提拉从臣下们献上的银盘中捏起食物来吃，喝下了女人们献上的酒杯里的酒。整个过程他都骑在马上。”

从公元 452 年春天一直到秋天，整整半年时间，阿提拉统率的匈奴大军在意大利北部纵横驰骋，所向无敌。这年 7 月，阿提拉兵临罗马城下。

罗马城内的居民委托两位元老院议员和罗马大主教利奥三人组成了一个代表

团，去觐见身在曼托瓦的阿提拉。代表团的使命是请求阿提拉不要进入罗马劫掠，同意缴纳巨额赎金。最终阿提拉承诺，不攻击罗马。

后来基督教会宣传，说主教利奥得到圣彼得和圣保罗的神助，鼓足勇气，当面谴责阿提拉的暴虐，向他说教此后超脱和慈悲的重要性。于是，阿提拉被利奥的雄辩说服，就离开了罗马。从这时起，罗马主教开始被称为罗马教皇，成为西方基督教徒的皇帝。

有意思的是，现代西方历史学界深以罗马帝国、日耳曼民族和欧洲人曾经被来自亚洲的匈奴人奴役为羞耻，所以试图竭力抹杀或者掩盖这一段历史。在现代西方史学中，攻击罗马、灭亡罗马帝国的主力似乎不是匈奴，而仅仅是来自北欧的日耳曼民族（哥特人、汪达尔人等）。

西方史家也努力为日耳曼人化妆美容，试图摆脱罗马人为这些野蛮人戴上的“蛮族”这顶帽子。此外，还有一些可笑的西方史家试图洗去匈奴人的亚洲血统，把匈奴描绘为来历不明的欧洲本地人，等等。

但是，18 世纪伟大的英国史家爱德华·吉本 16 卷本的古典史学名著《罗马帝国衰亡史》中详尽地描述了匈奴人的来源，被汉朝击败后的大迁徙，以及对于欧罗巴的攻击。大约生活于公元 5 世纪后半叶的东罗马帝国的史家佐西莫斯其所著《罗马新史》中，也记述了匈奴人的来源和对于罗马的攻击。

西方试图掩埋阿提拉匈奴征服罗马史

【何新按】

来自亚洲的黄种人匈奴摧毁了罗马帝国，这对于崇尚种族主义的近代西方人越来越是一段难以接受的历史。在19世纪以前的西方史学中，对此尚能较为客观地叙述。特别是英国18世纪著名的启蒙历史学家吉本的名著《罗马帝国衰亡史》，对匈奴人的起源，如何被汉武帝驱逐到中亚和欧洲，以及匈奴在西方的再度兴起和扫荡、摧毁罗马帝国，都根据西方古代史料有详细记述。

但是20世纪以来，西方主流编著的世界史，则努力淡化这一历史，经常对此历史一带而过或者讳莫如深。而把罗马帝国的毁灭，归于哥特人、汪达尔人、法兰克人等日耳曼系蛮族，试图掩盖自亚洲西进的黄种人匈奴引发欧洲的民族大迁移运动，以及摧毁了罗马帝国的史实。甚至有人否认欧洲史料中的Huns就是匈奴而将其改名为匈人——把匈人说成是来历不明，甚至将其伪造为白种雅利安人。同样可笑的是，对于横扫欧亚的成吉思汗，西方史界近年也有人试图把他的皮肤染成白色的。

在中国，几乎没人知道——被西方和精英大吹特吹的那个罗马帝国，正是被汉武帝击败的匈奴人西去后所摧毁的。

国人更几乎无人知道匈奴曾经建立过一个时间虽然短暂，但是横跨欧亚，幅员远远超过罗马帝国和此前亚历山大帝国的匈奴大帝国。在西方编撰的《世界征服者名录》中也没有阿提拉的名号。

事实上，公元5世纪的罗马官员普利斯库斯在公元448年曾经作为使者进入阿提拉的营地，其间他记述的《出使匈奴王廷记》，成了众多描述匈奴人及其领袖阿提拉的书籍中，最为准确、直接及详细的著作之一。

以下是《不列颠百科全书》中文版对于阿提拉及其帝国的记述，立此存照（来源:《不列颠百科全书》中文 2010 年版）——

阿提拉（Attila，406 年—453 年），绰号“上帝之鞭”。匈奴王（434 年—453 年在位，与兄布莱达共治至 445 年），进攻罗马帝国的最伟大的蛮族统治者之一。

匈奴是来自中亚北部的一支游牧民族，自 4 世纪起征服了欧洲的大片地区。阿提拉与其兄布莱达所继承的帝国似乎已经从西方的阿尔卑斯山和波罗的海延伸至东方的里海沿岸。

公元 435 年—439 年阿提拉的活动不甚了解，但他大概一直在对北方或东方的邻族进行征伐。441 年，当东罗马帝国的军队忙于边界战事而无暇他顾的时候，阿提拉对东罗马帝国的多瑙河一线发起大规模的进攻，攻占了包括辛吉杜努姆（今贝尔格莱德）在内的许多重要城市，将其夷为平地。443 年阿提拉再次发起进攻，首先占领和摧毁了多瑙河上的一些城镇，然后长驱直入罗马帝国腹地，直至纳伊苏斯（尼什）和塞迪卡（索菲亚），将两地化为废墟。

此后，阿提拉挥师指向君士坦丁堡，占领了菲利普波利斯，击溃了东罗马帝国的主力军，兵临君士坦丁堡南北两面的海岸。匈奴的弓箭手对君士坦丁堡的高大城墙无能为力。因此，阿提拉回过头来，把撤到加利波利半岛的东罗马帝国的残军全部歼灭。随后订立和平条约，强迫东罗马帝国支付所拖欠的贡金 6000 磅黄金，并将每年贡金增加到 2100 磅黄金。

公元 445 年前后，阿提拉害死兄长布莱达，成为匈奴帝国的独裁君主。447 年，他再度大举入侵东罗马帝国，挥师直指欧洲东南部的下西徐亚和莫西亚两省，比第一次进攻更加深入东方。他在乌图斯（维德）河上击败东罗马帝国的军队，然后洗劫巴尔干省，南进希腊，一直打到温泉关。此后，他与东罗马皇帝狄奥多西二世的外交代表进行谈判，经过三年才签订停战条约。这个条约比 443 年的条约更加苛刻，东罗马人不但要割让多瑙河以南的大片领土，还要继续向匈奴帝国纳贡。

公元451年阿提拉入侵高卢。这时，罗马大将埃提乌斯与西哥特国王狄奥多里克一世达成合兵抗击匈奴的协议。阿提拉与联军的决战是在卡塔洛尼平原进行的。经过激烈战斗，西哥特国王阵亡，阿提拉后撤不久即退出高卢。这是阿提拉唯一的一次失败。452年匈奴人入侵意大利，劫掠包括阿奎莱亚、帕塔维乌姆（帕多瓦）、维罗纳、布雷西亚、贝加莫、梅迪奥拉农（米兰）在内的许多城市。只是因为这时意大利大闹饥荒和瘟疫，匈奴的军队才没有踏平整个亚平宁半岛。

阿提拉的传奇生涯

匈奴民族在亚欧大草原上的几百年飘荡也许是世界史上最悲壮的史诗，而阿提拉的活动则是这部史诗的压轴大作。

阿提拉早年曾在罗马为人质，公元433年同兄长布莱达一起继位为匈奴王，445年在布莱达神秘死亡之后，阿提拉成为疆域面积达400多万平方公里的国家

《教皇利奥一世投降匈奴皇帝阿提拉》，拉斐尔

公元 453 年，阿提拉准备再次进攻东罗马帝国，但他在新婚之夜突然死去。那些埋葬他的遗体和财宝的人都被匈奴人处死，因此始终不知他的陵墓所在。他的帝国由诸子分割继承。

独一无二的统治者。

阿提拉大约生于公元 406 年，对于他的童年目前所知甚少，有假设说他于童年时已是一名优秀的战士及领袖，但未有足够证据支持。

在公元 418 年，年仅 12 岁的匈奴王阿提拉，被作为议和条约中的人质之一送到罗马宫廷（时值荷诺里皇帝在位，西罗马帝国首任皇帝）。同时，匈奴人亦获得了埃提乌斯（后来指挥罗马军队，成功抵抗匈奴王阿提拉进一步西进的将军）作为人质交换。在罗马的时候，匈奴王阿提拉在宫廷接受了良好的教育，同时亦从那里学习到罗马人的传统和习俗，还有他们奢华的生活方式。罗马人希望借他能把罗马文化在回到匈奴人领地时传扬出去，以增加罗马对周边民族的影响力。而匈奴人则希望透过人质交换，能使他们获取更多罗马内部的情报。

匈奴王阿提拉逗留在罗马时，曾经一度尝试逃跑，但失败了。于是他开始把注意力集中在研究罗马的内部结构上，并专注研究罗马的内政及外交政策。有时，他甚至会透过暗中观察外交官们举行的外交会议去研究这方面的资料。可以说，匈奴王阿提拉于当时学习的一切对后来他对匈奴人的统治，以至他对罗马的征服战役都有极大的帮助。

公元 432 年，匈奴人各部落在鲁嘉（Ruga）单于的领导下完成了统一。

公元 434 年，鲁嘉死后，他的两个侄子阿提拉和布莱达即位后开始统治匈奴人。之后他们的势力快速扩张，并开始与当时的罗马皇帝狄奥多西二世讨还几个在罗马帝国庇护下的叛变部族。

翌年，阿提拉和布莱达于马古斯（Margus，今波扎雷瓦茨，塞尔维亚境内城市）会见了罗马帝国的代表团，在谈判后达成了一个十分成功的条约：罗马承诺归还叛变部族（这些部族曾经协助罗马对抗汪达尔人），并把以往每年对匈奴人的350罗马镑（约114.5千克黄金）纳贡增加两倍，开放更多城市与匈奴商人互市，并为每个被俘虏的罗马人支付8个金币的赎金。

在签署条约后，匈奴人为巩固和加强他们的帝国，便从君士坦丁堡的边墙撤向内陆地区。而狄奥多西二世便借此机会，建立了君士坦丁堡的城墙，并沿多瑙河建立防御工事，增强了东罗马帝国的防御能力。

接下来的五年，匈奴人未再对罗马帝国进行大规模进攻，转而向波斯帝国进攻。但是，当他们在亚美尼亚遭到波斯还击被打败后，阿提拉和布莱达便放弃征服波斯。

公元440年，匈奴人再次把注意力放到东罗马帝国，并屡次侵扰多瑙河北岸的商人市。阿提拉和布莱达指责罗马人未履行他们的条约，更声称马古斯的主教亵渎了在多瑙河北岸的匈奴人皇家坟墓，要挟要再次进攻君士坦丁堡。

阿提拉率领匈奴人横渡了多瑙河，把伊利里亚地区（今巴尔干半岛西部地区）和色雷斯地区彻底摧毁，其中还包括了省会费米拉孔。匈奴人一直攻打到马古斯，在此当匈奴人正与罗马人相讨交出主教的条件时，该名主教出逃并放弃了此城。

狄奥多西二世在汪达尔人的领袖盖塞里克占领迦太基，以及萨珊王朝皇帝伊斯特格德二世入侵亚美尼亚后，决定撤除多瑙河沿岸的防御工事，使得阿提拉和布莱达更容易进攻巴尔干半岛。

公元441年，匈奴人的铁骑先后攻陷了马古斯、费米拉孔（Viminacium）、辛吉度努姆（Singidunum，今贝尔格莱德）及塞尔曼（Sirmium）等城市，直至翌年狄奥多西二世从北非调回他的军队，以及发行新金币支付军费，才暂时遏止了阿提拉的攻势。在此之后，他认为已有足够力量对抗阿提拉，便拒绝了匈奴人的要求。

在要求被拒后，阿提拉和布莱达于公元443年再沿多瑙河沿岸发动大规模进攻，并侵占了军事重镇拉提阿拉（Ratiara），及围攻了尼斯（Naissu，今塞尔维亚境内城市）。在此两战中，匈奴人首次使用了攻城槌、攻城车等重形装备。然后匈奴人军队再度横扫巴尔干半岛，沿着尼沙瓦（Nishava）河攻陷了谢尔迪卡（今保加利亚首都索菲亚）、菲立普波里斯（今保加利亚城市普罗夫迪夫）和留莱布尔尬兹（Arcadiopolis，今土耳其境内城市）等大城市，最后攻至罗马首都君士坦丁堡。

匈奴人虽然消灭了城外的罗马守军，但由于欠缺攻城器具，所以面对君士坦丁堡的巨大城墙只能围困该城。

在长期围困后，狄奥多西二世投降，命皇室使节亚纳多留斯与阿提拉相议和平条约。

最终狄奥多西二世与阿提拉达成协议，签订了一条更严厉的条约：拜占庭同意赔偿6000罗马镑（约1963千克黄金）作为早前毁约的惩罚，而每年纳贡增加三倍至2100罗马镑（约687千克黄金），至于每个被俘虏的罗马人支付的赎金亦增至12个金币。这些条款虽然为罗马帝国带来更沉重的负担，但亦暂时满足了匈奴人的欲望，使他们再次撤向内陆地区。

根据约尔丹尼斯（Nishava）及普利斯库斯（Priscus）的著作记载，约于公元445年，即匈奴人撤向内陆地区后不久，布莱达便被阿提拉杀害。在杀害布莱达后，阿提拉成为唯一统治匈奴人的君主，并再度将矛头指向东罗马帝国。

一连串的人为和自然灾害在阿提拉率领匈奴人撤走后便接连降临。公元445年至447年发生严重瘟疫和饥荒，还有差一点让君士坦丁堡的巨大城墙被彻底摧毁的大地震。于是在公元447年，巩固了自己作为匈奴人唯一领袖地位的阿提拉便伺机而入，由默西亚行省入侵。于维特（Vit）河沿岸，一个哥特骑兵指挥官阿尔涅基可鲁斯（Arnegisclus）带领一支罗马军队进行抵抗，但被阿提拉打败。罗马军队的损失不大，于是阿提拉便绕过了一些主要的军事重镇，横越巴尔干半岛直趋塞莫皮莱猛口（今希腊境内）。但当匈奴人军队再次到达君士坦丁堡后，面对迅速重建后的新城墙却显得束手无策。以下是一段对当时匈奴人情况的描述：

……那些从色雷斯来的蛮族匈人，攻占了数以百计的城镇，使君士坦丁堡内陷入十分危险的境况，人心惶惶，争相逃命……被杀者多得无法估量。同时，他们也俘虏了大量的修士和少女。（塞琉古著《*Life of Saint Hypatius*》）

于是阿提拉提出恢复“和平”的条件：罗马人需继续履行纳贡的责任，以及把多瑙河以南5日骑程内的防御工事全部撤除。此后协商断断续续地持续了约三年。其中史学家普利斯库斯（Priscus）在公元448年被作为使者派遣到了阿提拉的营地，其间他著写的《出使匈奴王廷记》，成为众多描述阿提拉的书籍中，最为准确及详细的版本。此书提供了大量有关阿提拉婚姻、性格、外形，乃至匈人皇廷内的情况的资料，其中更不乏对阿提拉冷漠、朴实的性格，与下臣及奉承者的奢华对比的描述：

……他为我们准备了豪华的盛宴……用上了十分名贵的银碟为我们和他们的使节盛载食物。但相对于我们的奢华餐具，阿提拉只用了一个木盘。无论在何处，他都表现得十分温和、简朴，就连酒杯也是木制的，相对而言我们则使用着各适其适的金制或银制酒杯。他的衣着也是非常简朴和整洁，随身携带的佩剑，一对西徐亚式的靴，马镫也没有任何黄金或宝石修饰，与其他西徐亚人一样。木制地板上只简单地铺着羊毛席子。

在这些年间，发生了一件对阿提拉后来征服之路有深刻影响，且有关“战神之剑”的传说，普利斯库斯对此亦有记载：

当一个牧人发现他的牛群里有一头小牝牛跛着脚行走的时候……他好奇地循着血迹而行，最后被他发现了那头小牛在吃草时不慎踏到一把剑。他赶忙挖出了那把剑，并呈献给阿提拉。阿提拉认定这就是传说中的“战神之剑”，认为这是上天指定他要统治世界的象征，并会使他在往后的征战中无往不利（约尔丹尼斯（Jordanes）著，《哥德的起源和行为》，第35章）。

有学者于考究后证实这个传说源自一些中亚种族对剑的崇拜。

公元450年，阿提拉开始把注意力集中在西欧，并向西罗马帝国表示愿意与之结盟，共同对付图卢兹这个强大的西哥特王国。在此之前阿提拉与西罗马帝国，尤其与当时已成为大公的埃提乌斯（幼时被作为人质交换至匈人帝国，与阿提拉交情深厚）维持着一段良好的关系。在当时，匈奴人军队对巴斯克人和哥特人的节节胜利，使阿提拉在西欧已获得“大元帅”（Magister militum）的称号。而汪达尔王成塞瑞克（Geiseric），在惧怕西哥特人的阴影下，对西欧其他各族的外交努力亦对提升阿提拉在西欧的影响力产生帮助。

但是在罗马，当时的皇帝瓦伦丁尼安三世与他的姐姐霍诺利亚（Honoria），就阿提拉提出的建议却持相反意见。霍诺利亚为了逃避与一名宫廷官员的婚约，竟于当年春季主动向阿提拉求婚。阿提拉在考虑过后，接受了她的提议，但同时提出要以帝国的一半管治权作为嫁妆。瓦伦丁尼安三世得知后，断然拒绝了提议，并以“提婚不合法”为由回复了阿提拉，且在摄政太后加拉·普拉西提阿（Galla Placidia）的建议下把霍诺利亚流放。但阿提拉却没有被说服，并派遣了使者到拉文纳要求进一步的解释，准备一旦无法获得满意的答复便挥军攻打西罗马帝国。

同年，在东部帝国，执政长达42年的皇帝狄奥多西二世因堕马而丧生，继承其位的马尔西安（Marcian）停止了向匈奴人纳贡，因为在经过长年累月被匈奴人和其他蛮族蹂躏后，作为支撑帝国经济命脉的巴尔干半岛已经所剩无几了。

同时间在阿提拉辖下的法兰克人王国，在国王死后他的两个儿子爆发了争夺王位的冲突，长子及次子分别向阿提拉与埃提乌斯求援。著名历史学家约翰·巴格内尔·伯雷（J.B.Bury）认为，阿提拉介入此举的最终目的，可能是把他的帝国跨越高卢扩展至大西洋海岸。

在派遣到拉文纳的使者未得到答复，再加上法兰克人的求援后，阿提拉决定集结一支庞大的军队攻向高卢。他从阿兰人、撒克逊人、东哥特人、勃艮第人、赫鲁利人等服从匈奴人统治的民族中抽调军队，加上自己领导的匈奴人骑兵，组成一支混合军队攻打西罗马帝国于高卢的领地。公元451年，当阿提拉率领大军抵达罗马帝国比利时行省时，根据约尔丹尼斯的记载军队已达50万（虽然含有夸大成分）。他于4月7日攻陷了梅斯，同时间罗马主将埃提乌斯正于凯尔特人、法兰克人和勃艮第人中抽调军队。

当阿提拉进一步西进后，元老院议员阿维都斯（Avitus）便受命说服西哥特王狄奥多里克（Theodoric），使西哥特人与罗马人结盟，也构成了一支庞大的军队准备与匈奴人决战。这支军队抢先在阿提拉之前赶到了奥尔良地区，以阻止匈奴军队继续前进。

最终埃提乌斯于约现今法国的夏隆—香槟泉市追上了阿提拉的军队，双方爆发了著名的沙隆战役。惨烈的战役最后以罗马和西哥特联军的胜利结束，但西哥特王狄奥多里克在此战中战死，埃提乌斯因为不能有效控制联军，而被逼将之解散。阿提拉在此战之后，离开了高卢，并说："我还会回来。"把目标指向意大利本土。

公元452年，当阿提拉重新向西罗马帝国要求对霍诺利亚的婚姻时，匈奴人的军队同时越过了阿尔卑斯山，侵入了罗马帝国的核心——意大利本土。他的军队摧毁了许多城市，并把意大利东北的军事重镇——阿奎莱亚彻底摧毁，使之永久地从地图上消失。

皇帝瓦伦丁尼安三世被吓怕了，从拉文纳逃到旧都罗马，只剩下埃提乌斯留在北部死守，但所提供的支援却很少。最后匈奴人军队在意大利北部的波河停止了攻势，阿提拉接见了由教宗利奥一世、元老院首席议员阿维努斯（Gennadius Avienus）及禁卫军统领特里杰久斯（Trigetius）等当时罗马帝国内身份最显赫的人所领导的议和使节团。在一轮相议后，阿提拉决定接受议和条款并撤走，但他也同时警告如果罗马帝国违反对霍诺利亚的婚约，他会再次入侵罗马。

对于阿提拉突然撤走的原因，历史上有不同的说法。其中最可信的原因是，阿提拉的军队当时可能受到军粮短缺，或瘟疫困扰，或被拜占庭帝国军队越过多瑙河侵扰后方所逼。而根据普利斯库斯的记载，另一个可能的原因是阿提拉害怕会重蹈公元410年，西哥特王亚拉里克一世入侵罗马城后不久暴毙的覆辙。这个由预言家阿基坦所发出的预言，经过画家拉斐尔的画笔与阿加第的凿子美化后，在右图形成了一幅由圣彼得和圣保罗保护着教宗，警告蛮族不得入侵"永恒之城"罗马的画像。

无论如何，阿提拉率领着匈奴人军队离开了意大利，越过多瑙河回到了自己的皇宫。同时他亦筹划着再次攻打君士坦丁堡，使拜占庭皇帝马尔西安恢复中断了三年的纳贡。

就于此时，他却在公元453年初突然逝世。对此，最常见的解释出自普利斯库斯的著作，当中记载道：阿提拉在他新婚迎娶一个哥特或勃艮第裔的少女伊笛可（Hildico）的婚宴后，在睡梦中鼻腔血管破裂，血液倒流引致窒息而死。这血管破裂可能是由于阿提拉饮酒过多而引起。一个曾经狂言“被我的马践踏过的地方，都不会再长出新草”的征服者，就这样怪异而反高潮地逝去了。

他的侍从和战士在得知他的死讯后，以剪下自己一撮头发、以剑在脸上刺伤口来哀悼他。约尔丹尼斯也这样记载当时的情况：“最伟大的战士是不应以女性的哀号和泪水，而是以战士的鲜血来哀悼的。”在葬礼上，匈奴人骑士们排着队形，围绕着存放阿提拉遗体的大型丝绸天幕转圈，向这位他们最伟大的领袖唱着丧歌。仪式完结后，匈奴人们便依照传统，在阿提拉下葬的坟前饮酒作乐。他的遗体分别被放在三个由金、银、铁所制成的棺木中，连同战利品，和那些负责挖坟墓后被杀的俘虏一起埋葬。在他死后，他的故事被演化为不同的传奇。在《尼伯龙根之歌》（德国中世纪长篇史诗）中的依则（Etzel）和《佛尔颂萨迦》（*Völsungasaga*）中Atli都是由阿提拉的生平所演化的人物。

关于阿提拉逝世的传说和故事，还有另一个版本。约在阿提拉死后80年，一名罗马的编年史家（Count Marcellinus）的著作中这样记载着：“Attila rex Hunnorum Europae orbator provinciae noctu mulieris manu cultroque confoditur.”（阿提拉，匈奴人的皇帝和欧罗巴的毁灭者，被他的妻子用刀杀害。）

在《尼伯龙根之歌》和《佛尔颂萨迦》中都描述“Atli”是被其妻古德伦杀害。但多数学者都不接受这个解释，而选择了相信在阿提拉时代生活的普利斯库斯的记载。近年，又有新的论据出现反驳普利斯库斯的记载。根据详细的文献学分析，巴布科克（Babcock）提出了由普利斯库斯的著作中记载的自然死亡论，是由受到当时拜占庭皇帝马尔西安政治压力的传教士篡改的，所以对可信性存疑。

关于阿提拉的外貌、特征和性格，主要的资料都出自普利斯库斯的《出使匈奴王廷记》，此书是于他在公元 448 年与拜占庭廷臣马古西斯（Maximin）领导的使节团出使匈奴人帝国时所著的。在当中记载了匈奴人在草原上搭建的营帐有如大城市的规模，以及以木墙屏障作为防御设施等情况。而在书中他用以下文字描述了阿提拉的外貌：“身材矮小，胸膛广阔，头大眼小，胡须稀疏而呈灰色，鼻子扁平，体形长等不太匀称。这些都是匈奴人常见的特征之一。”

一些西方史家承认，阿提拉的上述外形与亚洲东部黄种人的特征颇为相似，甚至与鞑靼人的特征如出一辙。他亦有着与中亚突厥语族相似的特征，所以他确保有了典型亚洲东部的外貌特点，而没有欧洲人的外形特征。

阿提拉在西方历史上通常有“上帝之鞭”之名，而他的名字也成了残暴和野蛮的同义词。这可能也与他的外貌和特征有关联。在平常的描述中，那些草原上的新征服者，如成吉思汗、帖木儿等，都被视为残暴、好杀戮和好战的化身。但在现实中，他的性格也许是更加复杂的。

阿提拉时代的匈奴文化，有一段时间与罗马文明有很大的交流，主要是透过日耳曼比利时行省的边境传入。而当公元 448 年使节团出使匈奴时，普利斯库斯也能够辨认匈奴人常用的两种主要语言匈奴语和哥特语，也有些匈奴人懂得拉丁语及希腊语。普利斯库斯也曾与一个罗马俘虏会面，而他显然已经适应了匈奴人的生活模式，不想回国。当时的罗马历史学家，在记载匈奴人谦卑和朴素的性格时，更是毫不含糊地表示倾慕。

有关阿提拉的名字来源，应该是出自哥特语中“小父亲”之义［前缀“atta”（父亲），加上后缀“-la”］演变而来的。这也可能是从阿尔泰语系而来［Atatürk and Alma-Ata，今日于阿尔泰语作“Almaty”，应该由前缀“atta”加上“il”（土地）而组成］。“Atil”在阿尔泰语中，也是今日伏尔加河的名称，所以也有以此河命名的可能。

阿提拉死后，他的指定继承人艾拉克（Ellac）、丹克兹克（Dengizich）以及艾内克（Ernakh）就帝国继承权互相攻伐（他的政权被称为保加尔），使匈奴人帝国四分五裂，如约尔丹尼斯所记载：“就好像那些好战的国王与他们的人民，应该被他们像家庭财产般摊分。”于是后来，在格庇德的国王艾达里克王领导下的反匈奴人联盟，在尼达欧之战（Battle of Nedao）击败了匈奴人，杀死了艾拉克，使匈奴人帝国完全瓦解并开始从欧洲历史中淡出。

在中世纪的各国文化中，统治者经常会吹嘘自己的祖先是某位最强大的征服者。阿提拉，作为一个从亚洲来临的蛮族征服者，在此原因下他的事迹被传奇化地保存下来，同时他的血脉也一直流传下来。其中保加利亚的沙皇是当时被视为最可信的阿提拉后代的君主。现时，一些家族系谱专家正试图重新排列阿提拉家族的图谱。当中有一些专家尝试把阿提拉的血脉图谱连接至查理曼大帝，但至今仍未能成功。

阿提拉建立的匈奴帝国

当匈奴人的名号随着哥特人的西逃逐渐在罗马帝国造成不可克服的恐惧时，他们的主体尚停留在俄罗斯的南部。这些地方，原来是阿兰人和东哥特人的故乡。匈奴人强占后，便以这里的广阔草原为根据地，开始劫掠东罗马的亚细亚诸省。成群的匈奴人，追随着以往阿兰人南进的旧路，向南越过欧亚的界山——高加索山脉，侵入近东各地。这个时候，他们还只是零星地骚扰罗马帝国的边境。

公元 396 年，有一大群匈奴人出现在底格里斯河边，他们开始对泰西封城发

《阿提拉的饮宴》

动进攻。泰西封是波斯萨珊帝国的首都。安居乐业的城市居民，由他们的国王巴哈兰四世带领，在一番恶战之后击退了这群匈奴人。

不过，这类征战都是偶发的，大部分的匈奴人还沉浸在新得牧场的喜悦之中，更多的人致力于恢复冒顿时代的游牧生活，希望在数百年的跋涉之后歇歇脚。于是，匈奴的人口开始大量增长了，这部分新增长的人口，日后将会成为匈奴人鼎盛时代的中流砥柱。

后来仍然有大量的匈奴人涌入南俄草原，覆灭东哥特王国的那些不过是他们的先锋。这批浩大而凶猛的移民流，不断冲击着邻近的日耳曼人。骄傲的西哥特老王阿散那力克，终于离开了避居的德兰锡尔伐尼亚山，走进东罗马帝国的君士坦丁堡，请求西阿多修斯大帝的庇佑。数年之后的一个日子，一大群来源不明的东哥特人出现在多瑙河畔，请求进入东罗马的疆土，不过遭到了杀戮。而那批跟随呼纳蒙特臣服匈奴的东哥特人，也开始向西进入匈牙利平原，并与多瑙河畔的瑞维人发生过战斗。

当绝大部分的东哥特人来到喀尔巴阡山以西时，多数的阿兰人也开始西迁，进入巴诺里亚北部，和属于日耳曼人的汪达尔人和瑞维人比邻而居，也许是因为他们面对着共同的压力，这三个语言、文化不同的种族，相处得非常亲密。

南俄草原，随着哥特人和阿兰人的离开，成为匈奴人独自拥有的地方。他们成了有史以来第一个占有这里的黄种人，之后的1000多年里，这块欧洲的草原一直为黄种人所保有。

公元400年的秋天，匈奴人在喀尔巴阡山以东休整了25年之后，开始了新的西征。这一次他们的领袖是乌尔丁，他们的目标是罗马帝国。不过，匈奴人和罗马的第一次接触还是彬彬有礼、一团和气的。

那一年，有一个叫盖尼亚的东罗马将官，在谋反失败之后，逃过多瑙河下游，一头扎进乌尔丁的领地。这块今天属于罗马尼亚的领地，不知道什么时候为匈奴人所得。但可以确信的是，乌尔丁和这批匈奴人，对罗马尚抱有一份尊重和友善，他们把这位叛贼的首级送到君士坦丁堡，献给了罗马皇帝。

接着，匈奴人还在罗马对抗异族的战争中，给予了东罗马帝国有力的支持。

故事发生在公元405年。此前，有一个雷大盖斯的哥特首领遭到乌尔丁的袭击，不得不带着族人离开匈牙利东部，渡过多瑙河，侵入罗马的巴诺尼亚省。然而这群入侵的逃亡者，仍逃避不了匈奴人的魔掌，不得不再次西迁。这一次，他们越过阿尔卑斯山，进入罗马帝国的腹心——意大利。在一个叫法哀苏里的地方，他们遭遇西罗马军队的袭击，以及背后匈奴人的追杀，结果全军覆没。

雷大盖斯和其族人的逃亡，虽然完全失败了，但他们却给罗马在西方的领土给予了间接而持久的打击。他们曾经冲进了巴诺尼亚，乌尔丁带领的匈奴人紧跟其后，在巴诺尼亚和睦相处的三支部落——汪达尔人、瑞维人、阿兰人，在匈奴、哥特的两大民族威胁之下，再也无法在这里安枕。他们开始联袂西进，终于在公元406年渡过莱茵河，进入法兰克人盘踞的高卢（地盘相当于今天的法国）。四大民族的聚集导致他们在莱茵河畔发生大战。传说战争中有两万汪达尔人被杀，包括他们的王。幸好阿兰人的援军及时赶到，他们才能摆脱全军覆没的悲剧。最终，三族人冲破法兰克人的防线，在此后的三年时间里，尽情焚烧和掠夺高卢的城池，直到罗马援军的到来。到公元409年的时候，他们都已经越过比利牛斯山，进入伊比利亚半岛，最终在这里建立了国家。瑞维王国建在半岛的西北部，而阿兰人则建国于今天葡萄牙的疆域之上，与法兰克人交战、牺牲最多的汪达尔人则拥有剩下的地方。

当雷大盖斯带领的哥特人和瑞维人、汪达尔人、阿兰人，在匈奴人的压力之下不断西迁的时候，高傲的西哥特人，在国主阿勒力克的统率下，也开始向西罗马帝国进犯。阿勒力克首先向西罗马皇帝荷诺里斯讹诈大笔金钱，以供养他的军队。但是，这个荷诺里斯是个无能又死硬的人，他在拒绝阿勒力克的讹诈之后，放弃罗马城的防卫，遁入帝国北部的首府——拉文纳城。阿勒力克见来文的不行，决意使用武力。公元408年，他带领西哥特人，翻越阿尔卑斯山，进入意大利平原，目标直指帝国首都——罗马城。

在之后的三年里，他们三次围攻罗马城，每次都获得胜利。第一次的围困，他们带走大批赔款；第二次的围困，他们做了帝国的高级军官，并按照自己的意愿拥立了一位皇帝；第三次的进攻，他们对罗马城造成了永久的伤害。当然，信奉基督的哥特人，没有破坏教堂，也没有染指教堂的财产，被焚毁的公共建筑甚至只有一所，不过教堂之外的财产全遭洗劫。更让罗马人痛心的是，罗马作为一个不可侵犯的圣城，竟然被蛮族人攻破了，罗马的威严与光荣，受到有史以来的最大打击。

阿勒力克在抢劫罗马城之后，继续南进，几乎蹂躏了意大利南部的每一寸领土。接着他把目光投向“帝国的仓库”——北非。不过，他的远征计划随着他的去世而告终。继任领袖阿萨尔夫，为巩固哥特人在意大利已有的地位，开始寻求与罗马的和解。他率领军队朝西北行进，占据了高卢南部的大片土地，之后又娶了西罗马皇帝荷诺里斯的妹妹为妻。他和他的继承者们，成为罗马帝国名义上的总督。他们以罗马代表的名义，越过比利牛斯山，夺取了汪达尔人占据的西班牙东北部。

当西哥特人为摆脱匈奴人的流扰，进入罗马帝国，并获得高卢南部的时候，另两支日耳曼人——勃艮第人和法兰克人，在多次被匈奴人击败后，也开始向西逃亡，他们越过莱茵河占据了高卢北部。当众多的蛮族在乌尔丁带领的匈奴人驱赶之下向西奔逃、侵扰西罗马帝国的时候，匈奴人自己对于西罗马帝国并没有太大的动作。他们只不过赶走了其他蛮族，成为巴诺尼亚的主人翁。至于抢劫掠夺的勾当，只是以东罗马帝国为目标，而且似乎没有造成多少直接的伤害。相反，匈奴人还在这些轻微的劫掠中，失去了他们的王。

公元408年，乌尔丁已成为在欧洲的所有匈奴部落的共主，被罗马人称为“多瑙河以北所有蛮族的首领”。乌尔丁为人异常骄傲自大，他曾经指着太阳，对前来求和的罗马官员说：“凡日光所照临的地方，只要我愿意，都能够加以征服。”一次劫掠之后，正当他携带大量战利品得意扬扬地回国时，突然遭遇罗马人的埋伏。许多旧部下都离弃了他，害得他差点埋骨在这里。不久之后，他的名字就在世上湮没了。游牧民族似乎总依赖英雄，英雄的出现，将会带来民族的荣光，而当英雄凋零之时，民族也随之黯然了。

乌尔丁的时代过去了，匈奴人的故事，似乎又沉寂下来了。十多年后，一个新的王朝渐渐浮出水面，人们喜欢把它叫作阿提拉王朝。但实际上新王朝的缔造者是阿提拉的叔父——奥克塔儿和他的兄弟路阿。奥克塔儿的生平隐晦不明，但我们可以确信，他曾经率部攻击莱茵河滨的勃艮第人，并最后因此阵亡。

阿提拉对西罗马的远征，也许是偶然的，他和西罗马之间一直维持着一种良好的友谊，居中调处的是西罗马宫廷的宠臣阿契斯。阿契斯是西罗马最有势力的政治领袖和军事领袖，在年少时曾作为人质留在匈奴，与阿提拉相交至深。在路阿执掌匈奴的时代里，阿契斯曾经两次借得匈奴军，用以平定西罗马的内乱。后来阿提拉在位时，阿契斯又三借匈奴军，用以征讨西哥特人、勃艮第人等蛮族。但到了 450 年的时候，阿契斯和阿提拉两人的关系发生破裂，这同时意味着匈奴和西罗马蜜月期的终结。此时，所向披靡的阿提拉决心惩罚西罗马人。正在这时，有一位美丽的公主帮助阿提拉找到了发动战争的理由。她的名字是霍诺利亚——西罗马皇帝瓦伦丁尼安三世的妹妹。这位公主自幼便浪漫、热情而富有野性。16 岁的时候，她就与一位宫中的低级官员私通，因此被监视起来。不知为何，她竟然不顾阿提拉已有三千妃嫔的状况，主动设法寄去一封滚烫的求爱信，并附加一枚指环作为信物。

公元 450 年，阿提拉以此为由索取霍诺利亚公主，并要求以西罗马帝国一半的统治权作为嫁妆。遭拒之后，阿提拉便以此为由，诉诸战争，当阿提拉的大军渡过莱茵河，一路攻城略地，势如破竹，直到奥尔良城下。奥尔良是当时高卢最重要的城市，一旦夺取它，就掌控了高卢的军事中心。但这个时候，阿提拉昔日的好友、罗马大将阿契斯率兵来援，同来助阵的还有西哥特人、勃艮第人、阿兰人等蛮族军队。双方在特罗哀和梅资间的加泰隆尼亚之野，展开了一场大战。

朋友间的争斗，往往没有胜利可言，他们彼此熟悉，常常在对方进行下一步行动之前，就预先做好准备，每一次的较量都是真正的较量，几无意外可言。而阿契斯和阿提拉这对昔日的密友，各自麾下的军队都是由当时最强大的士兵——罗马人和匈奴人组成的，战争的结果可想而知。传说一日之内，战死沙场的人超过 15 万人，其中包括西哥特王西阿多利克。这种惨烈的相互残杀，带来的不过是两败俱伤，没有任何进展可言。也许算是罗马人抵抗了阿提拉的进攻，不过进攻可以随时进行。

阿提拉带着匈奴人退出了高卢，回到匈牙利。不过，两年之后，他又卷土重来。这次，阿提拉不再去招惹蛮族密布的高卢，而把目标锁定只有罗马人守护的意大利。当阿提拉的军队翻越阿尔卑斯山，进攻阿奎利亚的时候，罗马人只能孤军奋战了。这座古老的帝国城市，在许多世纪以来，都是意大利东北部的首府，它拥有坚固的城防、众多自豪的居民，然而他们保家卫国的意志，依然抵挡不了阿提拉的野心，最终城市沦陷、建筑尽毁，居民遭受屠杀。有幸逃脱的罗马人，在亚德里亚海边创建了一座新的城市，这座城市后来取代了阿奎利亚的地位，成为意大利东北部的首府。又过了若干年，在它的基础上建立了一个伟大的共和国——威尼斯。

此刻，阿提拉的军队，没有因为阿奎利亚的陷落而停止脚步，他们开往巴杜亚、伐罗那和米兰，所有这些意大利北部的城市，都没逃过阿提拉的蹂躏。人们这样形容他的残暴："凡是阿提拉的马蹄践踏过的地方，草也永不生长。"

他甚至想侵犯那座不再神圣的罗马圣城——这个他当过人质、经历过无数屈辱的地方，这个他曾经最亲密的朋友和最强大的敌人所保卫和居住的地方。但是天意弄人，他的军队开始陷入饥馑和瘟疫，而阿契斯也从君士坦丁堡借得大量援兵。

这时阿提拉不得不心平气和地接待罗马使节，但这个过程如何已无法知道。后来的基督徒们都把这次和谈的成功归结为上帝的保佑和教皇利奥一世面对匈奴人时的凛然正气。也许真的如此，谁知道呢！阿提拉最终带着他的全部战利品安然离去了。他临走时还恐吓教皇，假如罗马不亲手奉上他的"未婚妻"霍诺利亚，罗马将会再次陷入深重的灾难。

阿提拉和他的军队，退回到匈奴人的国都去了。他的国都建在匈牙利平原上，距离今天匈牙利的首都布达佩斯不远。在这里，阿提拉会集起不同种族、不同语言、不同肤色的大臣们，通过他们对几乎整个欧洲发号施令。其中，多瑙河流域的东哥特人和吉匹特人，受到阿提拉的重视，往往能够与他共商国政。他们的人民在阿提拉的统治下保有大量自治权，免除纳税，除非自愿不用加入匈奴军队，但在名义上臣服于阿提拉，他们的生命和财产最终掌握在阿提拉的手里。莱茵河畔的阿莱曼尼人、勃艮第人以及法兰克人，也都被迫承认阿提拉的霸权。修令琴人和撒克逊人也被迫加入匈奴人的军队，为阿提拉服役。南俄草原上的匈奴人，人数也许比阿提拉手下的要多很多，但是他们也承认阿提拉无可争议的霸权，就连南俄草原以北森林中居住的斯拉夫人和芬人，也屈服于阿提拉的强权。

此刻，阿提拉的事业达到顶峰，帝国东起咸海，西至大西洋东岸，北到波罗的海，南抵多瑙河，地域之大，种族之多，超过之前任何一个帝国。

公元 453 年，罗马围困战之后的第二年，阿提拉又娶了一个美丽的妻子，她是一名日耳曼人，名字唤作伊笛可。新婚第二天，侍者见到新房久无动静，便破门而入，才发现阿提拉已倒在血泊里，他的新婚妻子正在一旁哭泣。这个自诩“上帝之鞭”的匈奴人，蒙受上帝的召见，升天了。

当他的侍从和战士发现他的死讯后，都剪下自己的一撮头发，并用利剑划破脸颊，来哀悼他的辞世。然而匈奴人没有哭泣，他们相信“最伟大的战士是不应以女性的哀号和泪水，而是以战士的鲜血来哀悼的”。在阿提拉的葬礼上，匈奴人的骑士们排着队，围绕着存放阿提拉遗体的大型丝绸天幕不停地转圈，向他们最伟大的领袖唱着丧歌。葬礼完毕后，他们便依照传统，在阿提拉的坟墓前狂歌痛饮。

阿提拉死后，他的经历被演化为不同的传奇。拉丁人、日耳曼人、冰岛人、匈牙利人，都把他放进本民族的传说里，加以赞颂和歌唱。

他一生占有过无数女人，也生下无数的儿子。这些儿子个个野心勃勃，都想成为匈奴人乃至欧洲的王。帝国在他们的争斗之下，轰然倒塌了。那些心怀不满的日耳曼人，也因阿提拉的逝世，得以释放他们自己的野心，阿提拉曾经最宠爱的吉匹特人和东哥特人，率先起来反抗匈奴的统治。

公元 454 年，分崩离析的匈奴帝国和日耳曼人的叛军，在匈牙利平原的内德尔河畔发生激战，结果匈奴人损兵数千，包括阿提拉的长子。

此后，匈奴人的威力便永远地消失了，他们被迫离开匈牙利平原，回到喀尔巴阡山以东，回到南俄罗斯草原，回到他们的同族当中。当然，也有一部分匈奴人，无法忘记阿提拉时代的荣光，他们分散成小队，在匈牙利平原上徘徊。一部分跟着阿提拉最钟爱的幼子尔内克，占据着多瑙河口以南的地方；另外两个王子恩内泽尔和乌尔清达尔占领着东罗马的德西亚省。他们在东罗马的眼里，已经没有多少危险性。东罗马谅解了他们，并允许他们以“同盟者”的资格，定居在过去数十年饱受战乱、人丁稀少的地方。

阿提拉死后8年，他的一个儿子邓昔力克，为了恢复父亲的荣光，开始向西进行冒险的征伐。他率领队伍沿多瑙河前进，目标锁定巴诺尼亚的东哥特人。双方相持数年之久，直到468年他们才渡过多瑙河南下，开始进犯东罗马帝国。不过这一次他们失败了。阿提拉这位颇具雄心的儿子和匈奴帝国复兴最后的希望，一起埋葬在这里。

就在邓昔力克西征的数年里，那些原居顿河和伏尔加河以东的匈奴人，迫于柔然人和西伯利亚人的巨大压力开始向西迁移。在接下来的一个世纪里，他们飘荡在俄罗斯南部的大草原上，被称为保加利亚匈奴人。他们以顿河为界，分为两支：东岸的叫乌屈列格尔人，西岸的则被称为库屈列格尔人。顿河西岸的这批保加利亚匈奴人，也和较早的匈奴人那样，不停地进犯匈牙利平原，但今非昔比，居住在该地的哥特人和其他日耳曼人已不再害怕匈奴人。他们一次又一次击败了这批新的移民。于是这批保加利亚匈奴人越过多瑙河，掠夺东罗马的色雷斯和马其顿。公元558年，一支保加利亚匈奴军，由柴白尔甘统率，一路上势如破竹，再度进发到君士坦丁堡，逼得东罗马著名的查士丁尼皇帝也无计可施，最后一位退休的老将利用多年征战的经验击退勇猛的柴白尔甘。之后，查士丁尼皇帝运用巧妙的外交和大额的贿赂，诱使分居顿河两岸的保加利亚匈奴人互相残杀。一场大战之后，他们两败俱伤。此时，被突厥人夺取家园的柔然人，向西渡过伏尔加河，一一击灭保加利亚匈奴人的国家。

自此，欧洲旧有的匈奴王国，基本上都结束了。

伪冒罗马体系的“神圣罗马帝国”

【导读】

历史总是由胜利者书写的。历史有各个不同角度的主观视角，因此很难找到具有客观意义的真相。

伪罗马帝国——神圣罗马帝国，是西方中古以来历史中的胜利者，是现代欧洲政治文明的主要缔造者之一。所以，欧洲的大部分历史由神圣罗马帝国的日耳曼族历史家编写，伪史几乎被奉为信史了。

历史由胜利者书写，历史常被伪造

中国的历史一直是连续的，但欧洲历史、西亚历史却是断裂的，用中国的历史观点无法理解西方历史。所以，中国人难以理解世界历史中曾发生的一系列民族大迁徙，难以理解今日世界的许多国度居住的民族主体并非当地的历史人类。

例如，今土耳其人与古代统治和居住在土耳其半岛的人类并非同一种人，今希腊人、意大利人与古代居住在希腊半岛、意大利半岛的人截然不同，今居住在欧洲的主要人类与古代统治和居住在欧洲的人类也并非同一种人。英伦列岛上今日居住的日耳曼族的盎格鲁－撒克逊人也不是英国本土的原住民。

对于欧洲历史来说，在古代罗马帝国与后来的欧洲蛮族——高卢和日耳曼人的历史之间，在公元 3—5 世纪有一个重要的断裂时代。西方史家把开始于匈奴 3 世纪的西进引起罗马帝国危机和 5 世纪的西罗马覆灭称为“罗马的 3—5 世纪危机”。

在危机之后的世界历史中出现了三个新的罗马帝国：第一个是直接继承了意大利罗马世统和帝统的君士坦丁堡罗马帝国，又称新罗马帝国。另外两个也僭称“罗马帝国”，但实际是与罗马人没有连续历史关系的野蛮族——日耳曼人的罗马帝国，即公元 9 世纪出现的查理大帝的法兰克罗马帝国，以及继承这个帝国绍祚的伪“神圣罗马帝国”。

称日耳曼人僭称的神圣罗马帝国是伪帝国，不是我的始创，而是来自 18 世纪法国著名启蒙思想家伏尔泰的评论，关于神圣罗马帝国，伏尔泰说：“它既非神圣，也不是罗马，更不是帝国。”也就是说，这是一个伪僭的罗马帝国。伪托历史和伪造希腊罗马历史，是由日耳曼蛮族建立的这个神圣罗马帝国开始的。之所以需要伪造历史，就是为了摆脱“野蛮的蛮族”这个不好听的名号。

历史总是由胜利者书写的。历史有各个不同角度的主观视角，因此很难找到具有客观意义的真相。

伪罗马帝国——神圣罗马帝国，是西方中古以来历史中的胜利者，是现代欧洲政治文明的主要缔造者之一。所以，欧洲的大部分历史由神圣罗马帝国的日耳曼族历史家编写，伪史几乎被奉为信史了。

13 世纪初第四次十字军解体东罗马帝国，其后奥斯曼土耳其彻底灭亡东罗马，正统的罗马帝国从世界历史中遂告消失。而伪冒的神圣罗马帝国却乘机而起，它的历史学家把东罗马帝国改名为“拜占庭”，然后把法兰克罗马和神圣罗马这两个僭伪罗马帝国，用一系列伪史包装为正牌货——这样一来，罗马眼中作为蛮族的日耳曼人，竟然成为希腊罗马文明的继承者。

实际上，那个僭伪冒牌的“神圣罗马帝国”在历史上并未有过正统的根源与名号，它与古代的意大利罗马帝国无任何传承关系。

古罗马帝国被蛮族迁徙所分裂及灭亡

公元前 6 世纪，罗马建立了罗马共和国。公元前 2 世纪，罗马成为地中海的霸主。公元前 49 年，恺撒控制了政权。公元前 27 年，屋大维建立元首制，罗马从此进入帝国时期。公元前 5 世纪，欧洲大部分地区是被罗马看作野蛮人的蛮族流动居住地，包括在莱茵河流域以西的高卢地区、伊比利亚半岛（西北部的巴斯克人地区、中部高原和东北部的加泰隆尼亚人地区）、不列颠岛、爱尔兰岛、多瑙河中游平原和多瑙河下游平原居住的凯尔特人，也包括后来的盖尔特人或高卢人。居住的地方包括今法国、德国、奥地利、比利时、意大利北部。伊比利亚半岛、多瑙河中游平原的潘诺尼亚和多瑙河下游平原的罗马尼亚一带。

在北海和波罗的海周围的北欧斯堪的纳维亚半岛南端和日德兰半岛一带地区，居住着另外一些白色人种部落，他们被罗马人称为日耳曼蛮族。大部分日耳曼人在前 200 年之后逐渐南迁定居在莱茵河以东、多瑙河以北、易北河以西和北海之间的广阔地区，这一地区被罗马人称为日耳曼尼亚。

公元 4 世纪，亚洲迁入的匈奴西侵欧洲，导致欧亚发生蛮族大迁徙运动。在匈奴和蛮族的打击下，罗马帝国分裂为西罗马帝国和东罗马帝国。西罗马帝国的首都在拉文纳，东罗马帝国的首都在君士坦丁堡。

此后几十年间，罗马城多次被日耳曼族的西哥特人和汪达尔人攻占和血洗。公元 476 年，西罗马帝国彻底解体，末任罗马皇帝发出退位诏书，宣布西罗马帝国不复存在，帝国的所有殖民地均可自行独立。主体在亚洲的东罗马帝国遂成为意大利罗马帝国的合法继承者。

日耳曼人的法兰克帝国兴起

公元 486 年，法兰克人的部族酋长克洛维在法国地区建立了法兰克王国的墨洛温王朝，这个王国也就是近代法国的前身法兰西亚（Francia）。其后法兰克王国不断发展，到公元 9 世纪初，法兰克王国在加洛林王朝的查理大帝统治之下达到鼎盛，新征服国土范围包括今法国、德国、荷兰、瑞士、北意大利、波希米亚、奥地利西部、伊比利亚半岛东北角的领土。公元 800 年，查理曼在罗马被教皇加号僭称为“罗马人的皇帝”，法兰克王国也被升格为查理曼帝国。

查理曼死后，儿子路易继位。公元 840 年，路易一世去世，法兰克帝国也随之分崩离析。公元 843 年，路易一世的三个儿子订立《凡尔登条约》，把法兰克帝国划分为三部分。查理大帝的长孙洛塔尔（795 年—855 年）承袭皇帝称号，领有自莱茵河下游以南、经罗纳河流域，至今意大利中部地区的疆域，称中法兰克王国。他的弟弟小路易（804 年—876 年），诨号日耳曼人路易，分得莱茵河以东地区，称东法兰克王国。这三大板块基本上是后来意大利、德国和法国三国的雏形。法兰克罗马皇帝这个头衔由东法兰克王国和西法兰克王国的君主轮流使用。小查理于公元 887 年被废黜，法兰克加洛林帝国遂瓦解。另一个弟弟秃头查理则领有帝国的西部地区，称西法兰克王国。

公元 840 年路易去世，他的三个儿子于公元 843 年签订《凡尔登条约》，把法兰克帝国一分为三：洛塔尔（795 年—855 年）承袭皇帝称号，并领有莱茵河下游以南至意大利中部的疆域，称为中法兰克帝国；而他的弟弟日耳曼路易（804 年—876 年），分得莱茵河以东地区，称为东法兰克帝国；另一个弟弟小查理则领有帝国的西部，称为西法兰克帝国。

差不多同时的 9 世纪早期，于 5 世纪从欧洲大陆进入不列颠的日耳曼族的盎格鲁 – 撒克逊等部落的后裔，也在不列颠岛上形成统一的英格兰王国。

自小查理之后，法兰克罗马帝国皇帝的头衔拥有者大多是由教宗加冕的意大利法兰克国王。意大利国王的实际统治范围极其有限，仅限于意大利东北部，而那些国王几乎是清一色的意大利贵族，最后一位称法兰克皇帝的国王是贝伦加尔一世。

僭“神圣罗马帝国”的由来

神圣罗马帝国，全称“德意志民族神圣罗马帝国或日耳曼民族神圣罗马帝国”（德语：Heiliges Römisches Reich Deutscher Nation；拉丁语：Sacrum Romanorum Imperium nationis Germanicae），是法兰克帝国分解后，自公元 962 年至 1806 年在西欧和中欧出现的一个日耳曼民族的封建君主制帝国。

帝国版图以今日德意志地区为核心，包括一些周边地区，在巅峰时期包括了意大利王国和勃艮第王国。在帝国历史的大部分时间里，它由数百个更小的附属单位组成，其中有侯国、公国、郡县、帝国自由城市和其他区域。神圣罗马帝国实际上是承认皇帝为最高权威的公国、侯国、宗教贵族领地和帝国自由城市的政治联合体。

德意志地区的这些小公国实际都是由条顿骑士团成立的。大约在公元900年，德意志地区的东法兰克王国地方势力崛起，形成了四大公国——萨克森、法兰克尼亚、士瓦本和巴伐利亚。当加洛林家族的最后一位国王孩童路易于公元911年去世后，东法兰克贵族没有选择西法兰克王国的加洛林家族作为路易的继任者，而是选举法兰克尼亚公爵康拉德为新一任国王。

康拉德临终之时，指定萨克森公爵（捕鸟者）亨利为继任者。公元919年，萨克森公爵亨利在众多东法兰克王国的公爵当中，被贵族推举为东法兰克王国国王。亨利去世后，其子奥托继位为东法兰克国王。

公元962年，东法兰克国王、奥托王朝的奥托一世在罗马由教皇约翰十二世加冕称帝，到973年一直在位。奥托一世被认为是神圣罗马帝国的创立者，罗马天主教地区的最高统治者。1157年，德意志意大利地区的东法兰克帝国得到了教皇授予的“神圣帝国”称号。

自奥托一世（奥托王朝第一任皇帝）由教宗加冕以来，每一位后来的国王都希望获得皇帝名号。但由奥托一世所创建的帝国，其皇帝称号来自教皇赋予的“西罗马的皇帝”称号。皇帝必须通过教皇来取得“罗马皇帝”的合法性。帝国的所谓选帝侯，其直接选举的当为“罗马人的国王”，而非皇帝。因此，并非每一位德意志统治者都可以成为皇帝，只有接受教皇加冕的，才可获得这一殊荣。

神圣罗马帝国的范围，在奥托一世和后代不断有地区纳入、加盟下，从日耳曼平原北至波罗的海，东达今天的波兰部分，并南抵今天的瑞士、波希米亚、奥地利和意大利的北部。但是从一开始，神圣罗马帝国的皇帝即面临一个相同的难题，也就是如何保持对德意志和意大利这两个不同地区的控制，因为两地中间隔着阿尔卑斯山脉，统合上并不容易。

神圣罗马帝国的成功，基本上是受惠于日耳曼和意大利这两个主要成员。日耳曼人很早就被查理曼征服，但并没有消除野蛮的特性。帝国从意大利的文化、科技和贸易等方面获利良多。意大利人欣然接受由帝国确保的和平与稳定，因为

神圣罗马帝国的选帝侯

他们曾在500年前受到入侵。由帝国所提供的保护防卫了罗马教廷，并且让意大利的城邦国家得以发展。

1254年，帝国第一次对外使用头衔“神圣罗马帝国”。1512年的科隆帝国会议后颁布敕令，使用“德意志民族的神圣罗马帝国”，此后作为官方名称沿用直至1806年。

以欧洲传统的皇冠传承理论来说，无论谁在哪个地区立国，只要皇冠仍是原来那顶皇冠（王冠），就算作同一个国家的。罗马帝国和东罗马帝国往往被认为是两个帝国。但以皇冠传承来说，东罗马帝国皇帝的皇冠是罗马帝国的皇冠，因此自然是同一帝国，尤其在西罗马灭亡之后。神圣罗马帝国可追溯到查理曼帝国，在理论上奠定了后世神圣罗马帝国的基础。神圣罗马帝国的存在直到1806年被拿破仑取消。

1871年1月，普鲁士国王威廉一世在凡尔赛宫加冕为德意志皇帝，德意志帝国宣布成立。普鲁士霍亨索伦王朝开始统治新的帝国，首都为柏林。帝国统一了除奥地利以外的各德意志国家，被称为小德意志。1884年初，德意志帝国开始在欧洲以外建立殖民地，而普鲁士帝国继承了神圣罗马帝国的版图。20世纪，希特勒的德国自称为第三帝国，认为自己是神圣罗马帝国、普鲁士—德意志帝国的第三继承者。

神圣罗马帝国并没有专用国旗，但是黑色和金色是神圣罗马皇帝的代表色，并常常被用于他们的标志。

金色背景上的一只黑色的老鹰，关于这个标志的最早记录为海德堡马内塞古抄本。在13世纪后期或14世纪早期之后，鹰的爪和嘴被染为红色（纹章学中称作：金底红爪黑鹰，黑—红—金三色搭配第一次用在国家标志上）。自15世纪初

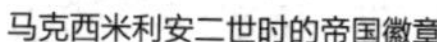
马克西米利安二世时的帝国徽章

双头鹰是窃取东罗马帝国的国徽图案

期起，双头鹰开始使用。

神圣罗马帝国不是真正的帝国

神圣罗马帝国到了12世纪至13世纪，皇帝因为皆以政治手段和联姻取得王位和帝位，家庭人少地薄，因此缺乏强大的王室领地，来作为税收来源和王权扩张的基础，对于皇帝名义上可向帝国内成员收取的只有定额军事征收税。帝国的原始设计是依靠教会提供权威和支援来成立，但当皇帝和教会这个最大合伙人发生决裂、斗争时，会使皇帝的实力和权威一口气被掏空，权力逐渐衰弱。

14世纪地方上的日耳曼亲王与维京人作战。在意大利，兴起中的城邦国家联合起来组成伦巴底联盟，并拒绝承认神圣罗马帝国皇帝的地位。因此，随着德意志各诸侯离心倾向的加剧，皇帝的地位不断下降。1356年，卢森堡的查理四世颁布“金玺诏书”以后，皇帝实际由王国境内七大选帝侯选举产生，他们是最古老同时也是最具权势的三大教会诸侯：美因兹大主教、科隆大主教、特里尔大主教；四大世俗领主：波希米亚国王、莱茵—普法尔兹伯爵、萨克森—维滕堡公爵、勃兰登堡藩侯。他们代表帝国的成员国不再认为皇帝与帝国有实际价值。因资本主义发展而富庶的北意大利城邦，如威尼斯、佛罗伦斯、比萨等，持续地吸引着皇帝的注意和精力，使帝国对日耳曼与意大利其他地区的专注也减弱了。

此外，帝国皇帝去世，往往造成各选帝侯继任皇帝的纷争，因而导致帝国的内战和陷入无政府状态。继位皇帝必须以武力战胜其他不支持的诸侯，或者必须想办法赢得多数诸侯的拥戴，才能维系皇帝的权威。在这种情况之下，神圣罗马帝国虽然有各成员国集结成一个“国家”之名，实际上却逐渐演变成一个松散的“邦联组织”。

1618 年 6 月 26 日，当时神圣罗马帝国境内有 390 个公国、侯国宗教贵族领地、自由邦、自由城市、骑士领地等，日耳曼爆发了持续 30 年的战争。当这场席卷欧洲的战争结束后，长达 30 年的烽火连天，使得日耳曼的经济倒退了近 200 年，犹如回到了农奴制的封建时代；又因为《威斯特伐利亚和约》，神圣罗马帝国内的诸侯可享有自主权。这使得皇权进一步被削弱，帝国境内的诸侯各自为政，他们的领地有如一个独立的王国。到了 18 世纪，波兰王位继承战争、奥地利王位继承战争和七年战争。整个帝国形成 300 多个大小邦国，神圣罗马皇帝也成了徒有其名的傀儡。

1789 年，法国大革命爆发。神圣罗马皇帝利奥波德二世的妹夫，法国国王路易十六被推翻。而他妹妹，法国王后玛丽·安托瓦内特被法国共和政府处决，再加上“公平、自由、博爱”思潮的扩散，利奥波德二世极力联合欧洲各国君主，以武力保卫法国的君主制。1792 年，利奥波德二世正式与普鲁士缔结神圣同盟，准备以武力干涉法国。他却在这时暴毙，不过他的儿子，神圣罗马皇帝弗朗茨二世继续了他的政策，更于次年与普鲁士、萨丁尼亚、英国、荷兰和西班牙组成第一次反法同盟。但这个联盟在 1797 年，因联军被拿破仑所率领的法国意大利方面军打败，被迫议和而土崩瓦解。1799 年，欧洲列强趁法军拿破仑的军队被困埃及的契机，再次发起反法战争。这次帝国联同英国、土耳其、俄罗斯组成了第二次反法同盟。同年底拿破仑只身返国，发动“雾月政变”并取得法国军政大权，成为法国第一执政。此后拿破仑亲自指挥意大利方面军，回头对付反法各国，于 1800 年打败联军，帝国不得不与拿破仑议和，解散反法同盟。

1804 年 5 月 18 日，拿破仑称帝。神圣罗马皇帝弗朗茨二世纠合英国、俄国、瑞典和那不勒斯，组成第三次反法同盟。1805 年 12 月 2 日，法、俄、神圣罗马帝国三国军，在奥斯特利茨打了一场“三皇会战”，拿破仑大获全胜。1806 年 7 月

12日，在拿破仑的威逼利诱下，16个神圣罗马帝国的成员邦签订了《莱茵邦联条约》(*Rheinbundakte*)，脱离帝国，加入邦联。拿破仑对奥皇弗朗茨二世发出最后通牒，要求他解散神圣罗马帝国，放弃神圣罗马皇帝和罗马人民的国王的称号。最后弗朗茨二世于1806年8月6日放弃神圣罗马帝号，仅保留奥地利帝号。至此，神圣罗马帝国正式灭亡。

教宗利奥三世认为，公元800年法兰克帝国的查理曼大帝的加冕标志着神圣罗马帝国的开端，然而大多数人还是认为那时的帝国应该叫作法兰克帝国。

神圣罗马帝国帝系

前帝国：加洛林王朝

查理曼一世（加洛林王朝）、路易一世（加洛林王朝）、洛泰尔一世（加洛林王朝）

路易二世（加洛林王朝）、查理二世（加洛林王朝）、查理三世（加洛林王朝）

阿努尔夫一世（加洛林王朝）、路易三世（加洛林王朝）、贝伦加尔一世（加洛林王朝）

斯波莱托家族

萨克森王朝

法兰克尼亚王朝

苏普林堡家族

霍亨斯陶芬王朝

韦尔夫王朝

卢森堡王朝

维特尔斯巴赫王朝

哈布斯堡王朝

哈布斯堡—洛林王朝

有趣的是，神圣罗马帝国帝哈布斯堡王族至今统治着欧洲各王室，并且据说其家族与美国历任总统血脉相关。换句话说，神圣罗马帝国帝王室至今仍隐形地统治着世界政治体系。

神圣罗马帝国没有明定的首都，只有国王与皇帝的皇宫所在地。例如，马格德堡（奥托王朝）、施派尔（萨利安王朝）、布拉格（卢森堡王朝）与维也纳（哈布斯堡王朝），除此以外还有一些重要城市，如亚琛—美因河畔法兰克福（皇帝加冕地）、雷根斯堡（帝国议会所在地）与纽伦堡（皇室宝物保管地）。

在公元 962 年的神圣罗马帝国统治着 470 万人口；公元 1000 年时，增加到 700 万人口；到 1100 年，增长到 820 万；到 1200 年，达到 1020 万；到 1600 年，人口达到 2300 万人；到 1618 年 6 月之前，人口达到 2500 万，但是自 1618 年 6 月 26 日至 1648 年 10 月 29 日的 30 年战争中，当时 14 个君主制国家的军队来屠杀、蹂躏神圣罗马帝国，造成当时神圣罗马帝国境内很多地区 60% 的人口消失，最严重的波美拉尼亚达 65%、最轻微的西里西亚达 25%。到 1648 年 10 月《威斯特伐利亚条约》签订时，神圣罗马帝国境内还剩下人口 1000 余万，之后一直没恢复到 2500 万人口。

公元 1500 年神圣罗马帝国主要城市和人口：米兰（Milan）约 10 万人、布拉格（Prague）约 7 万人、热内亚（Genoa）5.8 万人、根特（Gent）5.5 万人、科隆（Köln）4.5 万人、纽伦堡（Nürnberg）3.8 万人、布鲁日（Bruges）3.5 万人、布鲁塞尔（Brussels）3.3 万人、安特卫普（Antwerp）3 万人、奥格斯堡（Augsburg）3 万人、瓦朗谢讷（Valenciennes）3 万人、布雷斯劳（Breslau）2.5 万人、吕贝克（Lübeck）2.5 万人、皮亚琴察（Piacenza）2.5 万人、雷根斯堡（Regensburg）2.2 万人、斯特拉斯堡（Strasbourg）2 万人、乌特勒支（Utrecht）2 万人、维也纳（Wien）2 万人。

一次浩大的抢劫——文艺复兴的起源

罗马有两个

希腊有两个。同样，罗马帝国也有两个。一个罗马是意大利罗马帝国——欧洲罗马，即人们所熟知的西方罗马。另一个是坐落在小亚细亚与欧洲交界处的君士坦丁堡罗马——东方的罗马，主要领土在地中海东岸的今土耳其、黎巴嫩、叙利亚和伊拉克的东方罗马帝国。这个罗马比西方那个意大利罗马的存在要久远得多，富庶得多，强大得多，历史上的影响也大得多。

但是多数中国人却几乎不了解这个罗马的存在，这是因为西方史学希望人们忘记它、抹杀它、黑掉它。为此西方史学甚至为这个罗马改了名字，给它起了一个历史上根本不存在的假名字——伪“拜占庭”帝国。

西方的意大利罗马帝国，于公元 5 世纪被来自东方的匈奴王阿提拉摧毁，后来被日耳曼蛮族灭亡。而东方的罗马帝国，则于 13 世纪被来自西方的第四次十字军和威尼斯的银行家、商人们所摧毁。

第四次十字军东征

第四次十字军东征（1202 年—1204 年）由教皇英诺森三世号召发动，主要军队是法国的圣殿骑士十字军，由香槟伯爵提奥波德三世率领。除法国的圣殿骑士（现在仍然是共济会的核心骑士团），这次十字军还有威尼斯共和国的意大利雇佣军和日耳曼的条顿骑士团。十字军的远征资金由威尼斯银行家和商人的秘密

十字军圣殿骑士团

组织共济会提供，投资大约8万银马克。

十字军打着夺取圣地耶路撒冷的幌子，实际的真正目标却是夺取东罗马帝国的首都君士坦丁堡。攻取这座城市，一直是意大利半岛的威尼斯、佛罗伦萨银行家和商人们的夙愿。

君士坦丁堡，作为东罗马帝国的首都，当时已经建成千年。这座名城自古以来是东西方商业贸易的国际中心、丝绸之路的西方终点，也是威尼斯银行家和意大利及犹太商人们的主要竞争者。君士坦丁堡是当时世界上最富庶的商业城市，是一座承继了古老东方文明遗产——包括东方希腊斯遗产的著名文化和艺术都市。

中国的《旧唐书》曾经这样描述君士坦丁堡的繁荣和富庶：

（大秦）都城（即君士坦丁堡）叠石为之，尤绝高峻，凡有十万余户，南临大海。城东面有大门，其高二十余丈，自上及下，饰以黄金，光辉灿烂，连曜数里。自外至王室，凡有大门三重，列异宝雕饰。

第二门之楼中，悬一大金秤，以金丸十二枚属于衡端，以候日之十二时焉；为一金人，其大如人，立于侧，每至一时，其金丸辄落，铿然发声，引唱以纪日时，毫厘无失。其殿以瑟瑟为柱，黄金为地，象牙为门扇，香木为栋梁。其俗无瓦，捣白石为末，罗之涂屋上，其坚密光润，还如玉石。

至于盛暑之节，人厌嚣热，乃引水潜流，上遍于屋宇，机制巧密，人莫之知。

观者唯闻屋上泉鸣，俄见四檐飞溜，悬波如瀑，激气成凉风，其巧妙如此。

风俗，男子剪发，披帔而右袒，妇人不开襟，锦为头巾。家资满亿，封以上位。有羊羔生于土中，其国人候其欲萌，乃筑墙以院之，防外兽所食也。然其脐与地连，割之则死，唯人著甲走马及击鼓以骇之，其羔警鸣而脐绝，便逐水草。俗皆髡而衣绣，乘辎軿白盖小车，出入击鼓，建旌旗幡帜。

土多金银奇宝，有夜光璧、明月珠、骇鸡犀、大贝、车渠、玛瑙、孔翠、珊瑚、琥珀，凡西域诸珍异多出其国。

威尼斯共和国当时的总督名为恩里科·丹多洛，是一名瞎子、银行家，据史书记载那时他已逾八十。但丹多洛精明的头脑和威尼斯银行家的财力，使他仍然成为这支十字军的最高统帅。他指挥威尼斯的雇佣军和船队，与十字军骑士一起前进。

抢劫罗马城——君士坦丁堡

西来的十字军利用东罗马帝国当时发生的内乱，于公元1204年4月13日攻陷罗马帝国首都君士坦丁堡。破城后，十字军被允许集体抢劫、焚烧、血腥屠城三天。

于是发生了一场史无前例的浩劫。在这场空前的大劫掠中，著名的圣索菲亚大教堂被疯狂的十字军骑士洗劫一空，著名的罗马帝国皇家图书馆也被纵火烧毁，馆藏书籍被遍地丢弃。一些汇聚东方希腊古代文化与智慧的典籍，后来廉价地被卖到意大利和法兰西，成为滋润文艺复兴的源泉。

一位随军的天主教士维拉哈都因，对这种史上空前的骇人暴行感到无比震撼，他记载，“这座圣城遭受的财富损失就连最精于算数的威尼斯人都无法准确估计”。

三天后，十字军的孟菲拉特侯爵才宣布禁止一切掠夺，上缴一切战利品，私藏者将处刑示众。指定圣索菲亚大教堂为占领军司令部和战利品清点中心，展开收缴统计作业。

宝物堆积如山——意大利文艺复兴的起源

但是圣索菲亚大教堂这庞大的建筑物竟然无法容纳十字军在三日屠戮之中劫掠而来的全部宝物，各种金银宝石、丝绸皮草、艺术品与雕刻塑像在广场上堆积如山。

经过一个多月耗日费时的清算，威尼斯会计师提出报告，估算战利品的总值大约将近 50 万银马克左右。这笔钱是什么概念呢？据英国著名历史学家吉本的估计，这是当时英国一年全国税收的 7 倍。这个数字在当时的欧洲是天文数字。教士维拉哈都因说：“这是一笔足以让所有脑筋正常的人类都丧失理智的无法置信的数字。”

不仅如此，此次战后，银行家的威尼斯共和国夺去东罗马帝国近一半的领土（包括爱琴海、亚得里亚海沿岸许多港口和克里特岛）。而十字军则以君士坦丁堡为中心建立了威尼斯的殖民地——拉丁帝国和附庸于拉丁帝国的附属国、雅典公国及亚细亚侯国。

直到 1261 年，拉丁帝国被推翻，东罗马帝国得以短暂地复国。但 1453 年又被奥斯曼土耳其的突厥人彻底灭国。此后，罗马及其文明消失得无影无踪。君士坦丁堡那个曾经繁盛的东方基督教的希腊斯——罗马文明，此后就被伊斯兰文明所完全取代和覆盖了。

东罗马帝国的国徽。双头鹰寓意：雄视欧亚东西方。

有趣而且耐人寻味的是，西方的意大利罗马，是在公元 5 世纪被匈奴王阿提拉和高卢以及日耳曼蛮族联合灭亡的。而东方的第二罗马帝国，则是在 13 世纪被威尼斯的共济会银行家、法兰西（高卢）的圣殿骑士和日耳曼人的条顿骑士组成的国际联军所摧毁的。

最后被来自东方草原信仰伊斯兰教的突厥人所灭亡。

第四次十字军东征是十字军的十次东征中最重要的一次。这次十字军东征对君士坦丁堡的大劫掠，实现了近代金融资本主义最重要的一次原始积累。这次东征同时进行了对君士坦丁堡的文化艺术大劫掠，成为文艺复兴运动发生的起点。很多人迄今对此基本一无所知。因为西方的主流史学极力隐瞒和掩盖了这一次经济和文化的大劫掠！

罗马教皇：权力的游戏

【导读】

中国学界至今仍很少有人了解真实的基督教历史和教会史。

然而，教皇在欧洲中古时期，拥有超乎世俗君王而与中国皇帝近乎对等的地位。因此，若不了解基督教和教会史，就无法研究及理解欧洲和西方文化的历史，也就无法理解世界中古史。因为西方的政治史其实就是宗教史。所以，目前国人关于古代、中古欧洲史和近代世界史的著作，其史料和论点不无可疑。

教皇的三重冕，象征教皇之训诲、圣化、治理三项神权

自从基督教成为罗马帝国国教后，欧洲的国王权力一直是由教皇授予的。直到今天，仍然如此，国王或者女王即位须由教皇加冕表示承认。

那么，教皇是何时取得这种权力的？教皇权力真是来自基督、来自神授的吗？西方的史学出于各种原因，对这类问题一向讳莫如深。本文则拟揭开这个秘密。

教皇权力的由来

教皇的拉丁文原词“Papa”，本意为“父亲”，也被称为长老，宗教意义为教父、主教或教宗。基督教兴起之初，主教的责任只是主持一个基督教教区的传教和宗教事务，并没有管理教民世俗事务的政治权力。所有主教的权力起初也都是平等的，并没有谁具有宗教皇帝的意义。

主教之所以凌驾于社会之上，而取得至高无上代表上帝的宗教兼政治权力，以至于在欧洲中世纪形成政教合一的一种特殊神权政体，具有一个复杂的历史演进过程。

简略概括地叙述一下：在基督教于公元 4 世纪经过罗马皇帝君士坦丁大帝和戴奥陶西皇帝承认成为罗马国教后，根据尼西亚信经，罗马帝国被划分成基督教的五大教区。

五大教区分别由五大主教负责，即欧洲部分的罗马大主教，管理西方欧洲的宗教事务；亚洲部分的亚历山大大主教，管理埃及地区的宗教事务；安提阿[1]大主教，管理叙利亚北部及小亚细亚的宗教事务；君士坦丁堡大主教，管理君士坦丁堡周边的宗教事务；耶路撒冷大主教，管理叙利亚南部及巴勒斯坦的宗教事务。尽管五个大主教一直明争暗斗都希望能成为主教之首，但是在几百年里，所有主教的权力基本上是平等的。

公元 7 世纪伊斯兰教帝国兴起后，耶路撒冷、安提阿和亚历山大教会都因穆斯林势力的入侵扩张而衰微，只剩下罗马大主教和君士坦丁堡大主教分别成为西罗马和东罗马两大教会领袖。而罗马大主教在罗马帝国分裂为东西两部分后，意大利地区一度形成政治的虚空，教廷通过与入侵蛮族进行保民谈判，逐渐取得了越来越大的世俗影响力。终于在公元 6 世纪以后，通过一系列政治权术的运用和演变，罗马大主教晋升为统治大部分欧洲地区的教皇。

教皇权威：普世性的来源

天主教叙述的教皇制度起源则与上述历史不同。称教皇权力直接来自基督的赋予，初任罗马大主教就是耶稣十二门徒之一的伯多禄（圣彼得）。尽管他被罗马人处死在十字架上，天主教仍然追溯他为首任教宗。后来的罗马大主教是“伯多禄之代表”。

1. 注：安提阿别译安条克，是小亚细亚奥龙特斯河东侧的一座古老城市，其遗址位于现在土耳其南部的城市安塔基亚。此城于公元前 4 世纪末由塞琉古一世建立为其帝国的都城。安提阿也曾经是古代叙利亚地区最大的城市之一，地理、军事和经济的意义均极其重要，处在丝绸之路上。公元 1 世纪圣保罗最早在此开始他的传教之旅，基督教信徒自称基督徒，也是从安提阿的教会开始的。

公元 6—11 世纪天主教内发生了两次所谓“教皇革命”（又称两次“格里高利改革”）。之后，罗马主教晋身为更具权威意义的“耶稣基督之人间代表”，成为神圣的教皇。

根据《圣经》[1]，耶稣才是教会唯一的总首领，教会是基督的身体。所谓“教会”，不是用来形容宗教组织或团体的词汇，不局限于某个时间、某个地方、某群人，更不是指“教堂”，而是从创世之初到末日来临，被神选召跟从基督耶稣的所有人。

现在梵蒂冈教皇的完整头衔是“罗马主教、耶稣基督代表、宗徒长之继承人、普世教会最高教长、意大利首席主教、罗马教省总主教及都主教、梵蒂冈城邦元首及天主众仆之仆”。可以注意到，目前在中国引入流行的“普世价值”之“普世性”这个时髦名词，其实是来自天主教。

天主教的首任教宗圣彼得

彼得原来是巴勒斯坦加利利海边的一个贫穷的渔夫，是耶稣的第一个门徒圣安德烈的弟弟（安德烈是俄罗斯与英格兰的主保圣人）。在安德烈的引荐下，彼得成为耶稣最初的十二门徒之一。在耶稣死后，彼得成为使徒中的领导人，使徒彼得、约翰与基督的兄弟雅各，被称为最初传播教会的三大柱石。

彼得于公元 64 年在罗马殉教，作为异教徒被钉死在十字架上。彼得殉教之后，被葬在罗马城的地下墓室。他的墓室刚好位于今日梵蒂冈小教堂的圣坛底下。《圣经新约》中有两封书信（伯多禄前书 / 彼得前书和伯多禄后书 / 彼得后书）相传为彼得所写。

在西方天主教（拉丁教会）中，彼得被尊为基督教会的首任宗徒之长，首任教宗（公元 53 年—64 年），即后来的教皇，但东正教则并不承认这一教皇谱系。东正教认为，圣彼得只是传播基督福音的主要圣徒、使徒之一。但是俄罗斯的圣彼得堡，是以使徒圣彼得的名义命名，这座城市的始建者是彼得大帝。

1. 注：《圣经》：“又将万有服在他（基督）的脚下，使他为教会作万有之首。”（《以弗所书 1：22》）

手持天国之门钥匙的圣彼得。(天国之钥是彼得的象征)

日耳曼蛮族的兴起和南下

罗马教廷及罗马教宗本来没有主宰世界基督教事务的权力。这种权力是中世纪欧亚政治和宗教演变的结果。

古代欧洲是游猎民族与游牧民族散居的蛮荒之地。对于欧洲来说，文明的种子来自东方——地中海东岸的亚洲。而欧陆文明的初始之光出现在邻近东方小亚细亚的爱琴海西岸的希腊沿海和地中海西岸的意大利本岛。但是早期意大利居住的拉丁民族属于黑发棕色人种的地中海民族，并不是后来意义上的白种欧罗巴人。

拉丁民族的罗马帝国，关注的世界主要是东方的亚细亚，而不是北方的欧洲内陆——当时那里被狩猎的落后种族凯尔特人和日耳曼人所占据，罗马人称之为蛮族——野蛮种族。

公元 4 世纪，罗马帝国的界线，并没有明显地划出“纯罗马”世界和“纯蛮族”世界两大地区。而早在公元前 1 世纪，也就是我国西汉武帝的时候，罗马人开始向蛮族居住的中欧和西欧扩张殖民。到第 4 世纪，罗马的军队里雇用了不少的日耳曼佣兵。在罗马贵族的农庄里，也有很多日耳曼奴隶和佃农。

据西方历史学家记述，日耳曼人最早的老家是波罗的海西部沿岸的地区，也就是斯堪的纳维亚半岛南部、日德兰半岛以及现今德国北部沿海地带；东边呢，到

教皇庇护五世

达奥德河。就从这个范围来看，蛮族是逐渐向南延伸到中欧。

公元初年，他们已经占据了现今的德国，又从这儿向西和向南伸展，东翼的日耳曼部落，经过今天的波兰和乌克兰，定居于黑海以北的大草原。公元 4 世纪的时候，日耳曼人，西起莱茵河，东到顿河，面向罗马虎视眈眈，等待机会向南发展；莱茵河的下游有法兰克人，上游则有阿雷曼人；而马可曼人占据着今天的波希米亚一带；汪达尔人、日比代人则是居住在今天的匈牙利平原；由匈牙利平原以东直到顿河之间的是哥特人；居住在法兰克人北方，也就是今天的德国西北地区的，有撒克逊人；而盎格鲁人和日德人则是居住在日德兰半岛；撒克逊人的东方，住的是苏汇维人；再东就是伦巴第人居住的地区。

上面这些部族，并非指的是一些不同的民族，但都被西方史家认为是指同一民族——日耳曼人，只不过由于语言和风俗习惯不同而产生的不同部落。根据西方学者的猜测，在民族大迁移以前，日耳曼人在语言和风俗习惯上，并没有太多的区别，可是，在迁移的过程中，各部落之间失去了联系，因为孤立，逐渐形成语言和风俗习惯的差异。而且，每一个部落为了适应各地不同的环境，必须改变生活方式，也就逐渐造成了文化上的差异，出现了许多日耳曼民族的支派。

最值得注意的，不是各部落间的差异，而是东西日耳曼人的差异。西部的撒克逊人、苏汇维人、法兰克人和阿雷曼人，他们仅仅只是南迁到和原居地的地理环境大致相同的地区，而且，还与居留在原地的盎格鲁人和日德人保持着不少接触。可是呢，东部的伦巴第人、汪达尔人和哥特人，则迁移到地理环境完全不同的地区。匈牙利平原和黑海以北的草原比较适合游牧生活，所以迁到这地区的日耳曼人，成为卓越的骑士而以畜牧为生。而且邻近的俄罗斯草原，早已成为斯拉夫农民、希腊殖民和亚洲游牧民族（匈奴人、斯基泰人）争逐的地区，在过去的几个世纪，不同的民族先后占据了这个地区，也先后又被更强的民族所驱逐。

根据考古学家的发掘，像使用的器具和武器等，约略可以指出日耳曼人的日常生活和文化发展的路线，又根据实际历史的记载，像恺撒所撰的《高卢记》、塔西陀所写的《日耳曼记》，从泰西塔斯以后的蛮族入侵的300年历史，仍然是空白无知的。当日耳曼人定居以后，他们的法律，大多都是根据古代习惯编辑而成的。盎格鲁人、撒克逊人和斯堪的纳维亚等民族文学作品，它们的内容大多属于大迁移时代，从这些残缺的资料，我们可以约略窥见早期日耳曼人的文物制度。

根据塔西陀的记载，日耳曼人的社会，有贵族、自由民、由奴隶而获得自由者，以及奴隶等4个阶级。在早期一般的日耳曼群众究竟享有多少自由？近代的历史学家们，曾经有过激烈的争论。我们可以猜测到的是，因为文化的进步，自由民和贵族之间的距离也随之增加，社会和政治的权力逐渐集中、操纵于贵族们的手中，日耳曼人的家庭是社会的基础，许多的家庭合而为宗族，他们也和其他政治组织还没有健全的原始民族一样，日耳曼人的社会和政治活动中心也是宗族，在族长的领导之下，为全族人的安全负责，即使以武力去对付敌人亦在所不惜。除了对宗族的忠贞，还有所谓“扈从”的习惯。一些好勇的年轻人自愿隶属一位富有战争经验和享有盛誉的老壮士，他们之间建立了一种关系，也就是个人的忠贞。这些年轻人，一方面可以向老壮士学习战争的技术，另一方面又可以得到老壮士的保护，并且还可以分享其战利品。而这些年轻人，他们都属于贵族阶级，所以“扈从”并不会降低他们原来的身份，而且这种关系，在双方同意之下，可以随时解除。中古封建社会里“领主”和“附庸”的关系，就正是由这种日耳曼社会关系所演变而来的。

农耕和战争是日耳曼人生活的两大资源，农耕的单位是农村，而战争的单位则是老壮士们的“扈从”。因此，近代历史学家认为，日耳曼人有两种不同的农村制度。一种是由奴隶操作，老壮士可以坐享其成；而另一种，则是由自由民所耕种的，他们本人是地主。耕地大致划分成两区，轮流耕作或休耕，以保持土地的生产力。自由民的农地也分为两区，每家各分得一块。此外，像牧场、森林就是属于全村人民所公用的。

根据塔西陀的记载，由族长组成的会议，操纵了部落式的政府，但是，重要的事件，就得由全体自由民所组成的会议来决定。在迁移过程中，许多部落又组成更大的团体。到了入侵罗马帝国之前，所有的日耳曼各部族，几乎都由国王所统治，而以族长组成的会议来辅助国王，但是各民族王权的演变并不完全一致，而国王的职权，也没有明确的规定。因此，国王个人的强弱，以及环境好坏往往是决定王权大或小的因素。不过，我们应该说，日耳曼人所谓的国王，实际上不过是部落的酋长，他主要的任务，是领导人民作战。

早期日耳曼人的社会和政治观念，完全是基于个人关系，所谓地域国家的观念并不存在。这种个人关系的观念，最明显的表现是在他们的法律方面。日耳曼人的法律和罗马人的法律不同，罗马法律，是由政府制定和法官们处理事物的先例所造成的结果；而日耳曼人的法律，则是代代相传的民俗惯例。一个犯罪行为，并不被视为违反国家的行为，而只是违反个人的行为，法律只是为受害者追捕所受损害的方法，因此，诉讼只是个人的私事，法庭不过是调停人而已，处理的方法也不是根据人证和物证，而是根据一方的宣誓或接受神断法。犯罪行为，包括杀人罪，全都可以用罚款来抵消，依照被杀者地位的高低来决定罚款的多少，由此可见，日耳曼人尊重个人权利的观念。

日耳曼人，很早就想在罗马帝国境内定居，帝国土地的肥沃、城镇的富庶，对他们有巨大吸引力。起初，罗马皇帝不断地与试图越过莱茵河和多瑙河的日耳曼部落交战。当帝国强盛时，入侵的蛮族不难击退。但是，从 3 世纪以来，罗马连年内战，政治腐败，人口锐减，帝国日渐衰弱，军队中也招募雇用了不少的蛮族人，连以前只操在罗马人手中的指挥权，也逐渐转移到蛮族酋长手中。这时，许多日耳曼移民便定居在罗马境内。

民族大迁徙运动

早在公元初期，中亚和东欧以及北欧的半游牧民族，已经开始了历史上最著名的民族大迁徙运动。这场民族大迁徙的原因，是中国历史上两汉讨伐匈奴的战争。匈奴民族被汉朝击败分裂为二，南匈奴逐渐被汉民族所同化，而北匈奴的一些部落远走中亚，转而西向欧洲，于是形成了“后浪推前浪”的连锁反应，他们把原来居住在中欧草原地区的日耳曼—哥特民族向西压迫、驱逐，日耳曼蛮族大批进入罗马帝国的境内。

5 世纪的公元 406 年，防守莱茵河及多瑙河的罗马军队全面退却，蛮族大举涌进。公元 410 年，哥特人的一支军队，在阿拉利克的率领之下，侵入了意大利，攻陷了罗马城，洗劫罗马长达 6 天之久。这是一件震撼罗马世界的大事，此时正值我国东晋末年，刘裕掌权之际。

法兰克人、勃艮第人、西哥特人，侵入罗马帝国的高卢地区。西哥特人就定居在罗亚尔河与比利牛斯山之间。不久，罗马皇帝只得承认西哥特人为盟友。西哥特人和汪达尔人，又越过比利牛斯山，向西班牙推进。汪达尔人，更由西班牙渡过直布罗陀海峡而入侵北非。他们围攻了当时有名的圣奥斯定主教所驻扎的希波城，当时奥斯定主教已是病重垂危之际，罗马皇帝竟束手无策，不得已在奥斯定主教死后的 435 年，承认汪达尔人为盟友。

汪达尔人在北非建立王国以后，以迦太基港为基础，建立了一支强大的海军，从事海盗的活动。公元 455 年，攻陷罗马半个月之内，罗马城被洗劫一空，古迹文物的被毁，可谓空前。这一年，正是我国北魏的太武帝在位期间。罗马军队的一支主力，也在这段时间从大不列颠撤了回来。于是盎格鲁人、撒克逊人就乘这个机会渡海占领了大不列颠岛。

对于日耳曼蛮族的入侵，罗马作家圣热罗尼莫曾这样感叹：“我一想起我们这时代的灾难，我的心便觉得悲伤，在君士坦丁堡和亚平宁山之间，罗马人的血倾流了 20 年之久，各省都遭到了蹂躏和洗劫，不知道还有多少贵妇贞女，没有遭到那些野兽们的戏弄！主教被掳了、司铎及各级神职人员被杀了、圣堂被毁了、战马系在祭台旁，就好像在马厩一样；殉道者的遗骸，被弃置在地上；各处在举丧、各处在悲叹、各处也都呈现出死亡的气象，罗马的世界倾颓了！”

基督教在蛮族的传播

起源于亚洲的基督教，最早是在罗马帝国边缘的蛮族中得到传播。事情是这样发生的，有一个名叫武斐拉的哥特人，他来到了罗马帝国的东半部，在那里受到了很好的教育，而且还被祝圣成神父，更在公元 351 年被祝圣为君士坦丁堡的主教。很不幸的是，“亚略异端”当时在东方正占着上风，武斐拉也受到感染和影响，而当时的哥特人，还没有发明自己的文字，武斐拉发明了一种便于书写的文字，他就用这种文字把《圣经》的大部分都翻译成哥特文，为了将福音传给他的同胞，在他的《圣经》翻译本中，加上了亚略派的解释，哥特人也就在这样的背景下，接受了“亚略异端”。又由于他们的迁移，也就在其他日耳曼民族中，助长了“亚略异端”的传播。

汪达尔人在北非建立“汪达尔王国”，族人中大多数也是“亚略异端”的狂热信徒。5 世纪初叶，不少日耳曼部落信奉基督教，不过，所信也都是“亚略异端”。公元 407 年—410 年，日耳曼蛮族西哥特人首领阿拉里克率领的军队对罗马帝国的王都罗马进行了声势浩大的三次围攻，破城后在城内任意抢掠焚烧三天，从此罗马城彻底败落。西哥特人是游牧民族，他们劫掠意大利后，继续西进到西班牙。公元 402 年，西罗马帝国霍诺留皇帝为躲避蛮族的攻击，把首府迁到米兰，又迁到拉文纳。拉文纳是通向亚得里亚海的重要海港，同时也是罗马帝国后期以及中古意大利的行政中心。实际上此后几百年里，欧洲的政治和宗教中心都在拉文纳。

5 世纪后期东哥特人崛起，在公元 493 年征服了意大利半岛。当东哥特的领袖狄奥多里克（Theodoric）死后，公元 535 年，东罗马皇帝查士丁尼一世派将军贝利撒留出兵意大利，在公元 554 年打败东哥特人，恢复了古罗马帝国在意大利的领土，东哥特王国灭亡。从公元 6 世纪开始，拉文纳成为东罗马帝国在欧洲的首府。6 世纪的后期，意大利被新来的另一支日耳曼蛮族伦巴第人入侵，东罗马人撤退，东哥特人被消灭，此后从历史中消失。

东罗马人撤退后，基督教的意大利牧首继续留在拉文纳。意大利成为后来意大利的基督教教宗和教廷所在地。但是，直到罗马教宗格里高利与日耳曼蛮族王国法兰克结盟之前，教宗并无多大权威和权力——并不是真正的教皇。

在基督教的早期，教会处于非法状态，直至新罗马皇帝君士坦丁大帝在位时期给予基督教合法地位。在此之后，君士坦丁大帝将罗马的拉特兰宫赠给罗马教会，并在当地建立主教教堂，这成为罗马教会最早收到的一笔重大捐赠。除了房产之外，在意大利本土及罗马帝国各行省，基督徒捐赠给教会的地产和财富也不断增加。不过，教会是作为私人领主占有这些土地的，并不拥有这些赠土的主权。

印度史的误读

古印度并非今之印度

印度地区位于喜马拉雅山脉之南，为亚细亚大陆中央南方凸出之一大半岛——南亚半岛。这里现存有八个国家：北部有尼泊尔、锡金、不丹三个内陆山国；中部有印度、巴基斯坦、孟加拉三个临海国；南部印度洋上有斯里兰卡、马尔代夫两个岛国。由于喜马拉雅山脉把南亚跟亚洲其他地区隔开，使南亚在地理上形成一个相对独立的单元，所以也称南亚次大陆。

这个地区历史上被中国人笼统称为印度，与古代中国关系极为密切。但是自近代以来，中国人对之误解甚多。印度本身古代没有成文史，没有任何有系统的史书。现代中国人所知道的印度史，是根据近代西方人编写的世界史。殊不知西方关于印度史的史料来源，却是来自古代中国的史书和佛经。

古代只有古印度地区，并没有印度国

印度（India）一名，在古代是指南亚次大陆印度地区——印地。印度是地区之名，并不是主权国家之名。因为在历史上，印度不是一个统一的国家，所以没有固定的国名。在英国人把大印度地区殖民地化以前，这个地区的政治状态一直是小邦和部族林立，从来没有被彻底统一而成为同一个国家。印地，历史上是人种来源极其复杂的混杂地区，有白种人、黄种人（包括蒙古人、汉藏人）以及褐色人和小黑人。

印度地区自古以来也没有统一的本土文字和语言，所以印度地区今天除了方言，统一的官方语言是英国殖民者输入的英语。

印度地区之地理与河流

印度半岛之国土，可分成三个地形区，即北印度、中部平原、德干高原与南印度。唐玄奘周游印度地区，对印度地方做了划分，分为东、西、南、北、中五区，称五天竺、五印度，略称五天、五竺、五印。

印度地区有著名的印度河（Indus）、恒河（Ganges）、布拉马普特拉河（Brahmaputra）三大河流。恒河流域为全印度最热之地，热季气温经常高达49℃，布拉马普特拉河流域则为世界雨量最多之处。除西北方之印度大沙漠，印地全境土壤堪称肥沃。

印度河梵名Sindhu（信度河，月河），其实这条河与现在所说的印度基本上没有关系，不流经印度，乃是中国西藏、巴基斯坦地区之大河，也是一条国际河流。这条大河发源于中国西藏高原的冈底斯山西麓，向西北穿过克什米尔的深山峡谷，再转向南行，进入巴基斯坦。此河在中国境内被称为狮泉河，流经喜马拉雅山与喀喇昆仑山两山脉之间，流向西南而贯穿喜马拉雅山，右岸交会阿富汗的喀布尔河，左岸汇流巴基斯坦旁遮普（梵语：Pan~ja^b，五河之意）地方的五大支流（形成巴基斯坦的五河平原），最终在卡拉奇（Karachi）东南而入阿拉伯海（印度洋）。

五河之地，位于今日的巴基斯坦境内，就是所谓“古印度文明”的起源地。因此所谓古老的印度（印地）文明著名的古印度河文明，地域并不在印度境内，而在巴基斯坦境内，与中国西藏地区的远古石器时代文化也有关系。

佛教兴起地，也不是在南亚印度而是在喜马拉雅山下的尼泊尔地区。佛教的全盛时代，则盛行于北方的月河（印度河）流域——包括阿富汗的喀布尔河流域、巴基斯坦的旁遮普之犍陀罗地区、哈拉巴地区、印度北部的比哈尔地区和中国的西域地区、吐蕃地区、蒙古高原，以及部分中亚地区。

印度古代没有统一的语言文字

印度古代没有统一的文字、语言和文化。古代印地的一些部族语言文字，后来很多已经灭亡。古代印度地区的古文字中，最重要也最著名的是两种，即巴利

三皈依

Buddhaṃ śaraṇaṃ gacchāmi	皈依佛
Dharmaṃ śaraṇaṃ gacchāmi	皈依法
Saṃghaṃ śaraṇaṃ gacchāmi	皈依僧

今人模拟的巴利文、拉丁文与汉文的对照

文和梵文。这两种文字之所以至今还存在，都是依靠佛经和佛教。

巴利文：pàli–bhàsà（英文名称 pali）

古代佛经使用的文字是巴利文[1]。

近人的研究认为，巴利文可能是尼泊尔地区的一个小民族释迦族的母语，也是佛陀时代的大国摩揭陀国（Magadha）一带的大众语。据说佛祖当初就是用这种语言文字传法，所以弟子们也用这种语言文字记诵他的经教。

但是巴利语文今日早已灭亡，原来的巴利文字母已经不存在了。现在唯有缅甸、柬埔寨、泰国的佛经有巴利文三藏，但也都是用他们本国字母所记录的。

所以，纯粹的巴利语文早已失传，仅仅依靠佛经而保存下来一些间接的译文。[2]

梵文

唐玄奘《大唐西域记》记述北方印地的文字说："详其文字，梵天所制，原始垂则，四十七言（47 个字母）。""梵王天帝作则随时，异道诸仙各制文字。"

梵语（Sanskrit）是古印度婆罗门教（梵天教）的标

1. 据说，巴利（Pa˜li），原是"线""规范"的意思（所谓"线形文字"的原型），后转用为佛教圣典的称谓。觉音大士将圣典经律论三藏称为"巴利"，而称三藏之注释为义疏。近代将三藏及注疏所用的语言称为巴利语。

2. 近人丁福保等认为，"巴利语 P&amacron;l&imacron，南方佛教之圣典语，为古南天竺之一地方语。与北方佛教圣典语之梵语相比较，音调变化少，文法亦简易。不如彼之繁杂，极富通俗之语。后入锡仑（锡兰）而行，现今存在之小乘经原本，大抵以此语记之。南方佛教徒，以巴利语为古摩迦陀（摩揭陀）语。"（其说巴利语为南方印地语，不确。巴利语文应是北方尼泊尔释迦牟尼本族语文，后来随小乘佛教向南传布方成为南系佛经的书面语。）

准语文，流行于北印地区，故又称天竺语，即吠陀、梵书及北传佛教圣典所用之语文。Sanskrit 语源有完成之意。中国、日本僧人依据此语言由梵天所造之传说，故称梵语或圣语。但是，梵语并不是古代印度地区人民的日常语言和通用语言。

梵语又称雅语，是婆罗门与佛教高僧使用的密语。广义而言，梵语可分为吠陀梵语（Vedic Sanskrit）与古典梵语（Classical Sanskrit）。前者为婆罗门教之圣典（吠陀）之语言。后者于公元前 4 世纪左右，由波尔尼[1]建立梵语字母体系，后来成为佛经的专用书面语言。

经由时代之演进，吠陀梵语逐渐发展成古典梵语，而远离日常用语。后来的佛经如《佛所行赞》（梵语：Buddha-carita）、《大事》《本生鬘》等佛教圣典皆用古典梵语书写。

梵语字母，并不是现在西方人整理的那种拉丁化字母，而是接近于藏文、蒙古文和满文的字母。

为区别于古代之吠陀梵语，佛教经典所用之梵语被称为佛教梵语（Buddhist Sanskrit）。又因佛典所用之梵语并非纯梵语，而已混用印地杂多俗语方言，呈现极为复杂之形态，故又被称为佛教混合梵语。10 世纪以后，由于伊斯兰教入侵，近代印度各种方言发达，梵语与佛教逐渐失去其在印地实际之影响，也成为一种死去语言。

“梵语”一词在中国是随着佛经而传入的。《梁高僧传》卷一《安清传》说：“于是宣译众经，改梵（胡）为汉。”我国古代佛教界研究梵语之书籍颇多，如《唐梵文字》一卷［唐僧全真著，文宗开成四年（839 年）完成。收于大正藏第五十四册。内容系汉梵语汇之对照编列，并有密教用语散列其间。］《翻梵语》十卷（作者宝唱）、《一切经音义》（作者玄应、慧琳、希麟）、《华严经音义》（作者慧苑）、《悉昙字记》（作者智广）、《梵语千字文》（作者义净）等。实际上，古代的印度梵语早已失传，是通过中国佛学才得以保存和流传的。

1. 波尔尼，又作波腻尼、波尼你、巴尼尼，系古巴基斯坦地区的文法家。健驮逻国（在今日巴基斯坦地区）娑罗睹逻人，估计约生于公元前 4 至公元前 3 世纪。据《大唐西域记》卷二健驮逻国条记：波尔尼生而知博物，愍时之浇薄，欲削浮伪，删定烦琐，乃有述作之志，遂蒙自在天之教，于是研究深思，采摭群言，遂作成字书。此书究极今古，总括文言，王见是书而珍异，令全国传习，若有诵通者，则赏以金钱，故当时皆师徒传授，盛行当世。但是，波尔尼所创之梵文非吠陀梵语，亦不同于其后之佛经梵语，是一种后来死灭了的文字。（参考《大慈恩寺三藏法师传》卷三、《瑜伽师地论略纂卷》卷六、《南海寄归内法传》卷四。）

对于印度的历史认知误会

现在叫“印度”的这个国家，即现在的南亚印度，古代其实并不是印度。

唐玄奘的《大唐西域记》记载得很清楚，“印度”这个名字是来自于印度河。印度一词中文的另一个译名就是“信德”，现在是巴基斯坦的一个省。

印度——信德，Sindh，这两个词都源于梵语词 Sindhu，意思就是“大河”。这条大河即印度河，它的中下游地区就是古代的本土印度，而今日则叫巴基斯坦。

印度河这个地区古代历史非常悠久，有过很灿烂的古代文化，如哈巴拉古文明，这里也是原始印度教的发祥地，是佛教的最早传播地之一。所以印度河地区驰名古代世界。

佛祖释迦牟尼诞生于喜马拉雅山下的尼泊尔，而佛教古代最繁盛地区是今日的巴基斯坦地区以及克什米尔和阿富汗地区，而不是在南亚印度。那里始终是印度教地区，古代中国人称之为婆罗门。

唐僧取经之所以要去西天而不是去南天，主要就是西去印度河地区。

许多现代中国人不知道印度河古文明是今日巴基斯坦地区的古文明，而错误地以为是南亚印度的古文明。之所以产生这种误会，是因为在 20 世纪初发现这些古文明时，印度河地区的巴基斯坦与南亚印度尚是一体，都是大英帝国的殖民地，因此都曾称为印度。

但是后来印度一分为二了。南亚的印度仍然叫印度（但此地却并非古代的印度），而西南亚的古印度——印度河流域，却改名为巴基斯坦。

自 1947 年印巴独立和分治后，国内许多人包括一些专家都发生了地理认知的错误，误以南亚恒河印度为印度本体，却不知道真正的古印度本体是在今日的巴基斯坦地区。

由于名字的错乱，而导致了历史认知的误会和混淆。

谁夸大和伪造了印度史

【何新按】

笔者从多年研究中发现，西方所叙述之世界古代历史多为有系统之编造物，包括希腊史、罗马史、所谓拜占庭史、亚历山大东征故事以及印度史等。

作为对比的是西方学界对于中国之古史及古文明，则无比苛求，极尽抹杀否定之能事。而胡适、顾颉刚一派之所谓疑古派，不疑洋人只疑中国，把伟大华夏古文明疑成一笔糊涂账。例如，《尚书》《史记》以及出土古书《竹书纪年》等信史中言之凿凿的夏代历史，长期被断然否认。盖史学中确实隐伏有阴谋也。

法显、玄奘等最早访问印地的佛教高僧，他们发现了一个保持有血缘公社时代的淳朴文明，但是那里实行种姓制度，多小国林立，彼此和平共处，仍有一些地区的部分人民笃信佛法的古印度（佛教在古代印地始终不是主流宗教，势力远远不及外道的婆罗门、印度教）。他们在游记中对这个古印度做了夸大描述。但是，他们都没有看到存在着什么伟大的一统印度王朝或者伟大的国家。而后 17、18 世纪来了英国人。19 世纪英国人全面控制南亚次大陆以后，为其殖民统治的精神和政治需要，不断地伪造了一个所谓古代就有白种雅利安族入侵印度，建立古印度高级文明的虚拟故事。

然后一些印地的殖民者利用语言学的猜想和虚构，宣称雅利安人的语言即梵文，而梵文与英文等西文在语法上有相似性，因之宣称是出自共同祖先的共同母语，所以这个白色种族的印地雅利安人与日耳曼——盎格鲁－撒克逊人也是共同祖先（后来又有所谓“坟冢假说”，从考古学上伪证之）。其伪造印度史和雅利安故事之目的，盖英国人乃试图利用印度种姓制度中白色雅利安人的高级种姓地位，论证英国人统治印度作为殖民宗主国的合法性也。

于是，近代西方历史学者大量利用法显、玄奘、佛经以及来历不明的印度口传历史和吠陀文学（印度本无史，历史多为传讲神话。吠陀经文多数文字化于19世纪以后，亦真假难辨），虚拟了一部以歌颂雅利安文明为主的伪造和夸大的印度史。

印度独立后，史学界基本照抄英国人制造的印度史，因其夸大印度古文明也。中国史学界也如是，一直对西方伪造历史照抄照搬。

印度的历史编年，主要都是根据玄奘的游记和佛教史虚拟的。有必要谈一谈印度史中的纪年问题。印度本来无史也无纪年，现在的印度史纪年主要出自佛经中的佛经纪年。

佛教史中的纪年，一般常以佛涅槃（意为“寂灭”）年，亦即释迦牟尼身死的一年作为计算的标准。但是关于佛的卒年，异说甚多。《大唐西域记》卷六：“自佛涅槃，诸部异议，或云千二百余年，或云千三百余年，或云千五百余年，或云已过九百，未满千年。”

而现在国际间较流行的一种计算，是根据我国《历代三宝记》（卷十一）所载的“诸师点记说”，以为自佛涅槃年开始，佛教历代诸师年每年雨季安居毕即曾在一部《善见律毗婆娑》上点一点，至我国北齐永明七年（489 年）共点了 975 点，（975–489=486），可见涅槃年是在公元前 486 年。

根据这一计算，西方有学者就推出其他许多印度古史中重要人物的年代，其中较重要的：

1. 佛诞生年：约公元前 566 年（相传释迦牟尼在世 80 年，故推得此数）。

2. 摩揭陀国频毗婆罗王在位年：约公元前 544 年—前 493 年（相传此王在位 52 年，而佛涅槃年为其子阿阇多设咄路王在位之第八年，故推得此数）。

3. 阿阇多设咄路王（即未生怨王）在位年：约公元前 493 年—前 462 年（相

传此王在位32年，而佛涅槃当其在位之第八年，故推得此数）。

4. 摩揭陀国阿育王（即无忧王）在位年：约公元前273年—前236年（相传此王加冕在佛涅槃后218年。阿育王有《摩崖敕谕第十三》，立于王加冕后第十三年，据学者之考察，应为公元前256年所颁布，由此可推知，王之加冕年为公元前269年，正当佛涅槃后218年。又传阿育王即位后4年始正式加冕，故可推知其即位年得为公元前273年。又传王在位共37年，故可推知其卒年得公元前236年）。[1]

1. 按：以上这些年代的计算，基本根据印度学者马朱姆达主编之十卷本《印度人民之历史与文化》第二卷。都只是一种模糊的推算，没有历史的可信性。

印度历史简表

【何新按】

北印度地区［印度河地区及阿富汗、尼泊尔和克什米尔（古代叫迦湿米罗）地区］是世界古文明的较早发育区之一。在4000年前曾经独立发明过一种文字，摩亨殊达鲁文字。尼泊尔—北印地，是世界三大宗教体系之一的佛教的起源地，具有悠久的历史。但是，印度不是佛教国家。

佛教在印度历史中并没有占据过宗教的主导地位，佛教创始于尼泊尔。释迦牟尼佛生前曾经到中印度的恒河地区传教。但佛教主要流行地区是在北部印度河的巴基斯坦、阿富汗、尼泊尔以及西域（大乘）和东南亚（小乘）。

秦汉时期佛教自西域可能通过月氏人（白色人种、高加索人种）流传到中国，魏晋隋唐时期成为中古中国人的主要宗教信仰。隋唐时期佛教通过中国流传到日本和朝鲜半岛。历史上真正的佛国——佛教中心是中国。释迦牟尼不是西方所说的雅利安人，而可能是尼泊尔地区的黄色人种（即佛经所说的黄头族）。

印度自古以来的主流宗教是印度教（婆罗门教）以及耆那教（大雄教），所以印度在中国史书（如《新唐书》）中的古称是婆罗门国。

印地自古就存在肤色不同的许多人种、民族、部族和部落。但在古代历史上，印度地区始终没有完全统一过，历史中从来没有形成行政统一的国家或者王朝。19世纪英国殖民者入侵后才统一了印度、巴基斯坦以及阿富汗、尼泊尔，形成一个巨大统一的印度殖民地。

印度人自古不重视记录历史，没有留下任何可信的编年历史。研究印度历史只能借助散布于各种不同的宗教经文、神话传说中的口述史，以及古代中国和伊斯兰国家的文献。唐玄奘进入印度以前，印度历史中的所有编年（包括人物年代）基本都不可靠、不可信，都仅仅是西方学者和印度学者的推测而已。这些编年混乱至极而且彼此矛盾。下表是笔者尝试整理的一个约略的简述而已。

根据西方以及近代印度学界的研究，据称印度历史中曾经领土占有较大的国家及王朝，大概可以分为以下一些时期（这里的许多历史并非信史而是推测）。

印度古名并非印度，玄奘以前中国史册称其地为“婆罗多国（Bharatavarsa，印度古名）”。

一、史前印度时期（公元前 2300 年以前）

二、印度河文明（巴基斯坦）时期（公元前 2300—公元前 1500 年）

三、传说的雅利安人 Aryans，吠陀时期 Vedas 主导时期

雅利安人，梵语高贵种姓人，据说可能是来自波斯的白色人（西方说是日耳曼人）。

雅利安人入侵是一个神话。吠陀时代（公元前 1500 年—前 600 年）则被视为印度的黄金时代，那时众神在地上行走，同人们交流往来。

四部吠陀经（吠陀，即 Veda，指知识）——梨俱吠陀（Rig Veda）、耶柔吠陀（Yajur Veda）、娑摩吠陀（Sama Veda）、阿闼婆吠陀（Atharva Veda），据说就是创作于这一时期，主要由韵文集和经文组成。但是，所有的吠陀经文据说一直是口传的，没有文本。文字本是 19 世纪才记述下来而出版的。这使其可信性不能不引起许多怀疑。[1]

四部吠陀经构成了印度教思想中婆罗门传统的基础。此后的哲学经典如《奥义书》（*Upanishads*）、梵语语言、种姓制度，都进一步巩固了婆罗门的统治地位。

1. 梨俱吠陀时期（公元前 1500—公元前 1000 年），后期吠陀时期（公元前 1000—公元前 500 年）。

印度教万神庙的诸神，献祭仪式据说都源于此。

四、摩揭陀王国 Magadha（恒河印度地区最大国家）主导时期

传说的中印度地区之古国，为佛陀住世时十六大国之一。又作摩竭陀国、摩伽陀国、默竭陀国、墨竭提国、摩竭国、摩揭国。意译为无害国、无恼害国、甘露处国、胜善国、不至国、聪慧国、大体国、天罗国等，位于恒河中游南岸地区。历史传说多在佛经和其他宗教的传说中，神话与历史混淆，非常混乱，难以细致究考和求证。

摩揭陀的早期王朝世系均不可考，虽然《往世书》中保留了一份极不可信的王表。

1. 诃黎王朝

第一个比较可信的国王是频毗娑罗，而此后诸王的世系，来自斯里兰卡《大史》（也是可疑的书）。

世系（年代纯属估计）：

频毗娑罗（在位 52 年）——阿阇世（在位 32 年）——优陀夷（在位 16 年）——阿兔楼陀——文荼（阿兔楼陀与文荼合在一起在位 8 年）——那伽都沙迦（都沙迦，在位 24 年）[1]

2. 幼龙王朝

后来有一个大臣悉输那伽篡位，他被选举为新国王，开始了幼龙王朝的统治。

世系（年代纯属估计）：

悉输那伽（龙种，在位 18 年）——迦罗输伽（黑阿育王，在位 28 年）——黑阿育王的 10 个儿子（在位 22 年）[2]

1. 附注：摩揭陀相对比较可信的历史开始于频毗娑罗（瓶沙王）统治时期，这主要是由于佛教和耆那教传说保留了一些关于他的资料。频毗娑罗统治下的摩揭陀是北印的一大强国，也是所谓"印度十六雄国"之一。频毗娑罗时代的摩揭陀都于王舍城（今拉杰吉尔）。西元前 6 世纪后半期，第五世频婆娑罗王时，征服了东方鸯伽。其子阿阇世王时，与憍萨罗交战，又征伐恒河北方的毗舍离，其版图据说抵达喜马拉雅山麓。在频婆娑罗王时代，释迦牟尼于伽耶附近创立佛教，住于王舍城等地说法，王亦归依释尊，并为建竹林精舍。佛教历史上的第一次结集，据说就是在频毗娑罗王的儿子阿阇世赞助下举办的。阿阇世之子优陀夷将都城迁至华氏城。佛陀一生多半在摩揭陀：佛教史上的王舍城结集，华氏城结集，都在摩揭陀，因此摩揭陀是印度重要佛教圣地之一。

2. 附注：关于这个王朝的传说都非常混乱。悉输那伽之子是黑阿育王。在黑阿育王死后，他的年幼的儿子传说被摩诃帕德摩·难陀推翻，后者建立了难陀王朝。

3. 难陀王朝 Nanda（？—约公元前 324 年？）

世系（传说）：

摩诃帕德摩·难陀（大红莲难陀）——大红莲难陀的 8 个儿子：达那·难陀[1]

4. 传说中的孔雀王朝 Maurya（约公元前 324 年—约前 187 年）

公元前 326 年左右，摩揭陀的旃陀罗笈多（Chandragupta，月护王）崛起，废除难陀王，自立为摩揭陀国王，定都华氏城（波吒厘子城），建立孔雀王朝，成为恒河流域最大的王国。华氏城是当时印度地区的政治、经济和文化中心，北印度各地客商云集之地。他的儿子阿育王继位，成为佛教的保护者（护法王）。

世系：

旃陀罗笈多（月护王）——宾头娑罗——阿育王（无忧王）

在阿育王去世后，孔雀王朝马上就分裂了，佛教、婆罗门教及其他来源的文献关于他的继承者的说法互相矛盾。实际可能是同时有多个国王出现，瓜分了这个国家。

5. 巽伽王朝 Sunga（约公元前 187 年—约前 75 年）

公元前 185 年，华友王推翻孔雀王朝，建立了巽伽王朝（公元前 185 年—739 年）。

在巽伽王朝时代，原先为阿育王所征服的南印度诸国，羯陀伽、案达罗（Andhra）相继独立。

世系：

华友王——阿耆尼密多罗——婆苏逝瑟吒——婆苏密多罗（世友）——案达罗迦——Pulindaka——瞿沙（妙音王）——伐折罗密多罗（金刚友）——婆伽跋陀罗——提婆菩提

1. 附注：据斯里兰卡来历不明的《大史》，难陀王朝总共只统治了 22 年。开国的大红莲难陀的儿子的数量，是通过《大史》将整个王朝称为“九难陀”推出来的。后来据说发生民众暴乱，一个叫旃陀罗笈多的冒险家推翻了难陀王朝。旃陀罗笈多建立的王朝叫孔雀王朝。孔雀王朝是印度第一个估计大概年代的王朝。而孔雀王朝以前的印度各王朝的具体存在时间完全都是来自学者们的主观估计。但是不同学者的估计结果可能相差数百年以至上千年。

6. 甘婆王朝 Kanva（约公元前 75 年—约前 30 年）

此后还出现了一个短促的甘婆王朝（公元前 75 年—289 年）。

世系：

菩弥密多罗——那罗衍那——Susarman

约在 1 世纪，案达罗的百乘王朝征服了摩揭陀。案达罗的国势日趋强大，几乎统治了整个北印度。摩揭陀国也成为案达罗的藩属。案达罗王朝一直延续到公元后 3 世纪初期。

五、传说中的外国侵入时期

中亚的塞琉古王国、贵霜王国、哌哒人及西亚势力入侵。

贵霜帝国（Kushan Empire，古国名），其鼎盛时期为 2—3 世纪。疆域从今日的塔吉克斯坦绵延至里海、阿富汗及印度河流域。贵霜帝国在迦腻色伽一世和其承继者统治之下达至鼎盛。曾拥有人口 300 万，士兵 20 多万。

迦腻色伽统治（约 127 年—147 年）这一时期，贵霜进一步向印度扩张，其势力达到恒河的中游地区。传说迦腻色伽曾对沙祇城和华氏城进行过远征。通过迦腻色伽多年的对外扩张，建立起一个纵贯中亚和南亚的庞大帝国。其领土范围包括中亚的锡尔河与阿姆河直到波罗奈以西的北印度大半部地区，形成与罗马、安息、东汉并列的四大帝国之一。

迦腻色伽崇信佛教。贵霜帝国佛教迅速传播，丘就却、迦腻色伽都是佛教的赞助者。迦腻色迦信奉大乘教派，从此西域的佛教以大乘为主。

两汉三国时，外国僧人半数以上来自贵霜领地。贵霜帝国的建立，打开了南亚与中亚之间的屏障，为佛教的东传创造了有利条件。佛教传入中国，最早的地方当为于阗（今中国新疆的和田市）。于阗位于塔里木盆地南道的中心，为中西交通的要道。2012 年 10 月，位于古丝绸之路东路北段上的宁夏西吉县因雨水冲刷，出土了 17 枚经初步鉴定疑为古贵霜帝国的铜币。

六、笈多王朝 Gupta（约 320 年—约 570 年）

传说：公元后 320 年，华氏城的旃陀罗笈多一世（Chandragupta I，与孔雀王朝的创立者同名）崛起，而建立笈多王朝。

5 世纪初，他的孙子旃陀罗笈多二世（阿育王）继位，这时可称笈多王朝的黄金时代。法显在这段时间到印度地区。《法显传》中描绘摩揭陀国都巴连弗邑（即华氏城）说："是阿育王所治……凡诸中国，唯此国城邑为大，民人富盛，竞行仁义。"

世系：

旃陀罗笈多一世（月护王）——沙谟陀罗・笈多（海护王）——旃陀罗笈多二世（超日王）——鸠摩罗笈多——塞建陀笈多——那罗僧诃笈多（幼日王）

6 世纪末笈多王朝衰亡。7 世纪初玄奘到达印度地区求法。此时摩揭陀王国的尸罗逸多（戒日王），即曷利沙・伐弹那称雄于北印度，其先世曾向笈多王朝称臣。戒日王时摩揭陀王国首都移至曲女城。

唐时摩揭陀国曾和唐朝建立友好关系。玄奘访问此国不久之后，贞观十五年（641 年）尸罗逸多（戒日王）派使者带国书至唐朝。唐太宗命云骑尉梁怀璥到该国回聘，这是中国使者第一次到达该国。

以后尸罗逸多又派使者随同梁怀璥一起到唐朝。唐太宗十分优待，派李义表和王玄策[1]出使该国。贞观二十二年（648 年），太宗派王玄策为正使，蒋师仁为副使，赴摩揭陀国[2]。此时戒日王已死，发生内乱，唐使

1. 王玄策，唐朝洛阳人，曾官融州黄水县令，右卫率府长史。贞观十五年，印度摩揭陀国国王曷利失尸罗叠（逸）多（Harsha Sīlāditya，即戒日王）在玄奘访问该国之后致书唐廷。唐命云骑尉梁怀璥回报，尸罗叠多遣使随之来中国。贞观十七年三月，唐派行卫尉寺丞李义表为正使、王玄策为副使，伴随印度使节报聘，贞观十九年正月到达摩揭陀国的王舍城（今印度比哈尔西南拉杰吉尔），次年回国。贞观二十一（或二十二）年王玄策又作为正使，与副使蒋师仁出使印度。未至，尸罗叠多死，帝那伏帝（今印度比哈尔邦北部蒂鲁特）王阿罗那顺（Arunasva）立，发兵拒唐使入境。玄策从骑 30 人全部被擒，他本人奔吐蕃西境求援。吐蕃赞普松赞干布发兵 1200 人，与泥婆罗（今尼泊尔）王那陵提婆（Narendra-deva）兵 7000 骑及西羌之章求拔兵共助玄策，俘阿罗那顺而归。高宗显庆三年（658，一说显庆二年）玄策第三次出使印度，次年到达婆栗阇（今印度达班加北部）国，五年访问摩诃菩提寺，礼佛而归。玄策著有《中天竺国行记》十卷，图三卷，今仅存片段文字，散见于《法苑珠林》《诸经要集》《释迦方志》中。近年，人们在洛阳龙门石窟发现了王玄策的造佛像题记。《旧唐书》记："贞观十年，沙门玄奘至其国，将梵本经论六百余部而归。先是遣右率府长史王玄策使天竺，其四天竺国王咸遣使朝贡。会中天竺王尸罗逸多死，国中大乱，其臣那伏帝阿罗那顺篡立，乃尽发胡兵以拒玄策。玄策从骑三十人与胡御战，不敌，矢尽，悉被擒。胡并掠诸国贡献之物。玄策乃挺身宵遁，走至吐蕃，发精锐一千二百人，并泥婆罗国七千余骑，以从玄策。"玄策与副使蒋师仁率二国兵进至中天竺国城，连战三日，大破之，斩首 3000 余级，赴水溺死者且万人，阿罗那顺弃城而遁，师仁进擒获之。掳男女万 2000 人，牛马 3 万余头疋。于是天竺震惧，俘阿罗那顺以归。贞观二十二年至京师，太宗大悦，命有司告宗庙，而谓群臣曰："夫人耳目玩於声色，（转下页）

（接上页）口鼻耽于臭味，此乃败德之源。若婆罗门不劫掠我使人，岂为俘虏耶？昔中山以贪宝取弊，蜀侯以金牛致灭，莫不由之。”1990年6月，中国学者在青藏高原吉隆发现了一通名为“大唐天竺使出铭”的唐代摩崖石碑。石碑位于吉隆县城北约4.5公里处的阿瓦呷英山嘴。镌刻在山口处呈西北至东南走向的崖壁之上，宽81.5厘米，残高53厘米。残存有阴刻楷书24行，满行估计原为30—40字，上端无缺字，下端因损毁严重，现残存仅222字，其中多已损泐，漫漶不清。第九行文字中有“大□□左骁卫长史王玄策”等语，依据有关的古代文献材料，可以肯定此通石碑是在唐显庆三年（唐高宗李治年号），公元658年唐代使节王玄策等人奉旨出使天竺时途经吐蕃西南边境的吉隆，勒石记功留下来的遗物。

2. 摩揭陀国之突然兴起，占有古婆罗多泰半之地，实由频毗沙罗王首先创立基业所致。频毗沙罗之子阿阇世王（公元前494年接位到前464年止）归并尾耆（Vriji）王邦，其首邑即吠舍离是也。同时阿阇世王又与憍赏罗邦展开长期斗争，使憍赏罗之声誉日渐低下，此外，更因阿阇世王之战胜拔波邦，而使阿婆蒂感受压迫，际此之时，摩揭陀与阿婆蒂遂争雄于北印度矣。当阿阇世王正率大军攻击比哈北部之时，曾于恒河及松河（Sone River）交流之处，今之比哈省会巴那（Patna）附近，建筑城堡。其子邬陀夷（Udayi，公元前462—前446）于公元前459年在其父所筑城堡旁建立华氏城。由于摩揭陀国疆土之扩展，乃使首邑王舍城迁至华氏城。公元前五世纪末叶左右，摩揭陀国由室兽龙（公元前414—前396）执政，彼原为毗姆沙罗王时代派驻于波罗奈斯（Banaras）之总督是也。室兽龙对于摩揭陀国之贡献，乃并吞阿婆蒂国，因此，北印度广漠平原，咸归属于摩揭陀矣。然好景不长，摩揭陀不久又被摩诃巴陀摩所灭，建立新朝，印度古史所谓难陀（Nanda）王朝是也。（周祥光译《阿育王及其石训》，摘录自《现代佛学大系》）

被扣。王玄策逃至尼泊尔，向吐蕃求援，松赞干布派兵随王玄策平定摩揭陀国内乱。王玄策在该国曾广泛巡礼过许多佛教圣迹，并在摩诃菩提寺立碑留念。我国制蔗糖的方法，相传是由摩揭陀国传进来的（参见《新唐书》卷二二一《西域传》）。

七、普西亚布蒂王朝 Pushyabhuti（约400年—约647年）

八、拉其普特时期 Rajput（公元7—12世纪）

拉其普特人（Rajput），该词源自梵语 Raja Putra，意思是王公后人。他们传统上是印度的战士民族，分布于印度中部、印度北部、印度西部与巴基斯坦一部分。直到20世纪印度绝大多数土邦也由他们统治。

他们宣称自己是刹帝利。

公元前2世纪至5、6世纪，塞种人、贵霜人、匈奴人、嚈哒人和古加拉等民族以及安息人和希腊人，大批移居印度。他们与当地居民融合形成拉其普特人。其分布地区为：印度河下游的塞种拉其普特人，印度河中游的嚈哒（或白匈奴）拉其普特人，五河流域的贵霜拉其普特人。其首领多为外族出身的侍卫，自称“拉其普特”。这些部族还保留着氏族关系和军事组织。首领和一般成员形成刹帝利，共同占有土地。他们要建立政权必须取得印度教社会的合法地位，这就需要由婆罗门来证明他们源出于印度古老的某一世系、某一王族、某个英雄或神话中的天神（如火神阿耆尼）的后裔。因此有所谓的日系和火系等世系。

6 世纪，拉其普特共有 36 个部族，其中有 12 个建立王朝。它们是西部的早期卡拉丘里、乔汗（查哈马纳）、古加拉—普拉蒂哈拉、巴拉马拉、索兰基、拉托尔（加哈德瓦拉）、古希洛特（利索迪亚），南部的伐泰比的遮娄其、拉喜特拉库塔、卡利阿尼的遮娄其，北部的后期卡拉丘里、昌德拉。其中最重要的是古加拉—普拉蒂哈拉和拉喜特拉库塔。

8—12 世纪普拉蒂哈拉以西印度为基地向恒河流域扩张，与来自孟加拉的帕拉王朝及由德干北上的拉喜特拉库塔争雄北印度。普拉蒂哈拉于 8 世纪中叶夺取曲女城（卡瑙吉），建立巴利哈尔王朝，控制恒河中游地区，成为北印度大国，11 世纪分裂为许多小国。

丹蒂德尔加于 750 年推翻遮娄其，定都马尼亚克特，建立拉喜特拉库塔王国，统治马哈拉施特拉。8 世纪后期拉喜特拉库塔王国北上与普拉蒂哈拉争夺古吉拉特及马尔瓦，统治德干 200 年，直至 10 世纪末。普拉蒂哈拉、帕拉和拉喜特拉库塔三国争雄北印度 200 余年，但始终未能完成统一局面。10—12 世纪区域性王国林立，印度政治上更加分裂。

他们多次抵抗突厥的伊斯兰入侵，被视为婆罗门教文化捍卫者。但很多在德里苏丹国时代逃亡尼泊尔，他们在蒙兀儿帝国时有些接受伊斯兰教（有些拉其普特穆斯林融入普什图人部落中）。

九、依附伽色尼王朝 Ghaznavids 时期（967 年—1185 年）

伽色尼王朝（Ghaznavid Dynasty, 962 年—1186 年）是由中亚突厥人建立，统治中亚南部、伊朗高原东部、阿富汗、印度河流域等地的伊斯兰王朝，又称“哥疾宁王朝”“伽兹尼王朝”。极盛时期为中亚帝国，占据伊朗大部、土库曼斯坦、乌兹别克斯坦部分地区，以及阿富汗、巴基斯坦与印度北部。

伽色尼王朝是中亚萨曼王朝的突厥族奴隶（专指宫廷近侍奴隶和禁卫军奴隶）出身的将领阿勒普特勤（AlbTikin，？ 年—977 年）所建立，因首都在伽色尼（又译鹤悉那、哥疾宁、加兹尼，今阿富汗东南部的加兹尼）而得名。

十、德里苏丹时期·德里苏丹国

伽色尼王朝苏丹穆罕默德12次远征西北印度。拉其普特诸王公联合抵抗外敌进攻。1191年，乔汗王普里特维拉贾三世抵抗阿富汗廓尔王朝对恒河流域的进攻，取得第一次特赖因战役胜利。

廓尔王朝的统治者穆伊兹·乌德·丁·穆罕默德（廓尔的穆罕默德）在1192年进入印度平原的战役中取得决定性胜利。他留在印度的总督（出身奴隶）顾特卜·乌德丁·艾伯克于1206年采用苏丹头衔统治被穆斯林征服的北印度地区，定都德里。

此后直到莫卧儿帝国建立，北印度的历史即为德里苏丹国的历史。

奴隶王朝（1206年—1290年）——卡尔吉王朝Khalji（1290年—1320年）——图格鲁克王朝Tughluq（1320年—1413年）——萨依德王朝Sayyid（1414年—1451年）——洛提王朝Lodis（1451年—1526年）

十一、莫卧儿帝国Mughal时期（1526年—1857年）

蒙古人建立的印度王朝，控制北印度和中印度。德里苏丹国瓦解造成的权力真空并没有持续很长时间，新的穆斯林征服者很快在西北方出现。1526年，帖木儿的直系后代巴卑尔从中亚进入印度，在第一次帕尼帕特战役中击溃了罗第王朝的最后一个苏丹易卜拉欣·罗第。巴卑尔占领了德里并被尊为“印度斯坦的皇帝”，继而在1527年击败拉其普特人，1529年又消灭了阿富汗人的残存力量。由巴卑尔建立的政权被称为莫卧儿帝国，意为“蒙古人的帝国”，因为巴卑尔的血统由母系可以上溯到成吉思汗。

巴卑尔的统治只是莫卧儿帝国的肇始，他还未来得及巩固莫卧儿人在北印的地位便已去世。行政、司法和财政制度都没有建立，这些关键事务实际上是由莫卧儿人的敌人舍尔沙缔造的。舍尔沙是南比哈尔地区的阿富汗人首领，他在1540年打败并赶走了巴卑尔的继承人胡马雍，短暂地恢复了阿富汗人在印度的统治。舍尔沙的统治时期很短，但是却十分重要。他压服了孟加拉的叛乱，并把它分成 19 个小行政单位；征服瓜廖尔；打败了最强的拉其普特人领袖马尔德夫。在短短 5 年之内，几乎整个印度北部都被他征服了。

十二、殖民地时期

最早在印度建立据点的欧洲国家是葡萄牙，他们的殖民地位于莫卧儿帝国版图之外。此后荷兰人也积极介入，并打败了葡萄牙人。奥朗则布在帝国极盛时期忽视欧洲殖民者的危险，而他的子孙们在被迫面对欧洲人时已经由于帝国衰落而软弱无力。

到了 18 世纪，在印度追求利益的欧洲强国主要是英国和法国。经过一番斗争，英国人取得了优势，把法国的存在削弱到只剩下几个小殖民点。

十三、英国统治时期（1857 年—1947 年）

英国直接统治下的印度（称英属印度）分为 13 个省，其中包括缅甸。另外约有 700 个由印度王公统治的土邦在英国严密监督下存在着，这种土邦占整个印度面积的五分之二（有些省里也有土邦）。

十四、印度共和国时期（1947 年—）

【何新补记：虚构的印度古文明与不可信的印度史】

印度历史的史料学问题主要集中在古代印度史（即穆斯林征服以前的印度史），这一时期的可靠史料极度匮乏。相对而言，伊斯兰教时期的史料比较丰富。各穆斯林王朝都留下了很多官方文件、编年史和邸报，可供历史学家查阅研究；一些统治者的传记也是十分宝贵的文献（如著名的巴卑尔回忆录）。

不那么可靠的史料，还包括此一时期到过印度的外国人的游记等。关于英国统治时期的历史，有许多政府档案可以利用。

搜寻穆斯林征服以前的史料是印度史料学的主要困难。这主要是由于印度方面本身不重视对于历史的记载，以及印度人没有构造起一种有效的保存重大历史事件的制度。11 世纪到过印度的穆斯林学者比鲁尼（Biruni）评论说：“印度人不十分注意事物的历史次序，他们在述说皇帝的年代系列时是漫不经心的，当要他们非说不可的时候，就困惑起来，不知说什么好，他们总是代之以讲故事。”

比鲁尼的话是非常接近于事实的。在印度不存在类似其他国家的相对可靠的官方史书，却存在着大量宗教典籍、文学作品和民间传说，许多所谓的历史事件就是在这些东西里面采集而来。

中东古史考

叙利亚：兵家必争之地

叙利亚的重要性

早在汉唐时代，古叙利亚和东罗马帝国，一直与中国具有极其久远、密切的经济、政治和文化联系。现代中国人不知道，位居西亚的古叙利亚与小亚细亚的土耳其半岛一样，是西方所谓“古希腊罗马文明”的真正起源地和中心地区。

希腊文字的前身是腓尼基文字，起源于叙利亚。

所谓“古希腊语言文字”，都不是起源于那个雅典伪希腊的语言文字，而是古代的爱奥尼亚（即小亚细亚）和西亚的古叙利亚地区人类使用的古代部族方言。

西方研究者普遍承认，传疑诗人荷马之史诗的原初文本，并非产生于雅典希腊，而是产生于小亚细亚或古叙利亚一带。荷马（如果实有其人）是亚裔人，荷马诗篇使用的是流行于小亚细亚和古叙利亚地区的古代语言。

叙利亚曾经是持续上千年的东方罗马帝国（即欧美史家所谓的那个伪“拜占庭帝国”）的主要属土。俄罗斯自沙皇时代以来，一直认为自己是东罗马帝国全部政治及宗教遗产（“东方正教”）的真正继承者（俄罗斯的国旗和国徽双头鹰符号均来自东罗马帝国，意义是雄踞欧亚）。所以，从沙皇、苏联到普京，俄罗斯一直高度关注叙利亚问题。可惜现在的俄罗斯国力不济，已经无法将叙利亚作为自己口下的禁脔。

叙利亚首都大马士革是人类最古老的城市之一，距今已经有 1 万年的考古历史。

大马士革修筑的古代城市水道，是著名的罗马水道建筑的理念起源。叙利亚北部重镇阿勒颇也是古人类最古老的定居点之一，考古学发现在公元前第十一个千年时这里就有人类居住。小亚细亚地区的“古希腊人”（与雅典希腊无关系），称这座古老城市为“贝罗埃亚”。

原始基督教的起源地也是在叙利亚。隋唐时期传入并流行中国的景教，也来自叙利亚。著名的大唐景教碑用古叙利亚文写成。据该碑记述，唐太宗的名相房玄龄和中唐名将郭子仪都是波斯、叙利亚传来的景教（基督教的一种拜光明信仰的异端）的信徒。

由此可见，叙利亚自古不仅是东西方文明与商业的交会之地，也是所谓西方文明的真正根脉所在。叙利亚地区自古以来是世界帝国构建者的必争之地。因而自中世纪以来，叙利亚是共济会、十字军与阿拉伯人已经争夺千年至今的战略必得之地。十字军征战的主要战场就在叙利亚。

叙利亚是古代丝绸之路的必经之地，也是连接欧亚非—东西方文明的交叉路口。

叙利亚地理位置位于地中海东岸，属于西亚国家，与小亚细亚的土耳其、伊拉克、约旦、黎巴嫩和以色列为邻，西濒地中海。叙利亚拥有极其丰富的人文和自然资源。在其 18.5 万平方公里的国土上，散布着 3500 多处古迹，是裸露在蓝天下的一个庞大博物馆，一个人类文明起源历史的古老见证。

叙利亚简介

叙利亚位于亚洲大陆西部，地中海东岸，北靠土耳其，东南邻伊拉克，南连约旦，西南与黎巴嫩（原来属于叙利亚）、巴勒斯坦地区接壤，西与塞浦路斯隔海相望，海岸线长 183 公里。境内沿海和北部地区属亚热带地中海气候，南部地区属热带沙漠气候。沙漠地区冬季雨量较少，夏季干燥炎热，最低气温 0℃以下，最高气温达 40℃左右，年平均降水量沿海地区 1000 毫米以上，南部地区仅 100 毫米。

幼发拉底河自土耳其流经叙利亚中部，入伊拉克，注入波斯湾。底格里斯河自土耳其流经叙利亚北部，入伊拉克，注入波斯湾。著名的两河古文明，就产生于两河流经的土耳其、叙利亚，特别是下游的伊拉克区域。

考古发掘证明，叙利亚在公元前3000年时已经有原始城邦国家存在。公元前8世纪起，叙利亚先后被亚述、马其顿、罗马、阿拉伯、欧洲十字军、埃及马姆鲁克王朝和奥斯曼帝国等统治。

1920年4月，叙利亚沦为法国委任统治地。1940年6月，叙利亚被纳粹德国控制。1941年9月27日，“自由法兰西军”总司令贾德鲁将军以盟国名义宣布叙利亚独立。1943年8月，叙利亚成立自己的政府，舒克里·库阿特利当选叙利亚共和国首任总统。

1946年4月17日，英法被迫撤军，叙利亚获得完全独立。1958年2月1日，叙利亚和埃及宣布合并，成立阿拉伯联合共和国。

1961年9月28日，叙利亚宣布脱离“阿联”，成立阿拉伯叙利亚共和国。

近两年来，西方以反对独裁为名发动叙利亚的内乱和内战，目的是建立亲美可控制的叙利亚政权，进而控制整个中东。

历史文明

叙利亚有着极为悠久古老的历史文明，古迹众多。大马士革的考古历史为1万年，有文字追溯历史为5000年。

古迹包括据说建立于罗马时代（可疑的西方年代学？其实叙利亚遗址年代可能更早得多）的阿拉伯半岛罗马都城夏哈巴的古城及布什拉圆形剧场。

阿拉伯女皇宰努比亚（《旧唐书》中称“女国”）时期曾经作为古丝绸之路重要驿站的台德穆尔（帕尔米拉）古城，以及公元前400年斯卢格时代的阿法米亚古城等也都闻名于世。

叙利亚是世界最古老文明的发源地之一，在成为罗马帝国疆域以前曾经经历腓尼基、赫梯、米坦尼王国、亚述、古巴比伦、古埃及、波斯帝国、马其顿帝国和继后的塞琉古帝国的各个帝国文明时期。

根据《圣经》传说，公元前3000年—前1000年，阿拉伯半岛游牧的塞姆人，向叙利亚及其附近地区进行了三次大迁徙。公元前第3千纪的最后几百年，塞姆人中的阿莫雷人进入叙利亚，并建立了许多小王国，形成叙利亚的第一次塞姆文化。

公元前第 2 千纪前后，第二支大规模移入叙利亚、黎巴嫩和巴勒斯坦的塞姆人为迦南人。他们在地中海东岸及内陆建立了一些各自为政的城邦，创造了迦南文化。公元前第 2 千纪末叶，叙利亚进入铁器时代。当时居住在地中海东岸中部一带的一支迦南人，即腓尼基人，他们以经营航海闻名，同时创造了有 22 个辅音字母的腓尼基文字。他们可能是小亚细亚和西亚地区所谓古希腊文明的真正缔造者，对世界文化做出了伟大贡献。

公元前第 2 千纪到前第 1 千纪中叶，第三支迁入叙利亚的塞姆人为阿拉米。他们建筑的哈马和大马士革等城市和使用的阿拉米文字，是叙利亚古文化的宝贵遗产。

出大马士革 56 公里，就可以到达著名的基督教村庄——马卢拉村。远眺村庄，房屋大多悬建或雕琢在山石之上，一层高过一层，下面一层的房顶就是上面住房的走廊或庭院，斑斑点点融入黄褐色石山的画卷中，使人意识到基督教的存在。村庄及其附近约 1.2 万村民是世界上唯一仍可讲几乎绝迹的阿拉米语的群体。阿拉米语是耶稣传播基督教时使用的语言。

公元 633 年以前，叙利亚是基督教的发祥地和传播中心。后来阿拉伯帝国在中东地区兴起，7 世纪到 16 世纪初叶，叙利亚是伊斯兰教传播中心之一。

世界文明古城大马士革

大马士革位于叙利亚西南部，黎巴嫩山东麓，在雄伟的卡辛山下，又处在巴拉达河和阿瓦什河的汇流处。

1946 年，叙利亚独立，大马士革被定为叙利亚首都。大马士革素有“古迹之城”之称，是所谓古希腊和东方罗马古文物的荟萃之地。

这里的名胜古迹集中在市内的老城区，主要古迹都在直街及其附近一带。老城区有条著名的直街，是古罗马统治时期的主要街道，它自东而西纵贯古城，被称为“直街”。

老城区还有奥马亚清真寺、萨拉丁陵、大马士革城堡等，都是奇美珍贵、闻名于世的古迹。这些建筑的富丽堂皇、庄严壮丽，都堪称建筑史上的奇葩。

“大马士革”一词是东方的希腊文记录下来的阿拉伯语，意为“手工作坊”。在阿拉伯语中，这座城市有“北方之城”的意思。希腊语的名字“大马士革”源于这个城市的阿拉米语名字，意思是“一个水源充足地方”。

研究发现在埃伯拉出土的前阿拉米文献中，把埃伯拉南边的地方称为“大马士基”，因此，“大马士革”这个名字很可能早于阿拉米时代。大马士革在古中国（旧唐书）有记载，称“克夏腊”——“钐城（Sham）”。

对大马士革市郊的拉马德丘的考古发掘证实，早在公元前 10000 年到公元前 8000 年的时代，大马士革已经有人居住。

大马士革被称为世界上最古老的持续有人居住的城市。然而大马士革在阿拉米人的到来前并不是一个重要的城市。

阿拉米人是《圣经》主流汉译本中的“亚兰人”，来自阿拉伯半岛的游牧部落，属于闪米特语族。他们建立了大马士革的供水系统，方法是开凿运河地下水道以最大限度地利用巴拉达河的水资源。

这套供水网络系统后来被罗马人和阿拉伯倭马亚王朝采用和改造，至今仍然是大马士革老城区的基本供水系统。

在公元前 12 世纪，大马士革成为强大的阿拉米人国家“阿拉米大马士革”的首都。

阿拉米大马士革的诸王参与了很多反对亚述人和北国以色列人的战争。其中的一位本－哈达德二世与亚述王萨尔玛那萨尔三世在卡卡（Karkar）战役中激战。公元前 732 年，亚述王提格拉特帕拉沙尔三世攻克并摧毁了这座城市，之后的几百年大马士革丧失了独立地位，在公元前 572 年归新巴比伦王国的尼布甲尼撒二世统治。公元前 538 年居鲁士大帝的波斯军队攻占大马士革，将它作为波斯帝国叙利亚行省的首府。

传说来自巴尔干半岛马其顿王国的亚历山大横扫亚洲的远征，使大马士革首次接受西方人的统治。

在公元前 323 年亚历山大去世后，大马士革沦为塞琉西王朝和托勒密王朝的战场，此城的控制权也频繁地在两大帝国间转移。亚历山大的部将之一，塞琉西王朝的创始者塞琉古一世，以安条克为其辽阔帝国的首都，导致了大马士革的重要性下降。

公元前 64 年，罗马统帅庞培将叙利亚西部设为罗马的行省。罗马人占据大马士革将它并入德卡波利斯十座城市的其中一个。因为罗马人认为大马士革是文化的中心。

公元 2 世纪初，大马士革成了罗马帝国最重要的城市之一。公元 222 年，皇帝塞普提米乌斯·塞维鲁斯将它升格为“罗马殖民地”。随着罗马和平时代的到来，大马士革以及叙利亚行省大体上走向繁荣。大马士革的重要地位在商业交通方面更为显著。它是始于南方阿拉伯半岛、帕尔米拉、佩特拉以及始于中国丝绸之路的商路汇集点。此城是贸易中心，满足了罗马人对东方奢侈品的需求。

近两年的频仍战乱，使得叙利亚东北部地区大量文物毁灭流失，至少 18 幅古代壁画被盗。这一批壁画以描绘荷马史诗《奥德赛》为主要内容，异常珍贵。

【附录】

《旧唐书》中的中东诸国

拂菻国（即东罗马帝国），一名大秦。在西海之上，东南与波斯接，地方万余里，列城四百，邑居连属。其宫宇柱栊，多以水精琉璃为之。有贵臣十二人共治国政（即元老院）。常使一人将囊随王车，百姓有事者，即以书投囊中，王还宫省发，理其枉直。其王无常人，简贤者而立之（即选举制）。

国中灾异及风雨不时，辄废而更立。其王冠形如鸟举翼，冠及璎珞，皆缀以珠宝，着锦绣衣，前不开襟，坐金花床。有一鸟似鹅，其毛绿色，常在王边倚枕上坐，每进食有毒，其鸟辄鸣。

其都城（即君士坦丁堡）叠石为之，尤绝高峻，凡有十万余户，南临大海。

城东面有大门，其高二十余丈，自上及下，饰以黄金，光辉灿烂，连曜数里。自外至王室，凡有大门三重，列异宝雕饰。第二门之楼中，悬一大金秤，以金丸十二枚属于衡端，以候日之十二时焉；为一金人，其大如人，立于侧，每至一时，其金丸辄落，铿然发声，引唱以纪日时，毫厘无失。

其殿以瑟瑟为柱，黄金为地，象牙为门扇，香木为栋梁。其俗无瓦，捣白石为末，罗之涂屋上，其坚密光润，还如玉石。至于盛暑之节，人厌嚣热，乃引水潜流，上遍于屋宇，机制巧密，人莫之知。观者唯闻屋上泉鸣，俄见四檐飞溜，悬波如瀑，激气成凉风，其巧妙如此。

风俗，男子剪发，披帔而右袒，妇人不开襟，锦为头巾。家资满亿，封以上位。有羊羔生于土中，其国人候其欲萌，乃筑墙以院之，防外兽所食也。然其脐与地连，割之则死，唯人著甲走马及击鼓以骇之，其羔警鸣而脐绝，便逐水草。俗皆髡而衣绣，乘辎軿白盖小车，出入击鼓，建旌旗幡帜。

土多金银奇宝，有夜光璧、明月珠、骇鸡犀、大贝、车渠、玛瑙、孔翠、珊瑚、琥珀，凡西域诸珍异多出其国。隋炀帝常将通拂菻，竟不能至。

贞观十七年，拂菻王波多力遣使献赤玻璃、绿金精等物。太宗降玺书答慰，赐以绫绮焉。

自大食（指阿拉伯人）强盛，渐陵诸国，乃遣大将军摩栧伐其都城，因约为和好，请每岁输之金帛，遂臣属大食焉。乾封二年，遣使献底也伽。

大足元年，复遣使来朝。开元七年正月，其主遣吐火罗大首领献狮子、羚羊各二。不数月，又遣大德僧来朝贡。

大食国，本在波斯之西。

大业中，有波斯胡人牧驼于俱纷摩地那之山，忽有狮子人语谓之曰："此山西有三穴，穴中大有兵器，汝可取之。穴中并有黑石白文，读之便作王位。"胡人依言，果见穴中有石及槊刃甚多，上有文，教其反叛。于是纠合亡命，渡恒曷水，劫夺商旅，其众渐盛，遂割据波斯西境，自立为王。波斯、拂菻各遣兵讨之，皆为所败。

永徽二年，始遣使朝贡。其王姓大食氏，名瞰密莫末腻，自云有国已三十四年，历三主矣。

其国男儿色黑多须，鼻大而长，似婆罗门；妇人白皙。亦有文字。出驼马，大于诸国。兵刃劲利，其俗勇于战斗，好事天神。土多沙石，不堪耕种，唯食驼马等肉（驼马，即单峰骆驼）。

俱纷摩地那山在国之西南，邻于大海，其王移穴中黑石置之于国。又尝遣人乘船，将衣粮入海，经八年而未及西岸。海中见一方石，石上有树，干赤叶青，树上总生小儿；长六七寸，见人皆笑，动其手脚，头着树枝，其使摘取一枝，小儿便死，收在大食王宫。

又有女（王）国，在其西北，相去三月行。

龙朔初，击破波斯，又破拂菻，始有米面之属。又将兵南侵婆罗门，吞并诸胡国，胜兵四十余万。

长安中，遣使献良马。景云二年，又献方物。

开元初，遣使来朝，进马及宝钿带等方物。其使谒见，唯平立不拜，宪司欲纠之，中书令张说奏曰："大食殊俗，慕义远来，不可置罪。""上特许之。"

寻又遣使朝献，自云在本国唯拜天神，虽见王亦无致拜之法（伊斯兰来使拒绝跪拜中国皇帝），所司屡诘责之，其使遂请依汉法致拜。其时西域康国、石国之类，皆臣属之。

其境东西万里，东与突骑施相接焉。

一云隋开皇中，大食族中有孤列种代为酋长，孤列种中又有两姓：一号盆泥奚深，一号盆泥末换。

其奚深后有摩诃末（即穆罕默德）者，勇健多智，众立之为主，东西征伐，开地三千里，兼"克夏腊"，一名钐城（钐音所鉴反）。

摩诃末后十四代，至末换。末换杀其兄伊疾而自立，复残忍，其下怨之。

有呼罗珊木粗人并波悉林举义兵，应者悉令着黑衣，旬月间众盈数万。

鼓行而西，生擒末换，杀之，遂求得奚深种阿蒲罗拔，立之。末换已前谓之白衣大食，自阿蒲罗拔后改为黑衣大食。阿蒲罗拔卒，立其弟阿蒲恭拂。至德初遣使朝贡，代宗时为元帅，亦用其国兵以收两都。

宝应、大历中频遣使来。恭拂卒，子迷地立。迷地卒，子牟栖立，牟栖卒，弟诃论立。

贞元中，与吐蕃为勍敌。蕃军太半西御大食，故鲜为边患，其力不足也。十四年，诏以黑衣大食使含嵯、焉鸡、沙北三人并为中郎将，各放还蕃。

史臣曰：西方之国，绵亘山川，自张骞奉使已来，介子立功之后，通于中国者多矣。有唐拓境，远极安西，弱者德以怀之，强者力以制之。开元之前，贡输不绝。天宝之乱，边徼多虞，邠郊之西，即为戎狄，藁街之邸，来朝亦稀。故古先哲王，务宁华夏，语曰："近者悦，远者来。"斯之谓矣！

赞曰：大蒙之人，西方之国，与时盛衰，随世通塞。勿谓戎心，不怀我德；贞观、开元，藁街充斥。

贾耽《四夷述说》："隋开皇中，大食族中有孤列种（即古莱须部落），代为酋长。孤列中又有两姓，一号盆尼夷深（哈须姆部落），一号盘尼末换（马万部落）。"

"其夷身后有摩诃末（穆罕默德）者，勇健多智，众立之为王，东西征伐，开地三千里，兼克夏猎（叙利亚），一名钐城（大马士革）。"

"摩诃末后十四代，至末换（马万二世）。末换杀其兄伊疾（雅基德三世）而自立，复残忍，其下怨之。"

"有呼罗珊末（木鹿）人并波悉林（阿布·穆斯棱）举义兵，应者悉令着皁衣。旬日间众盛数万，鼓行而西，生擒末换杀之，遂求得夷深种阿蒲罗拔（阿布·阿拔斯）立之。自后末换以前种人谓之白衣大食（乌玛雅王朝），自阿蒲罗拔以后改为黑衣大食（阿拔斯王朝）。"

叙利亚，基督教的最早圣地

《圣经》认为基督教起源于以色列—巴勒斯坦（旧称：迦南地，上帝应许之地）。实际上，最早的基督教发源于公元1世纪古叙利亚。

早期基督教发端于1世纪地中海东岸的小亚细亚（土耳其及巴勒斯坦）和古叙利亚（包括巴勒斯坦、黎巴嫩）地区。古代这个地区居住着闪人（腓尼基人及后来的阿拉伯人、希伯来人和犹太人的共同祖先）。

基督教的创始人、犹太人耶稣，出生在古叙利亚的伯利恒，当时这里与巴勒斯坦都属于罗马帝国的犹太省。耶稣母亲名叫马利亚，父亲叫约瑟。耶稣最早在家乡传教。

关于“叙利亚”一名，最早是在小亚细亚历史学家希罗多德[1]的著作中出现了“巴勒斯坦的叙利亚”这个名字，来描述从今天的黎巴嫩到埃及的广大沿海地区。这个名字后来被古罗马人引入拉丁语。在东罗马时代，帝国有叙利亚省，包括了今日的巴勒斯坦和黎巴嫩和大部分叙利亚。

公元1至5世纪基督教创立，起源地是东方亚洲的叙利亚—巴勒斯坦。原始基督教可能起源于古犹太教（但西方也有人不同意这个观点），后来传向欧洲的罗马帝国文化区域。房龙曾经说：“亚洲给我们以宗教！”——的确，所有影响世界的宗教：印度教、佛教、犹太教、基督教、伊斯兰教、拜火教和光明教都是亚洲人的发明。

1. 西方历史之父希罗多德不是格里斯希腊人。他生于小亚细亚的哈利卡那索斯，即现在土耳其的博德鲁姆，他长期在萨摩斯岛隐居。希罗多德在《历史》中表明对自己城邦及其女王亚特米西雅的热爱。他可能周游过他在《历史》中记载的各国，去过古埃及，并从尼罗河南下到阿斯旺，以及美索不达米亚、克里米亚半岛、黑海沿岸平原、亚平宁半岛和西西里岛。但是没有证据表明他去过雅典。所以希罗多德不是什么希腊（指格里斯希腊）的历史学家。

公元313年，君士坦丁堡的罗马帝国皇帝君士坦丁大帝（Constantinus I Magnus）颁布米兰诏书（Edictum Mediolanense），宣布承认基督教为罗马帝国所允许的宗教。

使徒保禄（又译保罗，拉丁语：Sanctus Paulus）对基督教传播做了重大贡献，使得基督教不再局限于犹太人的范围。他在西罗马地区的蛮族之间传播基督教，具有文化的启蒙开化功能，并能推行罗马法和拉丁语，使之传播于法国、意大利和西班牙地区。

公元393年，君士坦丁堡的罗马帝国皇帝狄奥多西一世（Theodosius I，最后一位统一的大罗马帝国皇帝）宣布基督教（东方正教）为罗马国教。

在中世纪，西方的意大利出现了信奉天主教的罗马教廷。但是君士坦丁堡不承认西方教廷的正统性，认为那是蛮族的宗教。在对教义的解释上发生了激烈的纷争。东正教与天主教的宗教分歧——争夺宗教权威和教义的阐释权，这是教廷发动十字军东征的重要原因之一。

实际上，英国的盎格鲁－撒克逊蛮族，长期视罗马天主教为异教信仰。在西罗马解体后，统治西欧大部地区的法兰克王克洛维（Clovis I，466年—511年，法兰克王国的创立者）的时代，他使得法兰克人成为基督教徒，而后渡过莱茵河把基督教传播给日耳曼人。

君士坦丁堡的东方正教则在东方罗马帝国控制的巴尔干半岛、保加利亚人和斯拉夫人的区域以及小亚细亚和叙利亚之间传播。

在公元5世纪初期，圣巴特瑞克把基督教带到爱尔兰，然后传播到苏格兰，再从北方返回英格兰。在6世纪后期，教皇格列哥里（伟大者）派传教士由南部进入英格兰。此后，英格兰人皈依基督教。

所谓希腊罗马文明的西亚原型：塔德莫—巴尔米拉

塔德莫（Tadmor），西方人称之为巴尔米拉，是叙利亚中部的一个重要的古代城市，位于大马士革东北200公里，幼发拉底河西南120公里处。这里曾经是古代丝绸之路上东西方商队穿越叙利亚沙漠的重要中转站，也是重要的商业中心。塔德莫（Tadmor）来源于它最初的亚拉姆语名字，意为“棕榈树”。

塔德莫位于叙利亚沙漠北部边缘的一个绿洲中，现在的人口有1.3万人。古城历史极为悠久，公元前1世纪曾为叙利亚与两河平原之间的贸易中心。公元前3世纪曾为古代王国首邑，现存有贝尔神庙等著名古迹。

塔德莫这个地名，据说在公元前1900年就出现在卡帕多西亚出图的泥版上。从现存遗址的宫殿群、凯旋门、剧场、墓地可以断定这曾经是一个大国的都城。

由于古代的西亚和波斯帝国没有留下成文史书，来自文艺复兴以后的所谓希腊罗马历史书也很难被认为是可信史录，所以塔德莫这座城市的古代历史并不清楚。它可能曾经属于邻近的古波斯帝国。公元前1世纪的塔德莫也可能是古代波斯帝国的一个自治城邦，是地中海地区和古代东方的贸易中转站。

塔德莫，古代是古丝绸之路上衔接美索不达米亚和北叙利亚的贸易城市，一座最繁荣、最有文化底蕴的绿洲城市。两千年前，作为连接中国长安和东方罗马之间的贸易中转站，居于东西商路的要冲通道上，这个重要的地理位置使得古城持续了400年之久的繁华。

塔德莫也在《旧约》中被提到，传说由所罗门建成，是一座设防的沙漠城市。在希伯来语中被称为塔马城（Tamar），在《列王纪》中被提到。

这座古城市在公元前 1 世纪前后作为过往商队的中转站而繁盛起来。后来，塔德莫可能长期成为一个独立的自由商业城邦。

公元 4 至 7 世纪以后，叙利亚曾经是东罗马帝国的领地。中世纪后期这座城市被阿拉伯人占领。直到 1089 年，一场大地震使这座城市受到严重破坏，其后彻底毁弃。

塔德莫现存 6 平方公里的遗迹之上，有古代遗留的宏伟的遗迹——塔楼、壁垒、墓穴、神殿等，最令人难忘的，是矗立在地平线上的雄伟的贝尔神庙。

一条中央大街把城市分成东西两半，全长 1600 米。贝尔神庙位于中央大街南端，始建于公元 32 年，有 3 座殿堂，呈 U 形分布，四周环绕着两排 15 米高的精美石柱支撑的回廊。石灰石遗迹里反射出耀眼的阳光与神殿融合，似乎能产生一种无法抵抗的力量。

另一个杰作是贯穿城市东西的 1.2 公里长的柱廊街，它的历史可追溯到公元 2 世纪到 3 世纪。其路面 11 米宽，两侧有 6 米宽辅路。虽然不见昔日古城的原貌，可当你穿行其间，依然像进入了时空隧道，静心倾听，那高耸的石柱和散落在沙漠上的每一块石头仿佛都在向你讲述着一个古老文明的兴衰。全长 1600 米的柱廊虽然已经残缺不全，但从中仍然可以看出当年巴尔米拉城的宏伟气势。

直到近年的叙利亚内战爆发以前，塔德莫的废墟仍然保存了城市的原貌。主要的道路网保存完好，一条 1.2 公里长的有列柱的主干道从西向东，到贝尔神庙结束。在街的南面有议会、集市和剧场，建筑大多是科林斯式的，也受到美索不达米亚和波斯的影响；在城市的东南面有许多塔状和地下墓穴。大多数塔状坟墓可以追溯到罗马时代以前，而地下墓穴有公元 251 年的。

塔德莫的宗教主要可能受古代巴比伦的影响。主神是贝尔（Bel），可能是混合了巴力（Baal）和马杜克（Marduk）而产生的当地神。贝尔是天空之神，世界的创造者和众神之首，他的旨意被认为可以从星象中反映出来，决定人与国家的命运，或是预示未来。次于贝尔的神是太阳神亚希波尔（Yarhibol）和月亮神阿格利波尔（Aglibol）。

塔德莫地处几种文化的交会处，其文化呈现出多元化的特点，艺术和建筑具有恢宏大气的风格，体现了本地传统和波斯文化的神秘与华丽。荒凉的沙漠中，四散着美丽的文明残骸。高高的凯旋门是城市主要街道的起点，矗立在道路两旁的 750 根石柱骄傲地高昂着头，向今天的人们展示着昔日的风光。据说，原来这些石柱上还托着青石水槽，是塔德莫的天廊水道。

这种古代东方地中海内陆的建筑风格，鲜明地影响了后来的地中海西岸包括希腊半岛和意大利半岛的建筑风格。

长长的廊柱，高大的门和门廊式街道为塔德莫城增色不少。庞大的地下墓室当时可容纳 200 多人，必须走过分成几段的阶梯方可进入。这座地下墓室已在大马士革博物馆内重建。古代墓室内摆设的死者半身塑像陈列在世界几个博物馆内。在离古城不远的塔德莫尔博物馆里，陈列着塔德莫文物：有神像、凿花拱门顶石和历代碑碣，有木乃伊棺柩和金银首饰，等等。这里还有古塔德莫人生活复原模型，其中有游牧民和帐篷，有土著人纺织驼毛的情景和茅屋用具，等等。

塔德莫废墟是伟大的，它显现了一个宫殿的富丽堂皇，交融了东西方的艺术智慧，凝聚了古人对神灵的信仰和崇拜。宫殿、神庙、陵墓在这里成为一个有机整体。废墟是一个让人涤荡心灵的好地方，它屹立在大地上，矗立在天际中，天地人神四灵在这里融会贯通。这里，是人类精神的家园。古代塔德莫人已经消失在历史的烟尘中，只有沙漠上的遗迹静静地立在地上，躺在地下，似乎还在温习着当年的光荣与梦想。

塔德莫以它伟大的废墟吸引着世界各地的游人。人们跨过漫漫黄沙，就是为了凭吊这个城市沧桑岁月中遗留的古迹。那不仅仅是石头，也不仅仅是圆柱，而是人类古老文明的家园。

横跨欧亚的古波斯帝国

【何新按】

必须指出：以下所述皆非可信的实在历史。如同西方史学关于埃及、希腊和马其顿的历史叙述一样，关于古代中亚、波斯以及印度次大陆，并不存在任何可信的古代成文历史。其近代考古发现不乏伪造物，其对考古发现的解释和文字破译极其可疑。

西方史学建构这些历史的主要史料来源根据是《圣经》和可疑而且晚出于文艺复兴时代的希罗多德（一位传疑人物）及其传述的所谓“历史”等。西方史学的惯技，就是以《圣经》等的传说证验考古，以考古佐证《圣经》等的神话。

因此，西方关于波斯、印度的历史，类似于中国夏代前关于伏羲女娲、尧舜禹及三皇五帝的传说，都只能看作一些传说而已。

波斯：一个横跨欧亚的史前传说帝国

“波斯”（Persia）这个名字的本意，有说法认为本义是“骑士”和“马夫”，原是对善于骑射以及操印欧语的剽悍民族的称呼。另有说法认为源自古伊朗语“Parsava”，大概是指“边界”“边陲”的意思。

当最早的“雅利安人”（伊兰人先祖，一个根据传说而拟构的人类种族）进入伊朗高原并最终在伊兰（今伊朗高原）东部的安善地区（Anshan）定居下来的时候，波斯族人就成为他们相对固定的称呼。因为他们的存在，这一地区也开始被称为“波斯”。

波斯作为地区名最早什么时间开始使用，现在人们难以说清楚，但有关文献对于波斯作为地名使用的最早记载似乎还有据可查。

西方学界认为：两河流域的亚述泥版铭文曾提到，公元前843年，亚述国王撒缦以色三世（Shalmaneser Ⅲ，公元前858年—前824年）远征乌尔米耶湖（Lake Urmia）南部，洗劫了当地某个名叫Parsua的地区。有人认为，Parsua就是波斯。这是波斯这个名称第一次见于文字的记载。此外，Parsua的变体，如Barsua、Parsuash、Parsumash，也出现在后来亚述帝国的其他文献上。

“波斯”之国名，最早出现在《圣经》，代下三十六·20：“凡脱离刀剑的，迦勒底王都掳到巴比伦去，作他和他子孙的仆婢，直到波斯国兴起来。”

迦勒底王被掳之后，“波斯”的名字在《圣经》出现的次数就增加了。在《以斯拉记》《尼希米记》和《以斯帖记》共出现21次。至于先知书，“波斯”的名字只出现在《以西结书》（两次，结二十七：10，三十八：5），但在《但以理书》则有九次，其中五次和“玛代”（或米底亚）同列。

传说中的波斯古历史

西方近代史学根据《圣经》认为：伊朗古称波斯，在公元前28世纪建立的古伊兰王国和之后建立的米底王国是伊朗高原文明的发源地。

波斯人的部落首领阿契美尼德被认为是古代波斯王族的祖先。波斯人的第一个王朝阿契美尼德就是以他的名字命名。有人认为，阿契美尼德王朝（Achaemenid dynasty，公元前539年—前312年）的建立是波斯帝国历史的开端。

现代西方史学根据传疑人物的希腊史家希罗多德（Herodotus，约前484年—前425年）和来自据说为居鲁士二世圆柱体（Cyrus Cylinder）和贝希斯敦铭文（Behistun inscription）的楔形文字的记载，勾勒出阿契美尼德王朝的以下谱系：

阿契美尼德（Achaemenes，公元前700年—前675年）

铁伊司佩斯（Teispes，公元前675年—前640年）

居鲁士一世（Cyrus I，公元前 640 年—前 600 年？）= 阿里亚当尼斯（Ariaramnes），公元前（640 年—615 年？）

冈比西斯一世（Cambyses I，600/580 年？—559 年）= 阿萨米斯（Arsames，公元前 590 年—前 550 年）

居鲁士二世 = 古列，Cyrus II，（公元前 559 年—前 529 年）

大流士一世 =Darius I，Darius the Great，或大利乌一世，（公元前 522 年—前 486 年）

王朝开国之主阿契美尼德的儿子铁伊司佩斯继承了王位。根据《圣经》记载，他在位的时候，亚述是在亚述巴尼拔（Ashurbanipal，公元前 669 年—前 627 年）的统治下；米底则在国王普拉欧尔铁斯（Kashtariti 或 Phraortes，公元前 647 年—前 625 年）对外扩张下。他把雅利安人建立的波斯征服。他把波斯势力扩展到波斯湾北部，藩属于以南的自治区的安善地区（Anshan/Parsumash，安善在书珊城西北），力图于伊兰（公元前 639 年被亚述灭）与亚述两个强国中保持中立的地位。

以后他的统治分两支下传，就是将波斯占有的土地分成东西两个部分由其两个儿子分别统治，即西支的居鲁士一世和东支的阿里亚当尼斯（Ariaramnes，公元前 640 年—前 615 年）。他们死后，就由儿子冈比西斯一世和阿萨米斯继任。西支冈比西斯一世统治时期已兼并东支，势力逐渐强大，到居鲁士二世统治时期，波斯已实现了统一。

居鲁士一世，正如他的父亲铁伊司佩斯，我们对他也是所知不多，只知道他也被称为“安善的居鲁士”（Cyrus of Anshan）。大概是由于父亲把西部安善地区的统治传给他的缘故。

考古学家找到一枚图章（Seal），上有伊兰文“Cyrus of Anshan，son of Teipes”，证实居鲁士一世却有其人。

在他做安善王的时候，巴比伦的新王波帕拉萨尔（Nabopolassar，公元前 630 年—前 605 年）和米底亚国王库阿克斯列斯（Huvakhstra 或 Cyaxares，公元前 625 年—前 585 年）联手，在公元前 612 年围攻尼尼微，三年后（公元前 609 年）

亚述灭亡，新巴比伦帝国（Neo-Babylonia）开始称霸两河流域。

波帕拉萨尔驾崩后，尼布甲尼撒（Nebuchadrezzar II，公元前 605 年—前 562 年）登基做王，在他统治时期，新巴比伦达到了它的全盛时期。

米底亚和巴比伦瓜分亚述所占领的土地，安善（Anshan）大概落在米底亚国王库阿克斯列斯的手中，接续居鲁士一世的是他的儿子冈比西斯一世。

我们对冈比西斯一世也是所知不多。希腊希罗多德（Herodotus，约前 484 年—前 425 年）说他是一个很顾家，没有什么不良嗜好的人。他和米底亚国王阿司杜阿该斯（Arstivaiga 或 Astyages，公元前 585 年—前 550 年）同一时期。有说他与米底亚王的女儿 Mandane 结婚，生下儿子居鲁士二世。根据罗马史学家 Nicolas of Damascus 的说法，冈比西斯是在一场与米底亚王阿司杜阿该斯在波斯边境的战斗中不幸身亡。接续他的是响当当的居鲁士二世。

西方学者主要根据《圣经》而建立古波斯史

居鲁士二世（或塞鲁士，或古列，Cyrus II，公元前 559 年—前 529 年），他是出现在《圣经》里的第一个波斯王。

代下三十六：22—23

波斯王塞鲁士元年，耶和华为要应验借耶利米口所说的话，就激动波斯王塞鲁士的心，使他下诏通告全国说："波斯王塞鲁士如此说：'耶和华天上的上帝，已将天下万国赐给我，又嘱咐我在犹大的耶路撒冷为他建造殿宇。你们中间凡作他子民的，可以上去，愿耶和华他的上帝与他同在。'"

然后是在《以斯拉记》：

拉一：1—2、7—8

波斯王塞鲁士元年，耶和华为要应验借耶利米口所说的话，就激动波斯王塞鲁士的心，使他下诏通告全国说："波斯王塞鲁士如此说：'耶和华天上的上帝，已将天下万国赐给我，又嘱咐我在犹大的耶路撒冷为他建造殿宇……'……居鲁士王也将耶和华殿的器皿拿出来，这器皿是尼布甲尼撒从耶路撒冷掠来，放在自己神之庙中的。波斯王居鲁士派库官米提利达将这器皿拿出来，按数交给犹大的首领设巴萨。”

拉三：7

他们又将银子给石匠、木匠，把粮食、酒、油给西顿人、推罗人，使他们将香柏树从黎巴嫩运到海里，浮海运到约帕，是照波斯王塞鲁士所允准的。

拉四：3、5

但所罗巴伯、耶书亚和其余以色列的族长对他们说：“我们建造上帝的殿与你们无干，我们自己为耶和华以色列的上帝协力建造，是照波斯王塞鲁士所吩咐的。”……从波斯王塞鲁士年间，直到波斯王大利乌（或大流士一世 Darius I, Darius the Great，公元前 522 年—前 486 年）登基的时候，贿买谋士，要败坏他们的谋算。

拉五：13—14、17

然而巴比伦王塞鲁士元年，他降旨允准建造上帝的这殿。上帝殿中的金银、器皿，就是尼布甲尼撒从耶路撒冷的殿中掠去带到巴比伦庙里的，塞鲁士王从巴比伦庙里取出来，交给派为省长的，名叫设巴萨。现在王若以为美，请察巴比伦王的府库，看塞鲁士王降旨，允准在耶路撒冷建造上帝的殿没有。王的心意如何，请降旨晓谕我们。

拉六：3、14

塞鲁士王元年，他降旨论到耶路撒冷上帝的殿，要建造这殿为献祭之处，坚立殿的根基。殿高六十肘，宽六十肘。犹大长老因先知哈该和易多的孙子撒迦利亚所说劝勉的话，就建造这殿，凡事亨通。他们遵着以色列上帝的命令和波斯王塞鲁士、大利乌、亚达薛西（Artaxerxes I，公元前 465 年—前 425 年）的旨意，建造完毕。

在先知书上，我们也可以看到他的名字：

但一：21 到塞鲁士王元年，但以理还在。

但六：28 如此，这但以理当大利乌王在位的时候和波斯王塞鲁士在位的时候，大享亨通。

但十：1 波斯王塞鲁士第三年，伯提沙撒但以理，看到了预言。这事是真的，是指着大争战。但以理通达这事，明白这异象。

但最令人惊讶的是，先知以赛亚竟然预言塞鲁士在历史舞台上的出现，这是不可思议的事，因为以赛亚是在“乌西雅（Uzziah，公元前 776/775 年—前 736/735 年）、约坦（Jotham，公元前 750 年—前 735/730 年）、亚哈斯（Ahaz，公元前 735/734 年或公元前 731/730 年—前 715 年）、希西家（Hezekiah，公元前 715 年—前 687/686 年）作犹大王的时候得默示”（赛一：1）这是在塞鲁士（Cyrus II）出现之前约两百年。有可能吗？

不信派的人当然说不可能，特别是名字都出现在《以赛亚书》三十九章之后：

赛四十四：28

论塞鲁士说：“他是我的牧人，必成就我所喜悦的，必下令建造耶路撒冷，发命立稳圣殿的根基。”

赛四十五：1

我耶和华所膏的塞鲁士，我搀扶他的右手，使列国降伏在他面前。我也要放松列王的腰带，使城门在他面前敞开，不得关闭。我对他如此说。

赛四十五：13

我凭公义兴起塞鲁士，又要修直他一切道路。他必建造我的城，释放我被掳的民，不是为工价，也不是为赏赐。这是万军之耶和华说的。

还有赛四十一：2—3、25—26，四十六：11 都暗示着“塞鲁士”的到来。

当理性主义抬头，批判哲学当道的时候，启蒙派的学者挑战权威，把《以赛亚书》肢解，就如 19 世纪末的威尔浩生（Julius Wellhausen，1844 年—1918 年）的肢解旧约五经，发展出所谓 JEDP 等四个版本，将书卷分为第一以赛亚（或原始以赛亚 Proto-Isaiah，1—39 章），第二以赛亚（Deutero-Isaiah，40—55 章）和第三以赛亚（Trito-Isaiah，56—66 章）。

他们认为第二和第三以赛亚书是犹太人被掳之后的产品，所以才会出现“塞鲁士”的名字。

比“塞鲁士”名字的出现更令人惊讶的是，上帝竟然透过以赛亚，称塞鲁士为“我的牧人（Shepherd）”（赛四十四：28）和“我耶和华所膏的（Anointed）”（赛四十五：1，希伯来文是 messiah“弥赛亚”）。上帝怎么可以把一个外邦人的帝王冠以这样的头衔？难怪犹太教拉比，特别是公元前 2 世纪至公元 5 世纪塔木德（Talmud）时代的，每逢读到这些经文就很不自在。有的把赛四十五：1 当作耶和华和弥赛亚的对话（参考：*Tractate Megillah in the Talmud*）。

总之，“耶和华为要应验借耶利米口所说的话，就激动波斯王塞鲁士的心，使他下诏。”（代下三十六：22—23）让犹太人从被掳之地归回圣地，重建圣城和圣殿。

巴比伦帝国被波斯帝国征服

居鲁士二世是怎样崛起的呢？

新巴比伦帝国在尼布甲尼撒二世（Nebuchadrezzar II，公元前 605 年—前 562 年）去世后，国势逐渐衰落。

居鲁士继承了父亲冈比西斯一世的王位后，约于公元前 559 年成为安善（Anshan）的领袖，他迅速地团结起这个藩属于米底亚的自治区，并且趁着米底亚和巴比伦的不断冲突和长期的拉锯战，米底亚王国的内部又发生了叛乱，从公元前 553 年，他就开始背叛宗主阿司杜阿该斯（Arstivaiga 或亚斯太亚济 Astyages，公元前 585 年—前 550 年），经过三年艰苦的战争，终于在公元前 550 年灭掉了米底亚王国，国王阿司杜阿该斯被俘，米底亚的大部分地区纳入波斯人的统治之下。

因为他的兴起，周边的国家就联合起来对付他，其中之一就是小亚细亚的吕底亚王（Lydia）克洛伊索（或克鲁索 Croesus）。由于所处的优越地理位置，吕底亚富甲天下，还拥有强大的骑兵。

居鲁士不敢贸然进攻，而是以计谋取胜（细节从略），在公元前546年使吕底亚以失败而告终。接下来他把矛头对准巴比伦，同样他深知凭自己的实力，要想强攻巴比伦城，取胜的可能性很小。因此，他先从巴比伦的北部迂回向小亚细亚进军，征服了小亚细亚地区后，再回师伊朗高原东北部，扫荡那里的游牧民族，控制两河流域通往印度河流域的商道，孤立了巴比伦城，断绝了城里人的生活来源，加上当时的巴比伦王拿波尼度（Nabonidus或Nabu-Naid，公元前555年—前539年）的不得人心，遂在公元前539年长驱直入巴比伦，几乎没有遇到任何抵抗。

拿波尼度被贵族们当作礼物献给了居鲁士，成为波斯人的俘虏，存在八十八年的新巴比伦国并入了波斯帝国的版图。

古列圆柱（Cyrus cylinder）记录了巴比伦守护神马尔杜克（Marduk）如何帮助他得胜："马尔杜克指引他去到他的城巴比伦，带他上路去巴比伦，好像朋友同伴在他身边。令他毫无拦阻地进入巴比伦，他使巴比伦免受战役之苦。"

也有传说他改变幼发拉底河水流的方向，带领手下沿着河床进入巴比伦，获取了这座攻不破的城市。

米底亚（公元前550年）、吕底亚（公元前546年）和巴比伦（公元前539年）相继被居鲁士二世摧毁后，他定都在帕萨尔迦德（Pasargadae），把米底亚的都城哈马丹（Hamadan或Ecbatana）作为第二个首都（夏都），这是因为那里经济繁荣，战略地位十分重要，又是古代丝绸之路的重要枢纽；至于伊兰的首都书珊城则成为波斯的第三个首都。

他也先后征服了原臣服于米底亚王国的帕提亚（Parthia）、希尔卡尼亚（Golestan）和亚美尼亚（Armenia）等地。经过长期的征战，居鲁士二世逐步占有了伊朗高原西部的大部分地区，并开始向两河流域和伊朗高原东部扩张，初步奠定了帝国的版图，并获得了版图内大部分被征服国家神庙祭司集团和工商业奴隶主的支持。

与古代许多霸主不同的是，居鲁士不但雄才伟略，古代文献中还把他形容为一个圣明的君王，在被征服地区民众的心目中，他不仅声名显赫，而且是美名远播的救世主。古代希腊作家对居鲁士的描写充满溢美之词，认为他在古代著名君王中，是一个理想的君王。

他不仅胸怀博大，而且有一颗仁慈的心，他尊重各地风俗习惯，善待被征服地区的上层阶级和普通民众，吸收各地贵族和上层阶层参与被征服地区政权建设和社会管理。他的一个主要举措，就是一改亚述帝国君王烧杀抢掠的政策，允许被征服地区人民继续生活在自己的家园而不被强制移民到他乡充当奴役。

在公元前 539 年，也就是代下三十六：22—23 所说的“波斯王古列（居鲁士）（Cyrus king of Persia）元年”“耶和华为要应验借耶利米口所说的话，就激动波斯王古列（塞鲁士）的心，使他下诏通告全国说：‘波斯王古列（居鲁士）如此说耶和华天上的上帝，已将天下万国赐给我，又嘱咐我在犹大的耶路撒冷为他建造殿宇。你们中间凡作他子民的，可以上去，愿耶和华他的上帝与他同在。’”

古列圆柱（Cyrus cylinder）记录了这诏令：

“由……亚书（Ashur）与书珊（Susa）、亚吉（Agade）、亚士兰力（Ashnunnak）、森班（Zamban）、米推奴（Meturnu）、底里（Deri）、古添（Gutium）地的境界，底格里斯河对岸的城市。诸神居于其中，我将他们带回其地，又集合诸民，使他们回归所居之地……”

这些被称为“巴比伦之囚”的犹太人返回耶路撒冷，并得到帮助重建圣殿和重组家园，此举使犹太人感恩，称他为“马尔杜克（Marduk）爱心的王”。以赛亚书上的居鲁士被冠以“他是我的牧人”（赛四十四：28）和“耶和华所膏的（弥赛亚）”（赛四十五：1）是名副其实的。

公元前 531 年，居鲁士二世把帝国一分为二：儿子冈比西斯（Cambyses II）成为巴比伦的王；另一儿子高墨达（Bardiya）则掌管波斯东部地区。

他自己把矛头对准埃及。这时的埃及已孤立地处于北非一隅之地，并不是强大波斯帝国的对手，征服它似乎唾手可得。但这时由于帝国东北部游牧民族的不断侵袭，他越来越感到来自后方的威胁，就决定放弃进攻埃及的计划，派兵长驱直入中亚草原。公元前529年，在没有盟友和后援的支助下，他亲率大军深入中亚马萨革太（Massagetae，在里海以东，咸海沿岸）人的腹地，不但全军覆没，自己也成为俘虏，被马萨革太的女王下令砍头，成为祭神的祭品。他的尸体后来被葬在帕萨尔迦德（Pasargadae），其子冈比西斯二世（Cambyses II，公元前529年—前522年）继承了王位。

冈比西斯二世（Cambyses II，公元前529年—前522年），他的名字没有出现在《圣经》上，可能是他在位的那段时间，圣殿的重建被拦阻。

（拉四：4—5“那地的民就在犹太人建造的时候，使他们的手发软，扰乱他们。从波斯王居鲁士年间，直到波斯王大利乌登基的时候，贿买谋士，要败坏他们的谋算。”）

冈比西斯二世继位后，可能由于惧怕中亚游牧民族的战马铁刀，他放弃了为居鲁士复仇，而是把目标转向了埃及。当时的埃及，正处于第二十六王朝的阿玛西斯（Amasis，约公元前570年—前526年）和萨迈提库斯三世（约公元前526年—前525年）统治时期，内部阶级矛盾十分尖锐，面对波斯帝国的崛起，埃及决定和邻邦联合。

但在公元前525年，冈比西斯二世率领大军与腓尼基舰队水陆并进，埃及一触即溃，波斯大军很快占领了埃及首都底比斯（Thebes），埃及第二十六王朝就这样瓦解。冈比西斯征服埃及后，以法老的身份自居，建立了埃及第二十七王朝，在埃及历史上出现了第一个波斯王朝（公元前525年—前404年），这在世界文明史上是一件令人称奇的事情。

此后波斯通过一名总督或是地方官员，统治埃及大约120年。但埃及人始终没有停止对波斯统治者的反抗，在公元前404年，他们设法暂时摆脱了波斯的统治，但只持续了约60年光景，便在公元前332年，希腊马其顿王亚历山大大帝侵入埃及，灭波斯王朝，结束了延续3000年之久的法老时代。

占领埃及后，冈比西斯便以它为根据地，进一步把波斯势力范围扩充到非洲，

位于帕萨尔迦德（Pasargadae）石坛上的塞鲁士（或古列，Cyrus II）的坟墓

但遭到顽强的反抗。以后公元前524年埃及也爆发了反波斯统治者的起义。公元前522年，米底亚也举起反抗波斯的旗帜，冈比西斯想迅速赶回国内，却意外地在途中暴卒。

帝国陷入非常混乱的情况，起义的浪潮传遍帝国全境。按大流士一世的贝希斯敦铭文（Behistun inscription），冈比西斯在侵入埃及之前，就已经杀了弟弟高墨达（Bardiya，希腊文是士每第Smerdis），在群龙无首的情况下，这时帝国出现了一个冒充高墨达的术士（Gaumata）起来反抗，得到全国的支持，王位遂落在他的手上。

但冈比西斯的堂弟大流士一世（Darius I，Darius the Great，或大利乌一世，公元前522年—前486年，他的妻子爱托纱（Atossa）是古列大帝的女儿）觉得王位理应由他去继承，于是下手杀了这个冒充高墨达（或士每第）的术士。各地诸侯不服，反抗大流士；大流士东征西讨，打了十九场战役，公元前518年才算正式平定叛乱。

大流士一世时代的波斯帝国是一个超级大帝国，是世界历史上第一个创立地跨欧、亚、非三洲大帝国的统治者。

（注：文中《圣经》等资料引文，据钟鹏章编著的《圣经课程》）

【附录】

波斯传疑古王谱系略表

根据传疑的希腊史家希罗多德（Herodotus，约前484年—前425年）和来自居鲁士二世圆柱体（Cyrus Cylinder）和贝希斯敦铭文（Behistun inscription）

的楔形文字的“破译”，西方学者勾勒出古波斯阿契美尼德王朝（Achaemenid dynasty，公元前 539 年—前 312 年）初期的家谱：

阿契美尼德（Achaemenes，公元前 700 年—前 675 年？）	
铁伊司佩斯（Teispes，公元前 675 年—前 640 年？）	
居鲁士一世（Cyrus I，公元前 640 年—前 600 年？）	Ariaramnes（公元前 640 年—前 615 年？）
冈比西斯一世（Cambyses I，公元前 600/580 年？—前 559 年）	Arsames（公元前 590 年—前 550 年）

下表列出《以斯拉记》《尼希米记》和《以斯帖记》里的波斯王名字、年代和事件，方便大家以后的查考。

经　文	波斯王	年　日	事　件
拉一：1—4	居鲁士或古列，Cyrus II，公元前 559 年—前 529 年	元年（公元前 539/538 年）	下诏允许犹太人回返耶路撒冷重建圣殿。（第一次回归）
拉三：1		七月（希伯来历）	犹太人聚集在耶路撒冷建坛，在坛上献燔祭
拉三：6			耶和华殿的根基尚未立定
拉三：7			塞鲁士允许将银子给石匠，作建殿用
拉三：8		归回后第二年二月（公元前 538/537 年）	所罗巴伯 / 耶书亚动工兴建圣殿根基
拉三：11			殿的根基立定

续表

经文	波斯王	年日	事件
拉四：4—5	居鲁士或古列，Cyrus II，公元前559年—前529年	公元前538/537年—前522/521年	因犹太的敌人败坏工程，建殿之工受阻，从塞鲁士年间直到大流士（大利乌）登基的时候（第二年，拉四：24）（停工15/16年）
	冈比西斯二世（Cambyses II，公元前529年—前522年）		
	大流士一世（Darius I，Darius the Great，或大利乌一世，公元前522年—前486年）		
			第四章是圣经难题，因为亚哈随鲁和亚达薛西是在大流士一世之后才登基做王，我要在查考《以斯拉记》时才和大家解释
拉四：6	薛西一世（Xerxes I，亚哈随鲁，公元前486年—前465年）	486年	亚哈随鲁登基，敌人上本控告犹大和耶路撒冷的居民
拉四：7—16	亚达薛西一世（Artaxerxes I，公元前465年—前425年）		亚达薛西年间，敌人上本奏告亚达薛西（本章用亚兰文字）
拉四：17—22			亚达薛西谕复
拉四：23			亚达薛西上谕读在敌人面前，他们就急忙往耶路撒冷，用势力强迫犹太人停工

续表

经 文	波斯王	年 日	事 件
拉五：1		哈该在大流士一世第二年，公元前520年六月初一（该一：1）；七月二十一日（该二：1）；九月二十四日（两次，该二：10，20）说话	先知哈该和撒迦利亚对犹太人说话
		撒迦利亚在大流士一世第二年，520年八月（亚一：1）；十一月二十四日（亚一：7）；第四年九月初四（亚七：1）说话	
拉五：2	大流士一世（Darius I，Darius the Great，或大利乌一世，公元前522年—前486年）	第二年（公元前521年/520年）	所罗巴伯和耶书亚动手再建圣殿
拉五：6—17			敌人再次上本奏告大流士
拉六：1—2			大流士降旨，巡察典籍库，在米底亚省亚马他城（Eabatana）宫内寻的一卷
拉六：6—12		公元前521/520年	大流士一世下令继续建殿
拉六：14			再提先知哈该和撒迦利亚对犹太人说话
拉六：15		大流士第六年亚达月初三日（公元前516年/515年）	圣殿修成。（离犹太人归回开始重建共21年之久；也是先知哈该和撒迦利亚宣讲信息后四年半完工）此殿经历了585年之久，比所罗门所建的第一圣殿持续多180年

续表

经　文	波斯王	年　日	事　件
拉六：19		正月十四日	守逾越节
拉七：1，7—9	亚达薛西年间（Artaxerxes I，公元前465年—前425年）	正月初一从巴比伦启程；第七年（公元前458年）五月到了耶路撒冷	以斯拉从巴比伦上来（第二次回归）
拉七：11—26			亚达薛西赐给以斯拉的谕旨
拉八：31		正月十二日	从亚哈瓦河起行，要往耶路撒冷去
拉十：9		九月二十日	在上帝殿前责备犹太人的罪（与外邦人通婚）
拉十：16		十月初一	查办有关杂婚的事
拉十：17		公元前457年正月初一	才查清外邦女子的人数（共110个家庭犯了异族通婚的罪）
尼一：1	亚达薛西（Artaxerxes I，公元前465年—前425年）	亚达薛西王二十年基斯流月（446/445年）第五个月或公元前446年（11月—12月）	尼希米在书珊城宫中
尼二：1		亚达薛西王二十年尼散月（公元前445年三月—四月）	尼希米返耶路撒冷，有王的诏书（第三次回归）
尼二：11			到耶路撒冷
尼五：14		从亚达薛西王二十年到三十二年（公元前445/444年—前433/432年）	做犹大省长

续表

经　文	波斯王	年　日	事　件
尼六：15		以录月25日（公元前445年10月2日）（宗教历6月25日，再过几天就是新年）	耶路撒冷城墙修完了，共修了52天
尼八：1		到了七月（宗教历）	以色列人住在自己城里
尼八：2		七月初一	以斯拉向民众宣读律法书（尼八：9省长尼希米与做祭司的文士以斯拉合作）
尼八：18		七月十五—二十三日	庆祝住棚节
尼九：1		七月二十四日	禁食
尼十二：27			城墙落成奉献礼（尼六：15，城墙修了52天）
尼十三：6		公元前433/432年	尼希米回到亚达薛西王那里。（尼五：14）
尼十三：7		过了多日	尼希米再次回到耶路撒冷（可能是述职的假期满了，就征求王的许可让他再回耶路撒冷）
尼十三章			尼希米的改革
斯一：1—2	亚哈随鲁（薛西一世XerxesI，公元前486年—前465年）	在位第三年（公元前483年）	设摆筵席，有波斯和米底亚的权贵在王面前
斯二：16—17		第七年十月（公元前479年）	以斯帖被引入宫见王，后被立为王后
斯三：7		第十二年正月（公元前474年）	敌人哈曼知悉末底改是犹太人，决定灭绝他们；掣签订十二月十三日，一日之间剪除无论老少妇女孩子，杀戮灭绝，并夺他们的财为掠物

续表

经　文	波斯王	年　日	事　件
斯三：12		正月十三日	写旨意，传于总督和各省的省长，并各族的首领
斯八：9—14		三月二十三日	末底改奉王的名写谕旨，传给从印度直到古实127省的犹太人和总督省长首领。谕旨：亚达月（十二月）十三日，一日之间，聚集保护性命，剪除杀戮那攻击犹太人的一切仇敌和他们的妻子儿女，夺取他们的财为掠物
斯九章		公元前474年，亚达月（十二月十三日）	犹太人除灭他们的仇敌
斯九：20—32			设立普珥日（亚达月，即十二月十四和十五日）
斯十：1—3			末底改成为波斯王的宰相

“雅利安人”：印度—伊朗人

雅利安人（Aryan）是一个极为有争议的术语。在当今的学术界，此术语在大多数情况下被弃用，而为印度（按：指印度河地区，即今巴基斯坦）—伊朗人或者印欧人取代。这是因为19世纪末和20世纪上半叶，白人种族主义者鼓吹雅利安人种是地球最优越的种族，为20世纪30至40年代纳粹德国的种族灭绝政策提供了论据。

1. 雅利安人（Aryan）源于梵语的ārya，意为光荣的、可敬的、高贵的，是一个关于种姓制度的术语。种姓制度把人分成“雅利安瓦尔那”与“达萨瓦尔那”。巴基斯坦和北方印度叫高贵种姓为“雅利安·伐尔塔”，即巴利文的“雅利安·阿雅塔南”，可解为“雅利安人的阶级”。耆那教经典也经常提到雅利亚和蔑戾车之间的阶级差别。在泰米尔文献中，北印度的国王是雅利安人的国王。

在佛教和印度教、耆那教中，ārya（巴利语：ariya）是圣明的意思，ariya-puggala是圣人的意思，即证悟四圣谛的人，包括了佛陀与证道的圣弟子。在佛教和印度教中，雅利安人的概念无关于种族族群或人种。

在相传为古波斯人的《阿维斯陀》（西方编撰的不可信传说）故事中，使用airya/airyan作为族群名称（Vd. 1; Yt. 13.143—44，etc.），其含义是伊朗族人。

近代有西方学者研究印度最古老的诗歌总集《梨俱吠陀》和其他传说，得出一个说法：在古代，有一个叫“雅利安人”的人群从伊朗高原进入印度西北部（即旁遮普五河地带），向东南进发，到达恒河流域以及阎牟拿河中游地区，逐步占领征服了整个印度次大陆。

19 世纪末，马克斯·穆勒提出了雅利安人入侵印度假说，约瑟夫 – 阿瑟·高比诺、豪斯顿·张伯伦等学者对“雅利安人”的概念进行了扩大，“雅利安人”的概念被从伊朗、印度的雅利安人扩大到原始印欧白种人。

2. 伊朗本名波斯。《圣经》言及波斯帝国（以斯帖、但以理、以斯拉及尼希米记），称“派拉斯”（英语：Paras；希伯来语：פרס），如“Paras ve Madai”（פרס ומדי）即“波斯及米底王国”。直到 1935 年，欧洲人一直使用波斯来称呼这个地区和位于这一地区的国家。

波斯人从萨珊王朝时期起开始称呼自己的国家为埃兰沙赫尔（Ernshahr 或 Iranshahr），意为“中古埃兰（雅利安）人之帝国”。

1935 年，波斯国王礼萨·汗宣布国际上该国应被称作“伊朗”（即“雅利安人之国”）。但“波斯”一词在此之后仍然有人在使用。有人认为，艾兰（Eran）、雅利安（Aryan）、伊朗（Iran）皆是同词音转，具有同源关系，也许是伊朗民族自己的名字。

欧洲史的另一种言说

西方伪造雅利安人起源神话的本末

【何新按】

雅利安人（Aryan）是欧洲18—19世纪西方学界对所谓的“印欧语系”语言及所属各族的总称。18世纪，欧洲有人宣称印度的梵语同波斯语以及古希腊语、拉丁语、克尔特语、日耳曼语、斯拉夫语等有某些共同点，于是便根据“雅利安”这个名词而造出“雅利安语”一词，来概括这些相互有关的语言，后来又称之为“印欧语”。

西方学界称：远古在南亚地区曾有一个自称“雅利阿”（Aryan，来自梵语：高贵者）的白种人游牧部落集团，其语言是梵语。所谓印欧语系的印即印地，就是指梵语。后来20世纪中期，西方学界又改变说法，称雅利安部落最初来自东欧草原，在公元前2000至1000年间，雅利安部落集团分成三支：一支南下定居印度河上游流域，一支进入波斯境内，另一支向西迁入小亚细亚。

19世纪，欧洲一些种族主义者积极鼓吹，凡是使用印欧语言的各族人都属“雅利安人种”，其中欧洲的日耳曼民族被称为最纯粹的“雅利安人”。这种说法在20世纪30年代被德国纳粹分子用作对犹太人、吉普赛人以及其他一切“非雅利安人”进行种族清洗灭绝的借口。

20世纪50—60年代关于雅利安人的说法由于第三世界反对文化殖民主义浪潮猛烈以及文化多元论的兴起，一度沉寂。但是20世纪90年代冷战结束以后，特别是近年以来，这种雅利安人——白种人作为人类文明创始者，居于人类文明中心及领导地位的说法再度兴起，构成后冷战时代全球主义意识形态和历史观的核心内容。

一

雅利安（Aryan）一词源自梵文，意为“高贵者”。西方主流世界历史学于17—19世纪建立雅利安人种优越论的学说。

所谓“雅利安人”，本来在历史上从没有任何可信的记载（所根据的都是见不到也说不清的某些梵文资料）而近乎虚构出来的一个亚洲人族群——不知从哪里来，也不知后来向何处去。

据欧美史学界的说法，所谓雅利安人的识别标准，唯一就是根据他们都讲着一种“雅利安的共同母语”。这种雅利安共同母语的另一个“科学”的名称，即所谓“原始印欧语”。

但是问题在于，历史上根本就没有任何史料或证据证明人类中曾经存在这种语言。这种所谓“雅利安语言”或者原始印欧语言，是被16—17世纪欧洲和神圣罗马帝国的教会学者通过所谓比较语言学的方法虚拟以及虚构（即根据猜测、臆造或者伪造出来）的。其中最有名的炮制者即荷兰人马库斯·冯·鲍霍恩（Marcus Zuerius von Boxhorn，1612年—1653年）、英国人威廉姆·琼斯（William Jones，1746年—1794年）和德国人弗朗兹·博普主教（Franz Bopp，1791年—1867年）。有趣的是，作为雅利安语言的发明创造者，这几个人在崇洋的中国学术界似乎没有人知道。他们或许是被西方刻意地隐匿，因为这样才能把他们的学说伪装成自古有之的真理。

而后在18—20世纪，这种虚拟的原始印欧语言就被作为一种历史事实，系统地引入人类学、考古学、历史学，从而虚拟出了一个特殊的古代优秀人类种族——雅利安人种或者民族。于是，人类早期文明的一切卓越成果（包括古巴比伦、埃及、小亚细亚、罗马、波斯、印度和黄河文明），就都被归于这个优越人种的创造物。西方人称，这个雅利安人种乃是希腊人、罗马人和现代欧美人的共同祖先。以上就是17世纪以来西方系统伪造的世界性伪史形成的基本脉络。[1]

1. 注：此种伪史的最新代表作之一，就是目前名声甚噪的威廉·麦克尼尔（William H. McNeill）的《世界史：从史前到21世纪全球文明的互动》一书。

值得注意的是，西方上述伪史的构造基础，既不是建立于体质人类学、遗传人类学之上，也不是建立于考古学和历史文献学等这种可信的实证科学的基础上；而完全是建立在所谓的比较语言学和虚拟语言学这种形而上学的基础上。

也就是说，所谓雅利安人的存在以及全球性迁移的故事，不是建立在可信史料或者考古实据的基础上，而是建立在“语言”人类学——所谓语言或者语法相似性的推测上。在这种推测的基础上形成了西方关于世界古代文明史雅利安起源论的宏伟大厦。

西方学界制造伪史的方法就是：先建立一系列可疑的假说，然后把假说转变为信史，再用假说作为直接引证的史料。这种方法，西方人运用的已经很熟练，自从文艺复兴以来，他们就一直在借助那个来历不明、时代不明、地缘不明、作者不明的《荷马史诗》，作为构造全部希腊史前伪史的基础。这种伪史，当然是完全不可征信的！

二

所谓“原始印欧语”，是在 17—19 世纪欧洲对亚、非进行殖民的时代，由欧洲语言学家根据所谓的比较语言学的方法通过倒推、猜想而虚构出来的一种假想的古代语言。最早有系统提出这个假设的是荷兰人马库斯·冯·鲍霍恩（Marcus Zuerius von Boxhorn，1612 年—1653 年）。

1647年，鲍霍恩提出梵语、波斯语言与若干印欧语言似乎存在语法的相似性，并假定它们出自原始的共同语言起源，这种原始语言被他称为西徐亚人语言。在他的假设中，这些起源相同的语言包括梵语、波斯语、荷兰语、阿尔巴尼亚语、希腊语、拉丁语，以及德语和斯拉夫，还有凯尔特和波罗的海地区的语言。因此，他设想印度和欧洲的语言都起源于同一个原始语系——这就是古印欧语系。不久，这种纯粹出于猜想和虚构出来的原始印欧语，就被西方主流学术界言之凿凿地断论，成为古典时代的拉丁语、希腊语、梵语和各种欧洲现代语言的始祖了。

但是非常讽刺的是，由于欧洲人对阿拉伯人和犹太人的歧视，鲍霍恩和 17—19 世纪的欧洲学者并不承认雅利安语言（即古波斯语言、印度语言以及安纳托里亚的语言），与他们紧邻近的阿拉伯语、希伯来语和突厥语言有任何相似、相通性或者互相影响的关系，他们宁可认为这种据说也是亚洲起源的雅利安语言与遥远的北欧语系、日耳曼语系更加相近。

威廉·琼斯（William Jones，1746 年 9 月 28 日——1794 年 4 月 27 日），英国语言学和东方学家，生于伦敦。琼斯毕业于哈罗公学和牛津大学。1774 年为律师。1783 年任印度殖民地孟加拉最高法院法官，后封爵士。他业余专攻梵语。

1787 年，英国人威廉·琼斯爵士提出“原始印欧语”这个语言名称。他声称：拉丁语、希腊语与梵语和波斯语之间有相似之处。为论证英国人统治印度的历史合法性，琼斯试图将本来为梵语或者波斯语的小分支“雅利安语言”与日耳曼—盎格鲁－撒克逊语言结合起来。琼斯 1787 年撰文断言梵语与拉丁语和希腊语有相似之处。

19 世纪初，德国的弗朗兹·博普主教（Franz Bopp，1791 年—1867 年），是继鲍霍恩后，系统炮制所谓原始印欧语的一位最著名的学者。博普针对几个主要语言的名词和动词形态进行比较，认为梵文与古代安纳托里亚语言、古希腊语言、拉丁语、波斯语和日耳曼语言有直接的亲缘关系。但是他还没有提出语音构拟的标准。于是 19 世纪不断涌现了一批批的欧洲学者，他们继续对印欧语的语音演变，系统地、大规模地进行了一系列完全不可信的虚拟重建。19 世纪时，学者通常将这系虚拟语言称为“印度—日耳曼语系”，有时候也叫“雅利安语系”。

原始印欧语——所谓雅利安语理论的主要炮制者之一：弗朗兹·博普神父（1791—1867）。

后来西方学术界普遍采用琼斯的名称，将欧亚大陆这些语言共同的假想祖先称作原始印欧语。关于这个语言的起始地（Urheimat）最早的说法是伊朗或者印度，后来又形成两种说法：一是认为来自黑海和里海北方的草原（即所谓“坟冢起源假说”[1]，Kurgan hypothesis），二是认为来自小亚细亚——安那托利亚。这些假说最引人注目的矛盾点就是，雅利安语言——所谓原始欧亚语言本来起源于梵语，现在则被远搬到乌克兰草原地带。支持坟冢起源假说者认为雅利安这种语言出现的时间在公元前 4000 年左右；但支持安纳托利亚起源假说的，则将时间更往前推至 7000 年—8000 年（即印度—赫梯语）。

坟冢假说最早是由玛利亚·金布塔斯在 1956 年提出的。金布塔斯在《史前的东欧》中首先提出该假说时，综合地利用了考古学和语言学来对雅利安——印欧人起源问题进行研究。她的假说将原始雅利安——原始印欧语使用者与东欧大草原的亚姆纳文化及其前身相联系，并将印欧人的原住地定位在东欧大草原，提出晚期原始印欧语的各种方言曾在这一地区被使用。假说并且认为该文化逐渐扩张直至占据整个的东欧大草原，最晚阶段的文化（“坟冢丁”）即为前 3000 年左右的亚姆纳文化。

坟冢文化的游牧性质使其得以扩张占据整个欧亚大草原地区，这一过程中对马的驯养及后期对（仍处于雏形的）战车的使用起重要作用。最早的有可信驯马证据的是位于今乌克兰的、亚速海北岸的斯莱德涅斯多格文化，它与前 5000 年的印欧前期文化对应。现已知最早的战车是在克利伏耶湖附近发现的，追溯至公元前约 2000 年。后来的论述者把中国的商朝战车甚至秦朝人也归类于这一文化的传播中。

接下来向大草原以外地区的扩张造成混合的、被金布塔斯称为“坟冢化”（kurganized）文化传播，如雅利安人的西迁［西部的双耳细颈椭圆尖底陶器文化（Globular Amphora culture）］，进而发生的则是约前 2500 年的原始希腊人（Proto-Greeks）向巴尔干半岛以及游牧的印度—伊朗文化向东迁徙的过程。

但是，詹姆斯·马洛里认为印欧人向西的迁徙是无法被严格证实的。语言学家孔甫烈（Kortlandt）后来引用这一结果，认为考古学上的证据除了在与语言学综合

1. 坟冢假说，是有关雅利安人起源问题的历史和考古假说之一。该假说认为雅利安人起源于“坟冢文化”，即东欧大草原上的亚姆纳文化（意为“坑墓文化”）及其前身的考古文化。坟冢假说是目前最为广泛接受的有关雅利安人起源的模型，与之相对的一个模型是“安纳托利亚假说”（将印欧语民的原住地定为小亚细亚）。

分析尚有用途，在用于研究印欧人的迁徙史方面是没有多少分量的。

总而言之，根据这种雅利安语言的虚拟和重建，欧洲历史学家不仅断言古印度、古波斯人那些黑发、黑眼睛、褐色皮肤的高加索人以及安纳托里亚的地中海人，与远在北欧的金发、多毛的白色人是亲戚，而且古代的希腊罗马人与他们所鄙视、仇视，看作讲鸟语的“蛮族日耳曼民族”——这两个彼此曾经浴血千年、世代为仇敌的民族现在也被说成原来是一脉相承的直系亲戚了。

这样一来，通过上述语言学的虚构，本身缺乏文明历史和传统的日耳曼蛮族（欧美白人的祖先），就找到了与西亚、埃及、波斯、印度、中国等繁荣的古代文明的血缘历史关系，欧亚大陆的全部古代文明都是雅利安—日耳曼种族所创造，雅利安—日耳曼民族理所当然是世界的主人。日耳曼民族对于其他种族的优越性和对于未来全人类建立统治的合法性，也就找到了合理的历史支点。

因此，西方人认为 19 世纪欧洲语言学最重大的成就即对原始印欧语的虚假构拟。

此后，这种假想语言理论迅速被欧洲人引入、移植到考古学和历史学中，假设和猜想变成了确信无疑的历史。印欧语的假设，当今已经成为西方主流历史学对世界历史、古代文明起源和西方文明起源的最根本的支柱理论。

三

所谓雅利安人，起源于梵语，据说是古代伊朗语族民族中的一支，进入了印度成为高贵的种姓。后来雅利安人被西方学界推演扩变为伊朗语族民族的一种宽泛的代称。再后来，这种梵语—伊朗语即被称作印欧语，而被认为是泛欧亚早期文明创造者的语言和现代欧洲人的母语。但是必须指出，这一套说法在历史中找不到任何可信的史料或者实证的支持。

西方的伪史宣称：原始雅利安人来自北欧，于公元前 4000 年—8000 年前定居在东欧草原，然后分为三支——东支进入中国新疆和西北，就是吐火罗人、大月氏人；南支进入印度，就是印度的婆罗门种姓，是进入了两次，一次是上古，一次是贵霜王朝；西支进入了两河流域，就是后来建立大名鼎鼎的波斯帝国的那些伊朗语部落的直系祖先。雅利安人是创造了欧亚大陆主要的早期文明的人，包括赫梯人，建立波斯帝国的波斯人、埃兰人、米底人；印度的婆罗门种姓白人，中国西部的吐火罗人、大月氏人，中亚的粟特人，以及古代中亚的花剌子模人（契丹王朝），阿兰人（也就是《汉书》中大名鼎鼎的奄蔡人或者奥塞梯人）。

因此，通过虚构古代印欧语——雅利安语言，雅利安种族不仅被认为是现时欧洲主要语系白种人系统的共同祖先，而且也是那些古老的亚洲文明创作者——小亚细亚人、波斯人、印度人、古代希腊人和罗马人的原始语言，甚至也是中国早期王朝商朝人的原始语言。也就是说，几乎人类全部的早期文明——特别是青铜文明和铁器文明，都被认为是印欧语系的雅利安民族创造的——也就是欧洲日耳曼民族的祖先所创造的。

虽然原始印欧语的存在，从来就没有得到任何古代史料或者其他资料的证实。但是这丝毫没有阻碍欧洲学术界在 19 世纪勇敢地将所谓原始印欧语的基本的发音和词汇，通过所谓比较语言学的比照法系统地重构——也就是伪造出来。西方共济会基金资助一批探险家（如伯希和等人）在 18—20 世纪对中国西部、中亚和西亚进行了一系列考古和探险，那其实并非由于他们对我们的华夏文明有什么兴趣，而是试图在此寻找雅利安人的存在和迁徙证据。

四

从 17 世纪至 18 世纪末，印欧语系的概念逐渐塑造成型。据说，现代印欧语的很多词都是从某些雅利安的“原始词”经过有规律的语音变化发展而来（如格林定律）。尽管从来没有找到任何可信的实际语言证据，但是西方语言学界和历史学界仍然毫无困难地复原建构了所谓原始印欧语言模型。西方学界声称世界上大约有 439 种语言和方言可以归入印欧语系统，根据 2009 年西方的民族语言估计，其中大约一半（221 种）被归类为所谓印度—雅利安支系。

因此，这种莫须有的雅利安语言几乎包括全部欧洲语言及部分亚洲语言，特别是伊朗高原和印度次大陆以及古代的安纳托利亚语言。但就是不包括汉语、突厥语、阿拉伯语、希伯来语（有趣的是犹太语言近年已被升格，正在被嫁接于雅利安语言）。

但是近年也有西方语源学家如乔万尼·塞梅拉诺试图论证印欧语系源于某种闪米特语，从而把有钱的犹太人拉入雅利安圈子。

19世纪中叶，法国人约瑟夫·阿瑟·戈宾诺伯爵（Joseph Arthur Comte de Gobineau）及其门徒张伯伦（Houston Stewart Chamberlain）的鼓吹，西方出现“雅利安主义”即“雅利安人种优越论”，声称“雅利安人种”成员就是讲印欧语言的人，他们是创造人类一切文明的人，优越于闪米特人、黄种人以及黑种人。雅利安主义的信徒们认为，唯独北欧和日耳曼诸民族是最纯粹的“雅利安种”成员。这种理论后来就成为20世纪的纳粹帝国清洗人种政策的理论基石。

欧洲人是何时知道古希腊的

中世纪的“黑暗千年”

中世纪的欧洲人并不知道古代曾经存在过什么古希腊。

根据欧洲近世史家的分期，所谓“中世纪”，是指公元476年西罗马帝国灭亡到1453年东罗马帝国灭亡之间的1000年。而这1000年中，整个欧洲并没有人知道什么古希腊文明的存在。所以，号称文艺复兴之父的意大利诗人彼特拉克称欧洲不知道希腊的这一千年为“蒙昧”时代——“黑暗千年”。

所谓“黑暗时代”的概念是彼特拉克在1330年代提出。光明会的异教徒作家通常用传统的“光明”与“黑暗”来隐喻“善与恶”。彼特拉克巧妙地利用这个比喻，并赋予它一种非宗教的世俗意义。古典时代——希腊和罗马，不再是那个被认为因缺乏基督教信仰而“黑暗”的时期，而是现在被彼特拉克所称作的古代最“光明”的时期，因为那个时期的文化成就相当之高。而相反，彼特拉克所处的现实年代，即天主教教权统治的时代被视为“黑暗”时代。

彼特拉克的时代观念影响了当时所有的人文主义者。他们把历史分为两个时期：古希腊古罗马的古典“光明”时期，以及目前所处的天主教“蒙昧黑暗”时期。

人文主义者相信终有一天，希腊民主城邦和强盛的罗马帝国将会再度崛起并复兴。在这个新时期之前，也就是被彼特拉克视为黑暗的时期，只是一个在古典和现代之间的“中间（Middle）”的时期。“中世纪（英语：Middle Age）”这个词就是这样出现的（“中世纪”这个词是弗拉维奥・比翁多在大约1439年的时候提出的）。

文艺复兴被看作欧洲的再生

汉语的“文艺复兴”这个词，其实是一个已约定俗成的翻译错误。“文艺复兴”源自意大利语：Rinascimento，这个词由 ri—（“重新”）和 nascere（“出生”）两部分构成。而这个词本身源于一个共济会的秘密术语，即死亡与再生。英文“文艺复兴”（Renaissance）这个词，也有“复活”的意义。

据共济会秘典记载，加入共济会者要经历死亡与再生的仪式，入会者要进入象征死亡的棺材然后在祭司的帮助下走出棺材获得第二次生命。简化后的现代入会仪式则仍需要喝下骷髅杯（象征死神）里的酒而后进行复活再生的宣誓（有关仪式可参看丹－布朗书中的描写）。

文艺复兴打出的旗帜是重建古希腊文化

近代金融主导的资本主义最早兴起于几个意大利城邦共和国，即威尼斯、佛罗伦萨和热那亚。这三个城邦都具有政治的相对独立性，有自己的雇佣军，聚集着当时欧洲最有钱的银行家和富商。这些银行家资助在意大利兴办了欧洲最早的传播人文主义新思潮的大学。

文艺复兴运动的直接发源地，是佛罗伦萨共和国。

文艺复兴运动的特征是对希腊罗马古典文献的学习。引发拉丁民族人们对古希腊兴趣和热潮的原因，是在 1204 年第四次东征十字军攻陷君士坦丁堡后，大批财宝、艺术品和书籍文件被劫掠到威尼斯、佛罗伦萨和热那亚，以及一批从东方君士坦丁堡流亡来到意大利的希腊语学者（Greek scholars in the Renaissance）。

中世纪后期，正是通过君士坦丁堡的东方罗马人和阿拉伯人的媒介，在意大利、西班牙、法兰西的修道院中出现了研究古希腊罗马著作的思潮。天主教教会一度鼓励这一思潮，教会的本意是为天主教神学理论寻找方法论和依据，但一些研究者们却从中发现了与天主教理论不同的一种新的文化境界。

在意大利的共济会银行家资助下，在意大利的波罗那（Bologna，1008 年）和帕都阿（Padua，1222 年）创办了欧洲最早的大学。在大学中人文主义者推动模仿拉丁文学和希腊文学的创作，收集古罗马和古希腊的抄本，以及考察古典的历史遗迹，等等，逐渐掀起了研究希腊和罗马文化的热潮。

三位佛罗伦萨诗人掀起了希腊热潮

古希腊文化在意大利成为热潮，特别仰仗三位诗人的鼓吹，即但丁、彼特拉克、薄伽丘。

但丁·阿利吉耶里（Dante Alighieri，1265 年—1321 年 9 月 14 日），意大利中世纪诗人，现代意大利语的奠基者，有文艺复兴教父之称。但丁曾经担任佛罗伦萨最高执政官，是希腊罗马文化较早的热情鼓吹者，他的代表作品是充满异教色彩的著名宗教诗篇《神曲》。他在诗篇中猛烈地抨击讽刺了教皇和天主教廷。

另外，但丁是一个生活经历复杂的人，他曾经是一位活跃的政治家，是一位阴谋活动家，是共济会中的光照派信徒。但丁出身于佛罗伦萨银行家族，祖上依靠金钱得到贵族封号。但丁的父亲是佛罗伦萨的商人和银行家。

中世纪意大利的银行家多数是犹太人或“马兰诺”（Marranos）即改宗犹太人。西方有研究者考证，但丁家族有可能也是改宗犹太人。

关于但丁可靠的生平记录很少，有人说他可能并没有受过正式教育，也有人说他在波隆那及巴黎等地读过大学。据说他自学而掌握了拉丁语、普罗旺斯语，擅长音乐。

但丁年轻时曾经参加十字军，成为圣殿骑士（属于共济会的武装骑士团），渡海参加过对君士坦丁堡的战争。但丁的家族是共济会家族。据笔者得到的共济会内部印制的《共济会秘史》，但丁年轻时就加入了光明会，是光照派的信徒。当时佛罗伦萨共和国分为对立的两派“白党”（吉柏林党）、“黑党”（贵尔夫党），前者效忠神圣罗马帝国皇帝，后者效忠教皇。但丁与彼特拉克的父亲都加入了反对教皇势力的“白党”（白色象征光明），但丁是白党的中坚人物，一度被选举为佛罗伦萨的最高执政。后来黑党得势时但丁与一批白党一起遭到驱逐（其中包括彼特拉克的父亲），此后终身未再回到佛罗伦萨。

但丁是彼特拉克的教父，彼特拉克的密友是薄伽丘。但丁在被放逐时，曾在几个意大利城市居住，他以著作排遣乡愁，并将一生中的恩人、仇人都写入他的名作《神曲》中，对教皇和教会则极尽揶揄嘲笑之能事。

但丁于 1321 年客死他乡，在意大利东北部的小城拉文纳去世。

彼特拉克和薄伽丘杜撰或改编了《荷马史诗》

彼特拉克出生在意大利佛罗伦萨附近的阿雷佐镇。他的父亲，瑟·彼特拉克（Ser Petracco）是佛罗伦萨交易所中一位公证人，与但丁曾经是政治的合作者，二人一起于 1302 年被黑党政权从佛罗伦萨放逐。

后来，彼特拉克与其家人追随从 1309 年罗马教廷的分裂中迁居亚维农的教宗克莱孟五世迁至亚维农居住，他的早年生活也在那里度过。

彼特拉克年轻时游学意大利和法国，曾经得到共济会系统的大学授予的"桂冠诗人"称号，此后即成为职业诗人。他的弟子兼密友薄伽丘（Giovanni Boccaccio，1313 年—1375 年）也是一位桂冠诗人。

彼特拉克热心鼓吹希腊，以此作为一种新的旗帜来反对天主教会。他通过修道院和商人购买了一批据说来自君士坦丁堡和阿拉伯人的希腊文稿。

彼特拉克 50 岁那年（1354 年），声称从一位君士坦丁堡的商人手中获得《荷马史诗》的抄本。但是，同时代的权威希腊学家皮拉图（Leontius Pilatus）对这些抄稿的真实性表示怀疑。彼特拉克则声称他获得的这些抄稿是可信的。

薄伽丘的老师是在意大利大学中最早正式讲授希腊语的君士坦丁堡著名学者曼纽尔·克利索罗拉斯。曼纽尔·克利索罗拉斯（Manuel Chrysoloras，1350 年—1415 年）出身君士坦丁堡的东罗马贵族世家。他既是东罗马帝国晚期帕列奥列格文艺复兴的代表，也是著名的外交家，在君士坦丁堡他以修辞学家、哲学家著称，他的研究范围涉及神学、修辞学、哲学等领域。

克利索罗拉斯曾通过罗伯特·罗西（Roberto Rossi）学习希腊语，后者把他介绍给当时的佛罗伦萨执政官克鲁乔·萨卢塔蒂（Coluccio Salutati，1331 年—1406 年）。萨卢塔蒂是佛罗伦萨的执政官，也是反对神权主义的人文主义者。在他的庇护下，佛罗伦萨共济会的人文主义者经常就希腊文化举行秘密集会。

薄伽丘并与另一位人文学者皮拉图（Leontius Pilatus，死于1366年）合作，把据说是“荷马”作品的“伊利亚德”及“奥迪赛”翻译成近代拉丁文。皮拉图写了一本希腊文文法的教科书，被广泛采用。他们不仅是重要的抄本发掘及收藏者，也是再创作者。

还应当指出的是，目前西方所有的希腊文献，包括希罗多德、欧几里得、毕达哥拉斯、苏格拉底、柏拉图、亚里士多德的历史或哲学著作都非传承有自、一脉相承、自古到今流传有序地保存下来的。现在所知的全部希腊文献都来自文艺复兴时期对所谓“希腊古典的重新发现”；然而其中究竟有多少确实是原始著作，又有多少是经过篡改或者伪托和伪造的——由于西方从来没有发生“古史辨”的文献批判和证伪运动——所以我们很难知道。

文艺复兴的历史意义

文艺复兴在知识、社会和政治各个方面都引发了革命，文艺复兴最有名的是在绘画和雕塑领域引起的艺术风格变革，以及建立大学取代修道院的教育制度变革。随着复兴古希腊运动而发生了一系列的艺术新思潮和出现许多新作品，最著名的代表者就是文艺复兴“三杰”——达·芬奇、米开朗琪罗、拉斐尔（而据丹·布朗的考证，文艺复兴“三杰”都是共济会员）。

文艺复兴运动背后的政治推手，也是艺术资金的赞助者，即著名的银行世家、商业贵族梅迪奇家族。

文艺复兴运动的直接后果，引发了15世纪以后德国、荷兰、瑞士、法国、英国的宗教改革运动，以及17—18世纪光照派发起的“光明运动”——即启蒙运动。

启蒙运动后爆发了美国独立战争、法国大革命和德意志统一运动，此后世界走出中世纪的千年而进入了资本主义的近现代社会。所以文艺复兴运动确实是近代资本主义兴起的起点。

英国诗人雪莱曾经声称：“我们都是希腊人，我们的法律、我们的文学、我们的艺术、我们的宗教皆根源于希腊”——意思就是西方日耳曼文明是古希腊文明的继承者。原则上，这是一句完全悖谬于历史真相的谎言。

英国是外来移民建立的国家

世界上有很多国家，其人民并非本土原住民，而是外来移民。例如，较晚近的美洲、澳洲居民，包括美国、澳大利亚、新西兰等，以及古代的土耳其。

但是人们很少知道，英国人，不列颠群岛（英伦三岛）的居民，事实上也全部是外来的移民。在其历史上，英国一共发生过五次大规模的、彻底改变了英国居民种族的移民潮。

英国本土居民都是外来移民的后裔

英国南面隔英吉利海峡（The English Channel）、多佛尔海峡（The Straits of Dover）与法国相望，东面和东南面隔北海（The North Sea）与荷兰、比利时、丹麦、挪威遥对。距欧洲大陆最窄处的多佛尔海峡仅 30 公里宽。英国的领土主要包括大不列颠岛和爱尔兰岛东北部。大不列颠岛包括三个地区：英格兰占南部和中部，威尔士占西部山地半岛，苏格兰占北部；其中以英格兰最为重要。大不列颠岛是欧洲第一大岛，海岸非常曲折，长达 11450 公里。

从种族和历史上说，英伦三岛居民并非同祖同族。英格兰人主要是来自北欧的盎格鲁 - 撒克逊人。而苏格兰人和爱尔兰人的祖先则是另一种族的凯尔特人（英文 Celtic，拉丁文称 Celtae 或 Galli）。凯尔特人说的母语是来自凯尔特文明的古老语言，这种语言至今在苏格兰地区仍然是官方语言。

凯尔特人是公元前 2000 年活动在中欧的一些有着共同的文化和语言特质的有亲缘关系的民族的统称，是一个由共同语言和文化传统凝合起来的松散族群，应属古代型的民族集团。古代的凯尔特人主要分布在当时的高卢（后来的法国）、北意大利（山南高卢）、西班牙（伊比利亚半岛）、不列颠与爱尔兰。

对于兴起于地中海地区的古代文明强国——罗马人来说，凯尔特人与日耳曼人都是异属种族，都被称为蛮族（野蛮种族）。但是，凯尔特人也不是英伦三岛的本土原住民，而是来自欧洲大陆的外来移民。

第一次移民来自伊比利亚

据英国考古学，史前时代的大不列颠岛上已经有人类活动，那些本土古人类被称作旧石器人（Paleolithic Man）。

那时，大不列颠诸岛和欧洲大陆是连成一片的，英国和法国之间还没有今天的英吉利海峡和多佛尔海峡，莱茵河（The Rhine）与泰晤士河（The Thames）之间尚由其支流相接，今天的英国仍属欧洲大陆的一部分。大约在距今九千年的时候；由于地壳的变迁，大不列颠诸岛从欧洲大陆分离出来。

后来，在新石器时代，大不列颠群岛出现了新的人类，这是英国历史上出现的第一种移民。这些人是来自比利牛斯半岛的伊比利亚人。所传说而著名的巨石阵，就是他们所建造。

但是这些人类，与后来的白种英国人并不属于同一种族。他们可能是褐色皮肤、黑色头发、黑色眼睛、身材中等的地中海海洋人种。

曾任过英国首相的温斯顿·丘吉尔（Sir Winston Churchill，1874 年—1965 年）在其《说英语的民族史》（*History of the English Speaking Peoples*）一书中，曾这样描写居住在大不列颠群岛的石器人：很明显，那些赤身裸体或只披着兽皮的男人和女人或觅食于原始密林之中，或涉猎于沼泽、草滩，至于他们所说的语言，尚无史料可查。大约在公元前 3000 年，伊比利亚人（Iberians）从地中海地区来到不列颠岛定居。他们给大不列颠群岛带来了新石器（Neolithic）文化，同时征服了先前在那儿居住的旧石器人。

第二次移民是凯尔特人的入侵

大约从公元前500年开始，凯尔特人（Celts）从欧洲大陆进入并占领了大不列颠诸岛，这是英伦群岛的第二次外来大移民。

关于凯尔特人的种族和肤色，至今西方学术界还是有争议的问题。凯尔特人不一定是白种人。大约从公元前500年开始，他们进入并逐渐灭种了英伦三岛的石器时代的本土住民。

古代的凯尔特人遗迹遍布欧洲大陆，特别集中居住在今天德国南部地区。他们是欧洲最早学会制造和使用铁器和金制装饰品的民族。在征服大不列颠群岛之前，凯尔特人曾征服了今天的法国、西班牙、葡萄牙、意大利等地区；来到大不列颠群岛后，一部分凯尔特人在今天的爱尔兰和苏格兰定居下来，其余的一部分占领了今天的英格兰的南部和东部。

每到一处，他们都对伊比利亚人进行残酷的杀戮。凯尔特人讲的凯尔特语，今天居住在苏格兰北部和西部山地的盖尔人（Gaels）仍使用着这种语言。凯尔特语是目前仍存留在不列颠岛上唯一最古老的语言种类。

第三次沦为罗马殖民地和拉丁化

公元前55年的夏天，罗马帝国的恺撒大帝（Julius Caesar）在征服高卢之后来到大不列颠群岛。第二年，即公元前54年的夏天，恺撒大帝第二次亲临大不列颠群岛。罗马人与当地的凯尔特人发生了冲突。恺撒大帝虽然取胜，但并没有能使凯尔特人屈服。不久，罗马人回到了高卢。

约100年后，公元43年罗马皇帝克罗迪斯（Claudius）率领四万人马，再次进入英伦地区。他用了三年时间终于征服了大不列颠群岛中部和中南部的凯尔特人。随后，整个的英格兰被罗马所控制，成为罗马人的殖民地。英国历史上称之为“罗马人的征服”（Roman Conquest）。

随着军事占领，罗马文化与生活方式渗入大不列颠群岛。罗马人的服装、装饰品、陶器和玻璃器皿很快在大不列颠群岛得到推广，社会生活开始“罗马化”。

拉丁语和字母在大不列颠群岛得到传播。

在以胜利者自居的罗马人看来，作为本土奴隶的凯尔特人无疑是“低贱的”，凯尔特语自然不能登“大雅之堂”。那时在大不列颠群岛，官方用语、法律用语、商业用语等均是拉丁语；拉丁语成了上层凯尔特人的第二语言。这就是凯尔特语词汇很少能保存下来的历史原因。

在今日英语中，只是在一些地名和河流的名称方面还保留着凯尔特的词汇成分。如 The Thames，The Cam，The Dee，The Avon，The Esk，The Exe，The Stour，The Aire，The Derwent，The Ouse，The Severn，The Tees，The Trent，The Wye 等，均是凯尔特人命名的河流。在 Duncombe，Winchcombe，Holcome，Cumberland，Coombe 等地名中，也可看到凯尔特语 Cumb（Deep valley，深谷）一词的成分，在 Torcross，Torquay，Torrington 等地名中，尚保留着凯尔特语 Torr（High rock or peak，高岩或山顶）一词的成分。英国著名城市多尔佛（Dover）、约克（York）的名称也源于凯尔特语。

罗马人是进入大不列颠群岛的第三次外来移民。罗马人占领大不列颠群岛长达四百年，直到公元 407 年，罗马帝国因内乱和匈奴及蛮族入侵灭亡，罗马军队不得不撤离了大不列颠群岛。

第四次日耳曼人的入侵

公元 5—6 世纪，世界范围内发生一次民族大迁移的人口流动。这次大迁移运动也影响了大海中的英伦诸岛。

大约在公元 449 年，原居住在西北欧内陆的三个日耳曼蛮族部落渡海侵入大不列颠群岛。这些日耳曼人的部族属于盎格鲁（Angles）、撒克逊（Saxons）和朱特人（Jutes）。他们从丹麦和德国乘船横渡北海，借罗马帝国衰落、自顾不暇之机，大举侵入大不列颠诸岛。这是英国历史上出现的第四次外来移民潮。

日耳曼人遭到本地凯尔特人的顽强抵抗，征服过程延续了一个半世纪之久。但是，日耳曼人比罗马人狠毒。到了公元 6 世纪末，大不列颠诸岛上原先的居民凯尔特人几乎都已灭绝，幸存者或逃入山林，或沦为奴隶。这就是英国历史上发生的“日耳曼人征服”，亦称“条顿人征服”（Teutonic Conquest）。这些日耳曼人的语言，成为后来形成的英语的原型。

盎格鲁人、撒克逊人和朱特人属古代日耳曼人，分布在北欧日德兰半岛、丹麦诸岛、德国西北沿海一带。在罗马帝国时期，他们被统称为“蛮族部落”——野蛮人。日耳曼人从事畜牧和狩猎，过着半游牧的生活。渡海来到英国的日耳曼人中多数是海盗。进行掠夺在他们看来是比创造性劳动更容易的谋生方式，也是更荣誉的事情。[1]

盎格鲁－撒克逊民族的形成

征服大不列颠群岛后，盎格鲁人主要占领了洪伯河（The Humber）以北地区；撒克逊人主要占领了泰晤士河以南地区；朱特人主要盘踞在英格兰东南端的肯特（Kent）和南汉普郡（Southern Hampshire），以及位于英格兰之南、靠近今天的朴次茅斯（Portsmouth）的怀特岛（The Isle of Wight）。

盎格鲁－撒克逊人征服大不列颠群岛以后，相继建立十来个小王国。经过兼并，后来剩下七个：三个撒克逊人王国——南部的威塞克斯（Wessex）、萨塞克斯（Sussex）和埃塞克斯（Essex）；三个盎格鲁人王国——东北部和中部有盎格鲁人的梅尔西亚（Mercia）、诺森伯里亚（Northumbria）和东盎格里亚（East Anglia）；东南部有朱特人的肯特（Kent）王国。英国史上称这七个王国并存的局面为“七国时代”（公元600年—870年，the Anglo-Saxon Heptarchy）。

三个日耳曼部族虽然有各自的方言，但这些方言均属低地西日耳曼语（Low West Germanic），有许多共同之处，因此三个部落在语言方面基本上是相通的。随着历史发展，盎格鲁人、撒克逊人和朱特人逐渐形成统一的英吉利民族，他们各自使用的方言也逐渐融合，出现了一种新的语言盎格鲁－撒克逊语（Anglo-Saxon），这就是中古的英语。

1. 盎格鲁－撒克逊人属于日耳曼民族，据英国最早的凯尔特族历史学家比德（673年—735年）的记述，日耳曼人来自三个不同部落：由丹麦半岛盎格恩（Angeln）来的盎格鲁人（Angles），由易北河下游来的撒克逊人和由丹麦日德兰半岛来的朱特人（Jutes）。盎格鲁－撒克逊人对大不列颠群岛的征服开始于449年遭遇到凯尔特人的顽强抵抗。但是在公元500年，凯尔特人曾经赢得巴顿山战役的胜利，大名鼎鼎的传奇和传说人物亚瑟王，就是率领凯尔特人抵抗日耳曼人入侵的民族英雄。

所以现在通行于世界的英语，是在特定的地理和历史环境中，经过一系列民族迁移与征服的过程所形成的。

English 和 England 的名称是如何来的呢？盎格鲁－撒克逊（Anglo-Saxon）的本意就是盎格鲁（Anglos）和撒克逊（Saxons）结合的民族。这是一个集合用语，通常用来形容 5 世纪初到 1066 年诺曼征服之前，生活于大不列颠群岛东部和南部地区，在语言、种族上相近的民族。

盎格鲁本来是德国与丹麦交界的石勒苏益格州的地名（Angel），同时也是英吉利人（Englo）的谐音。撒克逊人是德国北部的民族，德国有三个州叫撒克逊。

但是，凯尔特人将征服他们的盎格鲁人、撒克逊人和朱特人习惯地统称为 Saxons（撒克逊人）。早期拉丁语学者仿照凯尔特人的习惯，也将这三个日耳曼部族称作 Saxones，并将他们征服的大不列颠群岛称作 Saxonia。

随后，Angli 和 Anglia 在拉丁语著作中分别代替了 Saxones 和 Saxonia。到了公元 700 年所有的人都把当时通行在大不列颠岛上的语言称作 Englisc（盎格鲁人一直就是这样称呼其使用的语言的），三个入侵的日耳曼部族则统称为 Angelcynn（即“盎格鲁人的家族”，kin of the Angles），到了公元 1000 年整个国家则被称作 Englaland（盎格鲁人的土地，land of the Angles）。由于语言内部在发音和拼写方面发生了演变，Englisc 和 Englaland 才变成了今天的 English 和 England。

幸存下来的凯尔特人在今天的爱尔兰和苏格兰定居下来，还有一部分占领了今天英格兰的南部和东部。凯尔特人讲凯尔特语。今天居住在苏格兰北部和西部山地的盖尔人（Gales）仍使用这种语言。

英格兰的来历

“英格兰”（England）一词，词源来自 Englaland，意即盎格鲁人的土地。这个词出现于七国时代。七个王国中以威撒克斯为最强，盎格鲁人的国王爱格伯特（802 年—839 年）于 829 年初步统一了英格兰地区。

公元 843 年，苏格兰地区也建立了第一个苏格兰王国。

公元 1066 年，大不列颠群岛发生了历史上的第五次移民潮，即日耳曼种族诺曼人的入侵。来自法国西北部的诺曼人征服了大不列颠群岛。

诺曼人的祖先也是日耳曼人，原属于北欧的条顿部族维京部落（Vikings）。1066年，诺曼人跟随诺曼底公爵威廉入侵英国，威廉征服英国后即成为英国国王，此役称作诺曼征服（Norman Conquest）。诺曼人在英法百年战争后，融合在盎格鲁－撒克逊人中。这一过程，导致了近代英国民族的最终形成。

所以现在的大部分英国人，祖先是来自北欧和中欧的日耳曼蛮族——盎格鲁－撒克逊人。

【附录】

关于日耳曼民族的族源：

日耳曼诸民族的起源问题目前西方学术界也尚无确说。流行说法认为主要由北欧人种与阿尔卑斯人种混合而成，或据说是使用铁器的北欧人与使用青铜器、操印欧语系的波罗的海的南岸居民混合而成。

青铜时代晚期，这些人已经居住在现今瑞典的南部、丹麦半岛以及德国北部介于埃姆河、奥得河与哈次山脉之间的那片地方。最早使用"日耳曼人"这个词的是希腊历史学家波希多尼。他在约前80年时第一次使用这个词。也许他在与中欧的某一个今天无法考证的部落接触时听到了这个词，并将它用来称呼所有的莱茵河以东的各类种族、民族与部落。有可能这样一个小部落的名字后来成为整个地区各民族群体的泛称。

公元1世纪末至2世纪初，日耳曼人分布在莱茵河以东、维斯瓦河以西、多瑙河以北地区，从事游猎、畜牧为主，处于原始民族社会阶段，其语系属于印欧语系日耳曼语族。这时部分日耳曼人由游牧生活转向农业生活，出现了土地分配不均的现象，少数军事贵族往往占有更多土地，军事首领（"王"）及其亲兵以征战为职业，战利品通过抽签方式来分配，首领常常多于亲兵。此时的日耳曼人处于原始社会末期的军事民主制阶段。

3—4世纪以后，罗马帝国在来自东方的匈奴人打击下陷入危机，日耳曼人趁机从北方多瑙河一带不断进入罗马帝国境内并展开袭击。罗马帝国后期（公元3—5世纪），日耳曼分布在莱茵河以东的日耳曼各部族，主要包括法兰克人、伦巴第人、盎格鲁人、撒克逊人、汪达尔人等，以及迁到多瑙河下游和黑海北岸的哥特人。

4世纪末，日耳曼人各部族在来自东方的匈奴人的压力下，相继卷入了欧洲民族大迁徙的洪流，从而加速了西罗马帝国的灭亡。那些进入罗马帝国境内的日耳曼人，纷纷在西罗马帝国的废墟上建立起日耳曼人王国，其中著名的有：公元419年，西哥特人在西班牙建立了西哥特王国（714年亡于阿拉伯人）；439年，汪达尔人在北非建立汪达尔王国（534年亡于拜占庭帝国）；568年，伦巴德人在意大利北部建立了伦巴德王国（774年亡于法兰克王国）；盎格鲁、撒克逊人进入大不列颠群岛，在同当地土著居民不断冲突的过程中，与其中的相当一部分人逐步融合。在日耳曼人的王国中，时间最长、历史影响最大的是查理大帝建立的法兰克王国。

北海日耳曼人如巴塔维人、弗里斯兰人/弗里斯人、考肯人、萨克森人/撒克逊人、盎格鲁人、朱特人等，后来形成英国的盎格鲁－撒克逊人。

英语起源于一种蛮族语言

按照西方语言学分类，英语是属于印欧语系日耳曼语族，西日耳曼语支。就这一点而言，德语、荷兰语等现代语言与英语的亲缘关系较大。

罗马帝国时代的历史中本无英语。公元前735年，罗马城建立，罗马文明兴起。经过三次布匿战争，罗马于公元前146年攻灭迦太基，前56年恺撒征服高卢。公元前55年，罗马军队北渡英吉利海峡进入英格兰。这个时候英伦诸岛的主要居民种族，与后来的盎格鲁－撒克逊人并非同种族，他们是前5世纪左右（即中国的春秋时期）来自欧洲大陆进入英伦诸岛的凯尔特人，他们使用的凯尔特语言并不是后来的英语。

恺撒死后，奥古斯都灭埃及托勒密王朝（古埃及文明自此灭绝），建立跨欧亚非的大罗马帝国。罗马文明此时达到极盛。罗马人使用的是古拉丁语言与文字，此后随着罗马帝国的分裂，古罗马拉丁语分别发展为今日西欧的拉丁语系和东欧的斯拉夫语系。

公元43年，罗马皇帝克劳迪乌斯出动四万大军再度入侵大不列颠地区，征服了英格兰大部地区。此次征服也将罗马文化及拉丁文带入了大不列颠岛，另一方面同化了凯尔特语，使之也成为形成不列颠古代语言的主要语言基础。

公元407年，欧洲的大罗马帝国在匈奴及哥特人蛮族不断入侵的打击下，衰败、分裂。统治英伦地区的罗马人退出大不列颠地区。

公元449年前后，来自西北欧属于日耳曼蛮族的盎格鲁（Anglo）人、萨克森（Saxon）人和朱特（Jutes）人的三个日耳曼部落入侵英格兰诸岛。日耳曼人侵者用了约150年征服不列颠，史称“条顿人的征服”，著名的亚瑟王传说即来源于这段历史。此后，盎格鲁－萨克森（撒克逊）民族作为征服者成为今日英国人的正式名称，而作为日耳曼语言旁系之英伦方言的英语，也在历史上出现。这种新方言与中古德语在语言发展上血缘相近。所以，原始英语实际是起源于日耳曼语在大不列颠岛上形成的一种地区方言。在罗马人和拉丁人看来，这就是一种野蛮人的蛮语——法国人至今在官方场合，仍禁止本国官员使用英语。

西罗马帝国于公元476年灭亡，世界进入中古时代。此后数百年，伊斯兰教诞生，阿拉伯帝国兴起，欧洲进入漫长而黑暗的中世纪。随之而来的是十字军东征、基督教与伊斯兰教的相互缠斗等一系列历史事件。

公元8—11世纪，北欧斯堪的纳维亚地方的维京人向南侵略，几乎侵占了整个欧洲，大不列颠岛也难逃此劫。大不列颠群岛成为来自北欧的维京海盗劫掠的主要目标和根据地。维京人的挪威国王哈拉尔德三世甚至企图争夺英格兰的王位，不过他没能得逞，来自法兰克地区诺曼底的“征服者威廉”坐收渔利。威廉于1066年打败大不列颠的英王哈罗德二世，成为新的英格兰国王。他的统治，为大不列颠语言带来了作为拉丁语系分支的中古法语的影响。

这是大不列颠群岛上又一次民族和语言的混合交融时期，标志着北欧斯堪的纳维亚语和中古法语对不列颠语言的双重冲击。多种来源、混合而不纯粹的不列颠语，自此以后的发展进入中古英语的时代。此后的数个世纪，不列颠岛都以中古英语和中古法语并列同时作为“官方语言”。

1453年东罗马帝国灭亡。来自中国西北部阿尔泰地区的突厥民族，进军西亚建立了奥斯曼土耳其帝国。最后灭亡早已四分五裂的东罗马帝国，定都君士坦丁堡。此后，突厥—土耳其人仅用75年的时间就打到了当时欧陆的中心城市维也纳。土耳其人牢牢封锁了欧洲向东的贸易和拓展通道，也牢牢地卡死了经北非、阿拉伯通往东方的海运商路。

欧洲人只能被迫向西进入大西洋，于是掀开了地理大发现和大航海时代的序幕。所以，君士坦丁堡陷落于伊斯兰突厥民族，成为欧洲走向近代世界文明的一道重要历史分水岭。

地理大发现带动近代文明的大规模发展，对语言精确性的要求日益提高。而此时，中古英语还是一种非常不精确的语言。当时的大不列颠群岛上，不仅每个岛屿，而且各个岛屿上以至每个郡，都有自己特异性的方言。例如，睡觉的“床”在一处写作 Bed，另一处则写作 Beda，第三处又作 Bede……

为了结束各地方言不通文字混乱带来的不便，英国于 15 世纪颁布了正名法（Orthography），提倡“书同文”。

但是直到 15—16 世纪文艺复兴传播到大不列颠地区的时代以后，近代英语才逐渐走向统一和形成。在此后又进一步发展（字母 V 和 J 直到这一时期才出现）。最终在 16—17 世纪以后的莎士比亚和培根时代，形成了今日 26 对大小写英文字母所组成的近现代英语。

英国巨石阵忽悠全世界的五大谎言

【何新按】

英国人说建造巨石阵的是凯尔特人，但凯尔特人不是盎格鲁－撒克逊人。即使史前真的曾经有一个巨石阵——鄙人认为可能没有——关键问题是，来自北欧属于日耳曼血统的白色盎格鲁－撒克逊人和朱特人是公元5世纪以后才大批登陆英伦地。

盎格鲁－撒克逊人现在是英伦三岛人类的主要统治种族，但是他们并不是英伦列岛的原住民而是外来的移民。原始的盎格鲁－撒克逊人被罗马人看作野蛮种族，其中许多人的确是北欧维京海盗。他们来到英伦列岛后，像后来白人在美洲对待印第安人一样实行种族灭绝政策，毁灭了凯尔特人的文明，几乎灭亡了凯尔特人的种族。

所以正如小亚细亚的古老希伦文明与后来占据那里的土耳其人毫无关系，现代英国人也与假定4000年前曾经存在的巨石阵没有丝毫的传承关系。所以不需要拿现代翻印的一些伪造可疑的烂书或者伪造古籍作为巨石阵史前就存在的书证——还是直接反驳以下五个基本论点吧！

关于索尔兹伯里巨石阵一直流传着以下五大谎言：

谎言 1

据说：巨石阵建立于公元前2000年前（距今4300年），一直完好保存，巍然屹立，存在至今。

所谓索尔兹伯里巨石阵原来只是草地上的一堆乱石。在20世纪以前英国只有关于巨人族和造巨石阵的传说，但是在此地既没有石棚也没有石门。

英伦三岛在公元前20世纪（4000年前）还是一个无人荒岛，没有人烟也没有石器文明的遗迹。围绕巨石阵所谓挖掘出远古墓地的说法，至今无法证实。

英国在古代是没有成文历史的国度。没有任何早期可信记载和史料可证明古代索尔兹伯里这里已有巨石阵存在。

最早征服英伦地区的是罗马的恺撒大帝，但在他的名著《高卢战记》中，一个字也没有提到过索尔兹伯里存在一个巨石阵。

谎言2

据说：巨石阵是史前人用不可思议的技术所建，那些数吨重的巨石如何搬运升高？它的建造起因和方法至今仍是个不解之谜。

事实上，巨石阵现在所见的巨石建筑，全部是现代人用起重机吊装起来的，没有一根石柱是原来竖立的。为搬运和安置这些巨大石块，使用了20世纪50年代英国最大的起重机。

谎言3

据说：巨石阵是现代英国人的先祖制造的。

即使假定巨石阵在古代真实存在过，那么它与现代英国民族的主体盎格鲁－撒克逊族的白种人也没有丝毫的关系。因为：第一，公元前2000年前后英伦三岛没有原生态的原始居民，也没有发现系统连续的石器时代的考古文化。第二，据说建造巨石阵的人类是凯尔特人，但是凯尔特人与盎格鲁－撒克逊人也完全不是同一种族，不是同一语言，更不是同一民族。

在一个没有人烟和文明的荒岛上突然出现了一座高科技的巨石阵天文台——这个谎言显然讲不通。

正是为了圆这个弥天大谎，最近英国考古学界发明编造出一个极其有趣而奇特的说法，宣称巨石阵在距今 4000 年前，是尚且处于石器时代的全欧洲原始人，跨越茫茫大西洋远道奔赴进行治疗和休养的一座神奇医院和疗养院——“研究者发现，巨石阵曾是全欧洲病患疗伤之地的证据，这些患者认为巨石阵具有神奇的治疗功能。”[1]

谎言 4

据说：现代英国人与古代英伦人属于同一种族。

英国考古学承认：由于缺乏成文的历史记载，关于大不列颠岛（Great Britain）最早住民起源的研究不得不建立在想象与推测上。英国历史中没有一脉相承的古老文明。

人们所知的英国最早居民可能是渡海来到的古代伊比利亚人（The Iberians）。后来，在约公元前 2000 年，从现在的荷兰和莱茵兰（Rhineland）地区来了宽口陶器文化的制作人（The Beaker Folks）。

但是，英国史家通常把凯尔特人（The Celts，拉丁文称 Celtae 或 Galli）称为原始的大不列颠人（The Britons），看作大不列颠的原住民。据说，凯尔特人来自欧洲东部和中部，肤色可能是黄褐色，多毛而高大，来自现在法国、比利时和德国南部。

据较为可信的历史记述，凯尔特人大约在公元前 700 年（700 年）才进入大不列颠岛，那时的英伦列岛上到处都是森林和沼泽湿地。在那个时期，这个古老的凯尔特族群居住在被他们的祖先称为“不列颠尼亚”的群岛，他们一直被认为是爱尔兰、苏格兰、威尔士以及法国的布列塔尼半岛的最早居民。

英国有人竟然说建立了巨石阵的也是凯尔特人，但是却完全没有考古证据能表明 4000 年前凯尔特人已经进入英伦列岛。凯尔特人没有书面语言（Written

1. 据国外媒体报道，知名旅游景点英国巨石阵素来被认为是英国最神秘的地方之一。2008 年 3 月至 4 月，英国考古学家对其进行了首次挖掘工作，试图揭开这一千古谜团。近日，英国考古学家公布了研究成果，确定了巨石阵的建造时间及其作用。研究发现，巨石阵的准确建造年代距今已经有 4300 年，即建于公元前 2300 年左右，这比此前认为的要晚 300 年左右。同时，研究者还发现了该巨石阵曾是全欧洲病患疗伤之地的证据，这些患者认为巨石阵具有神奇的治疗功能。（网址：http://news.ifeng.com/history/1/tianxia/200809/0924_2669_802075.shtml）

language）。凯尔特人与高卢人可能是近亲种族。

在属于地中海种族的罗马人眼里，凯尔特人、高卢人与日耳曼人都是野蛮种族。罗马人与欧洲的凯尔特人进行了多年战争。在征服高卢的战争中，公元 1 世纪恺撒也率罗马大军征服了英伦三岛，恺撒军团毁灭了岛上凯尔特人的文化。

罗马大军走后几百年，公元 5 世纪以后，来自北欧属于日耳曼血统的白色盎格鲁－撒克逊人和朱特人才大批登陆英伦，他们的一位领袖是著名的亚瑟王。

盎格鲁－撒克逊人现在是英伦三岛人类的主要种族，他们不是英伦列岛的原住民而是外来的移民。原始的盎格鲁－撒克逊人是一个武力强悍野蛮的种族，其中许多人是北欧海盗。他们来到英伦列岛后，也像后来在美洲对待印第安人一样，实行种族灭绝政策，彻底毁灭了凯尔特人的文明，几乎灭亡了凯尔特人的种族。

所以，正如小亚细亚的古老希伦文明与后来占据那里的土耳其人毫无关系，现代英国人也与假定 4000 年前存在的巨石阵没有传承关系。

谎言 5

据说，建立巨石阵的原始人已具有先进的天文学和科技知识，他们建造巨石阵作为观测星象的天文台，迎接夏至和冬至，以便从事农业和畜牧。

4000 年前的英伦列岛上既没有农业也没有畜牧业，也没有巨大的原始部落，根本不需要建造一个史前天文台。所谓巨石阵的迎夏门和迎冬门的位置和测量，都是现代英国工程师完成的，是应用现代技术精心设计、施工的。

中国台湾大学副教授李贤辉提供的资料：你如果到英国参观这处号称具有四千年历史的史前圣殿，导游很可能不会告诉你：那里的每一块石头实际上都是被重新竖起来的，它们都经过了现代人进行的重新整理和安置工作。一些修补人员在 1901 年至 1964 年就曾对这座史前纪念碑进行过多次的修补和加固。

索而兹伯里平原上的史前巨石阵曾被重新修建的消息，是由一个博士生布来恩－爱德华兹揭露出来的，当时他正在布里斯托页（Bristol，英国南部港口）西部的大学里攻读他的博士学位。后来他将这个发现写进了他最近出版的一本教科书中，这本书的名字为《看历史》。

结论

如果你去巨石阵参观先应该记住——这是现代技术所制造的一个假古董，尽管它通过了联合国的认证。因为国际认证机构是国际共济会控制的。

史前巨石文化的最早原型来自东方。英国巨石阵是对东亚原生态的上古巨石文化的一部模仿成型的赝品。

谁是创造英国巨石阵和古文明的人？

近期，英国学界称推翻所谓巨石阵是远古天文台的说法，宣称这里是远古的墓地。又有新闻称英国最近发现了比巨石阵更古老的石器时期的死亡墓地。有关报道称："科学家最新研究推翻了史前巨石阵曾是天文历法测算工具或者是天文台的假设。这项最新研究是科学家在近十年内考古挖掘，图书馆资料整理以及对 63 具古人类尸骨分析得出的。英国伦敦大学学院的马克·皮尔森教授称，这项最新研究推翻了之前认为的史前巨石阵是作为天文历法测算工具或者天文台的猜测。"

笔者此前曾揭露及评论，英国现在的巨石阵并不是一处原装文明遗迹，而是 20 世纪重新摆位而伪造的新古董。其原创者也并非现在英伦的主流民族盎格鲁 - 撒克逊人。巨石文明的本来面目与近代西方文明无关，不能以此移花接木。

那么，创造英伦远古巨石文明的人类究竟是谁呢？下面转载英国著名历史学家 A.C. 莫尔顿的《英国史》第一章的论述：

——3000 年前的英伦三岛上的原住民人类不是现在的盎格鲁 - 撒克逊民族。

——创造巨石阵的人类也不是后来混入现代英国民族的凯尔特人。

——创造英伦岛上原始巨石文明的人类是来自南方地中海地区的黑头发的伊比利亚人。英伦三岛上最古老的这些远古人类后来都被凯尔特人和盎格鲁 - 撒克逊人种族灭绝了。

【附录】

莫尔顿：小黑人创造英伦巨石阵

在早期地图上所表示的世界中，大不列颠是个遥远的前哨站，是一簇形状不一的插入环海的岛屿。但是若干早期的地图上，有个颇有意思的倾斜地带，使大不列颠群岛的西南岸与西班牙北部接近，我们因此可以想到，更早的时候，在绘制任何现存地图以前的许多世纪中，大不列颠群岛并不是孤立于当时世界之外，而是处在一条常常来往的、联络地中海文明与北方琥珀产地的商路上。文明最初达到这些海岸，就是沿着这条漫长的海道而来，而不是渡过多佛尔海峡，也不是渡过英吉利海峡而来的。

伊比利亚人又名巨石器人，于纪元前三千年至二千年时来到大不列颠群岛居住，现今在康沃尔、爱尔兰以及威尔士和苏格兰的沿海存留下许多他们的遗迹。这些遗迹的最后一批在萨瑟兰，这个地方是他们的船只横渡北海而进向斯堪的纳维亚以前最末一个着陆点，由此看来，他们的航行路线和目的地十分明确。这时候，约于一千年前开始的陆沉仍在进行，那条上溯英吉利海峡、沿欧洲海岸，并且似乎较短较安全的航路，即使不被连接大不列颠群岛和大陆的陆地桥梁所阻断，也被狭窄的、无定的、多滩的、浪潮汹涌的海峡所阻。伊比利亚人之所以定居于大不列颠群岛，这或者是首要原因。

关于新石器时代的这些伊比利亚人，我们所确知的虽然很少，可是我们能推测得相当准确的却也很多，因为他们在地面上留有明显的标志。再者，他们的血统是构成大不列颠群岛现有居民的一个主要成分，在爱尔兰、威尔士和英格兰西部尤其如此。

这个种族身材短小、皮肤稍黑、头颅狭长，他们特别定居在由索尔兹伯里平原向四周伸展出去的一些白垩丘陵地带。山丘下就是他们的大道，如“伊克尼尔德路”和“皮尔格里姆路”，都是我们最古老最具历史性的大路。在丘陵上，沿着大路，有许多长冢，即高耸在锡斯伯里和多尔伯里（就其现存的形式而言，土阜起源很晚，主要属于铁器时代，但常有新石器时代的泥土底层——原

注）的大土阜，又有石柱圆阵，其中最雄伟的是埃夫伯里，最驰名的是斯冬亨治（Stonehenge，今译斯通亨奇，属威尔特郡，其英文含义即“巨石阵”——录入者注）。就是由这些遗物，有他们经营农业所形成的沙丘阶地，我们能够猜测出这些人是什么样的民族。

他们遗物的巨大和壮丽，说明这民族人数众多，组织完善。一定有过千千万万的人合作才能修建这些大土阜，才能修建这些大路把各居民区井井有条地互相连接起来。例如，伊尼克尔德路把格赖姆兹－格雷夫兹的工业中心，即诺福克的布列克兰的大规模燧石矿的所在地，与埃夫伯里的宗教中心联结起来。丘陵地带的阶地表明一种用锄镐经营的集约农业。整个伊比利亚文明状况说明，劳动已有某些分工和专业化，比如，诺福克居民采掘加工燧石，并且用来在大不列颠群岛全境进行交易，就是一个例子。

伊比利亚人社会组织的比较直接的证据就是长冢。这种长冢往往长过二百英尺（约61米），原系葬地，足证当时他们已有明确的阶级区别。一方面，必定有些酋长或贵族，即其地位之重要足够要求这样费力经营墓葬的要人们；另一方面，必有很多人，他们的廉价劳动力，可能是奴隶劳动力，能够利用来修建这种工程。如果我们能确定西尔伯里和马尔博罗两地金字塔式的巨丘也是坟陵，那么，按理说来，我们可以推测当时必有近于君主统治的制度存在。

最后，由某种证据看来，伊比利亚文化主要不是好战的文化。能归于武器一类的出土物，很少是后期青铜器时代克尔特人初次入侵以前之物，同时我们也没有理由认为丘陵地带的土阜是当作堡垒来建筑的。

由某些类型的用具和器皿的分布看来，当时沿着大路，经由大不列颠群岛与西班牙间的海道，甚至达到地中海，都有大量的贸易进行着。伊比利亚人在爱尔兰开采金矿，其他金属是否已为人知，现在无法确定，因为我们日益难于在新石器时代与初期青铜器时代之间划分一条鲜明的界限。公元前二千年以后不久，一个阿尔卑系新种族来到大不列颠群岛，这次来自东南和正东。由于他们特有的陶器，他们有“陶盆人”之称。这民族确乎熟悉青铜的用途和冶炼。伊比利亚人和阿尔卑人在文化上本来有密切的关系，新来者广布于东岸一带，经过东盎格利亚，上溯泰晤士河流域。伊比利亚人和阿尔卑人相遇会合于现今威尔特郡地区，于是这个地区成为大不列颠群岛—切前克尔特文明的中心。大概由于这次会合，才在公元前一千年之前某一时期，产生了斯冬亨治。康沃尔和威尔士的锡矿、铜矿、铅矿都经开采，并且在此期间，大概有多量的锡、铜、铅出口。

在初期和中期青铜器时代，虽然文明已达到相当高的程度，但是仅分布于大不列颠群岛的一小部分。西方和北方的山岳地区人口稀少，与今无异。更可注意的是，今日最肥沃的农田所在的低地区域，也大部未经耕种。那时这种地区满是橡树林和白杨林，矮灌木密密丛生，无法通行。对于只有石器乃至只有青铜器配备的人们，这种森林生在潮湿、黏质而难于开垦的土壤上，是个绝对的障碍。实际上，到了罗马人占领大不列颠群岛的时候，才有人认真砍伐森林，到了撒克逊时期，森林地才终于开辟。史前的人类所以留居干燥的白垩高原，并非因为高原最为富饶，而是因为就他们所运用的工具而言，高原是他们所能住的最佳之地，以后有了大铁斧，人类才能征服那较为肥饶但林木更多的低地。

（引自阿·莱·莫尔顿《英国史》，三联书店，1962 年版）

欧洲之父：查理大帝

【何新按】

查理大帝，多数中国人不熟悉。但会打扑克的都知道红桃K（king），那就是查理大帝。

查理生于8世纪。在西方他有“欧洲文明之父”或者“欧洲之父”——即“西方之父”的称号。查理实际是中古欧洲的立政之父——欧洲的秦始皇帝。

事实上，直到公元9世纪查理建立法兰克人的“僭”罗马帝国以前——西方人（包括高卢人、哥特人、维京人以及后来的法兰克人、日耳曼人、盎格鲁－撒克逊人和斯拉夫人），不仅一直被东方人（包括希腊—罗马人）看作没有文化和宗教、吃生肉、茹毛饮血的野蛮人、蛮族；而且也一直作为附庸隶属罗马和后来的君士坦丁堡（东方）罗马的统治和控制之下。

所谓西方文明的建立（摆脱野蛮化）以及欧洲的政治形成，事实上是在公元8—9世纪之交的查理大帝加冕以后才逐步实现的。

但是，查理大帝的这个法兰克蛮族版僭罗马帝国，与后来的日耳曼版僭“神圣罗马帝国”——犹如中国十六国时期的匈奴版僭刘氏汉朝一样，都是蛮族山寨版而冒充正统名牌的冒牌货。

当时真正的罗马帝统和正统仍在东方的君士坦丁堡。而这也就是导致后来法兰克和日耳曼人联合出动十字军东征必灭东罗马的真正原因。

整个世界历史和西方史，需要尽可能地寻找原始史料，以非西方文明中心论的客观立场，重新予以解读和重新认知。

把握历史，就意味着把握未来！

从法兰克王国到法兰克帝国

查理大帝（法语：Charlemagne；英语：Charles the Great；德语：Karl der GroBe；拉丁语：Carolus Magnus，约742年—814年1月28日）或作查理大帝、查理曼大帝、卡尔大帝或称伟大的野蛮人查理等，扑克牌上的红桃K（king）所描绘的就是他。欧洲历史或者说西方政治和文明的历史实际上自他开始，所以查理被西方史家尊为“欧洲之父”。

查理原是中世纪公元800年前后的法兰克国王，后来被教皇加冕封为“罗马皇帝”。在查理时代的欧洲，不同部族的蛮族小国林立，战乱频仍，犹似中国的东周春秋时期。法兰克是一个日耳曼系的蛮族部落国家，位于法兰西中部。

查理身材高大，勇武善战（被形容成20英尺的巨人）。查理在位的44年期间，发动了对伦巴第人、撒拉森人（欧洲的穆斯林）、撒克逊人等的大大小小55场战争，最后控制了大半个欧洲的版图。

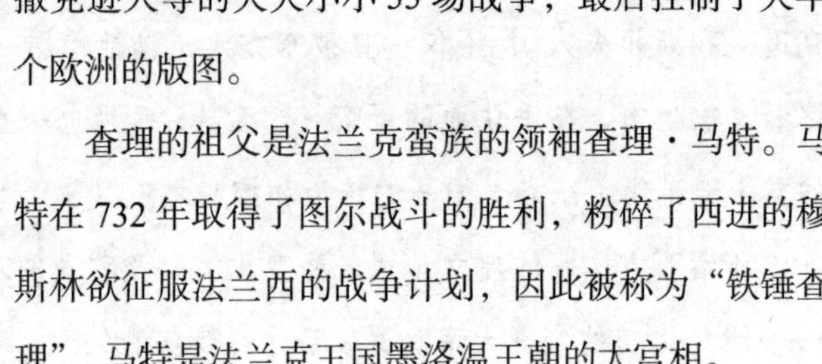

查理的祖父是法兰克蛮族的领袖查理·马特。马特在732年取得了图尔战斗的胜利，粉碎了西进的穆斯林欲征服法兰西的战争计划，因此被称为“铁锤查理”，马特是法兰克王国墨洛温王朝的大宫相。

查理的父亲丕平也为法兰克王国宫相。在与罗马教皇的合谋及教皇支持下，丕平篡权废黜了墨洛温王朝的末代君王希得利三世，从而结束了法兰克王国的墨洛温—梅罗文加王朝。丕平取而代之。

查理大帝

由于丕平曾经与教皇合谋，他的篡位行为得到教皇的册封承认，从而开创一个新朝，被后人称为法兰克的加洛林（查理）王[1]朝。

教皇通过这次对丕平的册封，也趁机篡夺了原来隶属君士坦丁堡罗马皇帝和主教的对欧洲诸侯的册封权。这意味着欧洲中古政治和宗教发生的重大制度变迁。

公元 768 年，法兰克国王丕平病逝。日耳曼人的风俗是父死后儿子均分土地。丕平有两个儿子，故按照遗嘱将法兰克王国一分为二。

查理的弟弟卡洛曼在苏瓦松即位为王，查理在努瓦永登基为王。但是 3 年后的公元 771 年，卡洛曼去世，查理趁机合并了他的国土。其后，29 岁的查理遂成为法兰克王国唯一的君主。法兰克王国当时是西欧最强大的封建王国。查理继续其父亲的事业，与罗马教皇保持政治和宗教的结盟关系。

查理的弟弟卡洛曼的遗孀是意大利伦巴第人，丈夫死后她和孩子回到伦巴第。伦巴第是法兰克和教皇的宿敌。不久，查理挥军进入意大利北部，公元 774 年伦巴第人战败，意大利北部被并入法兰克王国的版图。

对于查理来说，更重要也更困难的是对日耳曼尼亚的萨克森人（撒克逊人）——德国北方广大地区的征服。据欧洲史家统计，查理一共发动了 18 次进攻对付萨克森人，第一次发生在 772 年，最后一次在 804 年。最后征服了萨克森人。

尽管法兰克人与萨克森人都是日耳曼族人，但是查理认为萨克森人是异教徒，坚持要让萨克森人改信基督教。拒绝接受洗礼和后来又改信异教的人均被判处死刑。强迫改宗的过程中，据估计有四分之一的萨克森人因为信仰问题被查理杀害。

查理还同阿瓦尔人进行了一系列的战争。阿瓦尔人是亚洲匈奴族的后裔，他们一度占有广阔的东南欧领土，包括今日的奥地利、匈牙利和南斯拉夫。查理曼打败了阿瓦尔人的军队。查理征服了德国东部到克罗地亚这条宽广地带上的大多数部落和小国，使他们都归顺于查理的宗主权。

公元 778 年，查理对占据西班牙半岛的伊斯兰政权发动了进攻，虽未获得成功，但在西班牙北部建立起一

1. “卡洛林”的名称，源自查理大帝的祖父查理·马特（Charles Martel）的名字（Carolus）。

个边境属国。

由于查理多次战争的胜利，他成功地使西欧大部分地区都归属于他的统一权力之下，把法兰克王国变成了统领欧洲许多小国和部落的法兰克——查理曼帝国。

查理曼帝国的领土，大体包括今日的法国、德国、瑞士、奥地利和荷兰、比利时的大部分领土，以及意大利半岛的部分地区。自从统一的罗马帝国衰亡以后（除了一度短暂存在过的匈奴王阿提拉帝国），欧洲这么广阔的领土还从来没有被同一个政权征服和控制过。

查理与罗马天主教教皇一直保持密切的政治联盟，但是处于支配地位的伙伴是查理而不是教皇。公元800年12月25日圣诞节，在罗马，教皇利奥三世把欧洲帝国的皇冠戴在查尔斯的头上，宣布他为“所有罗马人的皇帝”。教皇宣布：“以上帝的旨意为查理皇帝加冕！祝愿这位伟大的、给世界带来和平的罗马人的皇帝，万寿无疆和永远胜利。”接着，罗马城的教士和贵族们高声赞颂：“奥古斯都·查理！承上帝之命戴上金冠！天佑我罗马人的皇帝，赐予他和平、胜利！”教堂内欢声雷动，欢呼查理成为欧洲罗马帝国的继承人和基督教世界的保护者。

从此，“法兰克王国”变成了“查理帝国”和“（法兰克的）罗马帝国”——也就是继古代罗马帝国、君士坦丁堡的罗马帝国之外的第三个罗马帝国。于是，“查理国王”于是变成了“查理——曼”，“曼”——Magne，就是大帝（皇帝）的意思。

查理大帝加冕是欧洲中古历史中一个标志性事件，意味着欧洲文明此后不再是东罗马——君士坦丁堡帝国的附庸。为了标示僭越的蛮族罗马帝国的正统性同时剥夺君士坦丁堡罗马帝国的正统性——后来的西方历史学家给君士坦丁堡罗马帝国改名为“拜占庭帝国”，从而剥离拜占庭与罗马的正统关系。

查理称帝这一历史事件意味着以下三点重要意义：

1. 自统一的古代罗马帝国被匈奴、哥特和法兰克蛮族解体后，欧洲原来归罗马帝国统治的领土现在有了一位新的主人——查理大帝。

2. 原来作为蛮族、野蛮人政权的法兰克王国终于获得了某种被加封的正统性。

3. 此前，古代罗马帝国的继承者一直在东方的君士坦丁堡。法兰克罗马皇帝的出现意味着对君士坦丁堡罗马帝国的藐视和拒绝承认。实际上，十字军东征的意图，已经蕴含在这次罗马皇帝的加冕事件中。

查理大帝的加冕意味着在三个多世纪前被欧洲蛮族（匈奴和哥特人、高卢人）毁灭的西罗马帝国，正在蛮族的后裔（法兰克人）手中复活。查理现在号称是罗马皇帝奥古斯都·恺撒的继承人。

在查理以前，法兰克王国的疆土只限于高卢的一部分，查理通过各次战争，领土几乎扩大了一倍。但是，查理帝国并非罗马帝国，而只是其欧洲部分的延续。

第一，这两个帝国所统治的范围大不相同。查理帝国在鼎盛时期也大约只有西罗马帝国的一半大。两个帝国先后统治过的相同地区包括比利时、法国、瑞士和意大利北部。但是英国、西班牙、意大利南部和非洲北部——共同构成了罗马帝国的一部分——都不在查理的控制之下；而德国——构成了查理的领土的一个重要组成部分——当年却并非在罗马人的统治之下。

第二，查理无论从哪方面来看，如血统、种族、语言和文明统系，都不是正宗的罗马人。法兰克人属于日耳曼部族的条顿部落。查理的母语是一种古日耳曼方言，虽然他也会讲拉丁语。查理一生的大部分时间住在欧洲北部，特别是住在德国。他生前只去过意大利半岛四次，他的帝国首都不是罗马而是亚琛，位于今日的西德，距荷兰和比利时的边界不远。

西方有人认为，查理为黑暗而没有宗教和文明的欧洲蛮族开启了理性的光芒，推广了基督教、拉丁文，学习了君士坦丁堡和罗马的古老文明，他统治期间被认为是一次小文艺复兴——“卡洛林文艺复兴”。

查理的事业给欧洲留下了较长期的影响。查理建立的东方法兰克王国后来发展成为近代的德国，西方法兰克王国后来成为近代的法国，东、西部之间的地区则成了以后的意大利。由于查理引入基督教和拉丁语和文字的《圣经》文化，法兰克人的原始语言也出现明显的分化和变异，形成了拉丁系的法语、意大利语，以及德语等其他西欧国家的近代民族语言。

欧洲袖珍版的秦始皇——查理曼

如果考虑到查理大帝以前的封建化欧洲也是多部族的小国林立，形态接近于中国的“两周”特别是春秋时代；那么查理大帝就是初步统一了欧洲的袖珍版的秦始皇。

查理通过一系列战争，征服的欧洲地域包括：阿基坦和加斯克涅、整个比利牛斯山脉，直至埃布罗河为止的伊比利亚；从奥古斯塔到普利亚的意大利；萨克森，是日耳曼尼亚相当大的一部分；多瑙河一边的潘诺尼亚和达西亚二省，还有希斯特里亚、利布尔尼亚和达尔马提亚；莱茵河、维斯杜拉河、大西洋、多瑙河之间的各部族，主要有维拉塔比人、索拉布人、阿博德里提人和波西米亚人。

查理的帝国相当于今天的法国、瑞士、荷兰、卢森堡、比利时、奥地利以及德国、意大利、西班牙的加泰罗尼亚地区、克罗地亚、捷克和波西米亚、匈牙利等大部分欧洲地区。查理征服的欧洲民族包括：

伦巴第人（意大利，773 年—774 年）：公元 773 年，德西德流斯（Desiderius）入侵教宗领土，应教宗哈德良一世的请求，查理发兵征伐。卡洛曼的遗孀和儿子投降。公元 774 年 6 月，帕维亚陷落，伦巴第国王狄西德里乌斯被俘。查理兼任法兰克和伦巴第国王，伦巴第人对意大利的统治自此结束。

萨克森人（即撒克逊人，德意志西北部，772 年—804 年）：公元 772 年起，查理先后对北方撒克逊人发动 8 次进攻，时间长达 33 年。对撒克逊人的斗争构成了查理政权的军事活动的主要基调，而且它具有重大的历史意义。若没有将撒克逊地区纳入法兰克王国的疆土，后来的日耳曼尼亚——德意志不可能以一个政治实体的姿态出现。

摩尔人（伊比利亚半岛，778 年—801 年）：778 年，查理率大军翻越比利牛斯山脉，南征西班牙由摩尔人建立的安达卢斯。779 年的郎塞瓦尔峡谷战役中，他的侄子罗兰伯爵反对议和，遭到主和派盖内隆与敌勾结暗害，查理率大军返回战场时，发现罗兰和所有同伴都已英勇战死。这次战事被写入法兰西民族史诗《罗兰之歌》。795 年，设立西班牙边区。801 年，攻占了巴塞罗那，占领埃布罗河以北地区。

布列塔尼：他还征服了住在法兰克极西端、大西洋沿岸的布列塔尼人。

巴伐利亚：巴伐利亚公爵塔西洛（Tassilo）的妻子，是被查理放逐的伦巴第国王德西德流斯的女儿，要借丈夫为父亲报仇。塔西洛勾结阿瓦尔人（匈奴后裔）向查理挑战，至 787 年爆发战争。查理赢得了战争，派伯爵代替塔西洛统治巴伐利亚。

斯拉夫人、阿瓦尔人（潘诺尼亚平原）（788 年—796 年）：对阿瓦尔人的战争使法兰克王国掠得了大量财富，占领了多瑙河中游平原。

维京人：维京人就是来自斯堪的纳维亚半岛南端和日德兰半岛的盎格鲁 - 日耳曼人，他们经常在海上侵袭高卢和日耳曼的海岸。他们的国王戈特夫里德（Gotofrid）相信自己能成为日耳曼尼亚的主人。为了和北欧海盗作战，查理建立了一支舰队。但不久国王戈特夫里德被自己的儿子所杀。于是维京人（维京人时期）也降服了。

查理曼帝国的基本经济单位是封建领主庄园。这种制度接近于中国的秦汉统一削除封建制度之前的社会状态。欧洲分裂为诸多小王国。国王及其臣下，教廷和封建贵族都有许多庄园分布全国各地。庄园是自给自足的自然经济生产单位，一切生产主要为领主及其服役人等提供生活资料，其次也为生产者提供有限的生产与生活资料。在庄园里从事农业和手工业生产者大都是农奴或依附农民。庄园的土地一般分为两部分：最好的土地为领主的自营地，另一部分是农民的份地。领主自营地由服役的农民耕作，每周通常服役 2—3 天，最多 4 天，收获全部归领主所有。服役农民除了为领主无偿耕作，还要负担砍柴、筑路、造房、运输等各种杂役。此外，农民还必须向领主缴纳各种实物。教会对属地农民征收什一税。

查理大帝的圣殿骑士

圣骑士（Paladin）又或叫圣战士、圣武士、圣殿骑士等，是指当年跟随查理曼大帝（Charlemagne）远征的十二位（如加上查理曼大帝就是十三位）武士。圣，是因为他们的故事广为流传在基督教的正史里，而查理曼大帝又是基督教的忠实卫道者，他们的事迹也多是发生在基督教国家与撒拉森人（Saracen，日耳曼族的分支，一说为阿拉伯人）的战争中。

传说的十二位圣骑士有：

1. 最伟大的骑士罗兰德（Roland，意大利版），或称奥兰度（Orlando，法国版），查理曼大帝的远亲；2. 名声仅次于罗兰德的蒙特班（Montalban）的野蛮人李拿度（Rinaldo 或朗拿特 Renault），罗兰德的远亲；3. 大主教托宾（Turpin），仅次于梅林（Merlin）的魔法师；4. 魔法师和妖人马拉吉吉（Malagigi）；5. 被六仙女祝福的丹麦王子奥吉尔（Ogier）；6. 不列坦尼国王（King of Brittany），所罗门；7. 英格兰美男子艾斯佗弗（Astolpho）；8. 那墨（Namo 或那密 Nami），法华利亚公爵（Duke of Favaria）；9. 撒克森人斐兰巴拉斯（Fierambras 或 Ferumbras）；10. 森林之塔的领主，最伟大的骑士之一，弗罗雷斯马特（Florismart）；11. 罗兰特从小玩到大的朋友，奥利弗（Oliver）；12. 背叛者加尼隆（Ganelon 或盖恩 Gan）。

当然，在其他的神话中也有另一批圣骑士的名字：艾文（Ivon）、艾弗利（Ivory）、奥多（Otton）、拜伦格尔（Berengier）、安赛斯（Anseis）、格尔恩（Gerin）、吉瑞尔（Gerier）、安杰利尔（Engelier）、参孙（Samson）和吉拉德（Gerard）。圣骑士是后来十字军圣殿骑士的前身。

（参考：《查理大帝传》，1996，北京，商务印书馆）

德意志：共济会骑士团建立近代普鲁士

【引言】

十字军东征中产生了共济会的三大骑士团：圣殿骑士团（法兰西人），医院骑士团（即马耳他骑士团，日耳曼人）；条顿骑士团（成员主要是：日耳曼的东方法兰克人）。

在200多年的十字军东征过程中，这些骑士团贵族积累了大量的财富和建立了自己的领地，并拥有了自己的军队（类似于现在的雇佣军）。这些领地由于教会颁布的特权所以不用缴税，但可以在自己的领地里征税。这些骑士团拥有大量财富，形成了最早的银行家或者高利贷主，他们放贷的主要客户是欧洲各个国家的国王和贵族。他们发展了一套有效率的、几乎所有欧洲君主和贵族都使用的银行系统。

三大骑士团的高级成员成为大多数欧洲国家的银行家，必然地拥有了极大的财产。许多国家的君主政体都欠这个组织的钱。例如，亨利三世甚至曾经把英王皇冠上的宝石抵押给了英国的圣殿骑士团。

现代德国的前身是普鲁士，而普鲁士是共济会麾下的条顿骑士团建立的。

普鲁士的建立

在中世纪早期，普鲁士这块地方是蛮荒之地，古代的居民为古普鲁士人，所使用的普鲁士语属于波罗的语族，与拉脱维亚人和立陶宛人属于同一种族。928年，勃兰登堡就已经由萨克森公爵狮子亨利建城，此后在不同的家族之间继承和易手。

普鲁士地区古代的本土居民为古普鲁士人，属波罗的海种族，与拉脱维亚人和立陶宛人属于同一种族。

12 世纪时，来自北欧和西欧的日耳曼人发起的殖民运动进入波罗的海东岸地区。1170 年，波美拉尼亚的条顿骑士索比斯劳公爵在普鲁士地区建立了第一个殖民地，即但泽附近的奥利瓦修道院。1224 年，该修道院被本土普鲁士人焚毁。1226 年，波兰国王之子、马佐维亚公国首领康拉德公爵（条顿骑士团成员）的领地也遭到本地普鲁士人袭击。以此为契机，条顿骑士团在普鲁士地区发动了为时近 200 年的东征运动，先后建立托伦、马林堡、库尔姆、埃尔平等要塞，征服了普鲁士人居住的地区，并迫使其信奉基督教、使用德语。

16世纪后，本土普鲁士人同化于日耳曼人，所使用的古普鲁士语也逐渐消失。

普鲁士的历史

条顿骑士团统治下的普鲁士地区在名义上属于教皇领地，但教皇只享有名义上的宗主权。为了吸引定居者，条顿骑士团依据汉萨同盟法律，在其领土上兴建了一系列自由城市（自治城邦）。

1379 年，条顿骑士团宣布加入汉萨同盟。1370 年，波兰王室绝嗣，1386 年，波兰国王的女儿海德维希嫁给立陶宛大公，波兰与立陶宛联合，此后对扼守其出海口的条顿骑士团发动了一连串的进攻。在 1410 年 7 月 15 日的坦能堡会战中，条顿骑士团败于波兰和立陶宛联军，被迫签订了第一次托伦和约，除赔款 600 万格罗申，还将但泽城置于波兰主权之下。

日耳曼人，作为德意志人的前身，在欧洲大陆建立了两个国家，一个是以奥地利的哈布斯堡王室为中心的神圣罗马帝国，另一个是横跨东欧和中欧的普鲁士王国。所以德国历史上的第一帝国是指公元 962 年—1806 年的神圣罗马帝国。[1]

哈布斯堡王室的腓特烈三世在 1452 年在罗马由教

1. 人们习惯上以公元 911 年作为东法兰克王国向德意志王国转变的开始，在这一年，法兰克公爵康拉德一世（日耳曼人）被选为国王，他算是第一位德意志国王。公元 962 年，德意志国王奥托一世在罗马由教皇加冕称帝，被称为“罗马皇帝”，德意志王国便被称为“德意志民族神圣罗马帝国”，这便是古德意志帝国，或称第一帝国。直到 1806 年，这个帝国被拿破仑一世推翻。

皇尼古拉五世加冕为神圣罗马帝国皇帝。由于德国的一切都取决于那些各自为政的诸侯，腓特烈三世实际上不能在德意志内政方面做出任何决定。所以他把精力集中在扩大哈布斯堡王朝自身的领地上。

1453 年 11 月 23 日，神圣罗马皇帝腓特烈三世将奥地利公国提升为大公国，使哈布斯堡王室[1]在奥地利乃至欧洲的地位都大大提高，也为皇朝的进一步扩展提供了基础，王朝也逐渐步入鼎盛期。到 1464 年，除蒂罗尔以外的全部奥地利领地已集中于皇帝一人之手。

1466 年，条顿骑士团再度被波兰战败，在第二次托伦和约中被迫割让包括但泽和马林堡在内的西普鲁士。这些地区被称为“王室普鲁士”（Royal Prussia）。条顿骑士团保留普鲁士的残余领土，但被迫效忠波兰国王，成为波兰的附庸国。条顿骑士团的领袖实行贵族选举制，由骑士选举决定。

1512 年，来自勃兰登堡的阿尔伯特当选为条顿骑士团总团长。1525 年，他宣布改信路德宗教，从而切断了与骑士团名义宗主罗马梵蒂冈的联系，随后宣布将条顿骑士团世俗化，改为普鲁士公国（Duchy Prussia）。阿尔伯特自任普鲁士公爵，成为臣服于波兰最高权力之下的世俗君主。

阿尔伯特之子阿尔伯特·腓特烈死后无子，普鲁士公国遂由其长女之夫、勃兰登堡选帝侯国的约翰·西吉斯蒙德（属霍亨索伦家族）继承，建立了勃兰登堡—普鲁士公国。此举为霍亨索伦王朝日后发展奠定了基础。

1660 年的瑞典—波兰战争中，勃兰登堡大选帝侯腓特烈·威廉获胜，取消了波兰对普鲁士的宗主权，并建立起中央集权的政治制度。1701 年，勃兰登堡大选帝侯腓特烈三世（Friedrich Ⅲ，腓特烈·威廉之子）承诺要帮助神圣罗马帝国皇帝利奥波德一世对法国波旁王朝作战，哈布斯堡皇帝遂把他的封号由选侯提为国王。

1. 哈布斯堡家族发源于瑞士北部的阿尔高州，并在 1020 年筑起鹰堡（哈布斯堡城堡）。并逐渐将势力扩展到今天的奥地利和德国南部。1273 年，哈布斯堡公爵鲁道夫一世当选为德意志国王（但未加冕为皇帝）。1282 年 12 月 27 日，鲁道夫一世夺取了被波西米亚国王奥托卡二世占有的奥地利公国，旋即划归哈布斯堡皇室拥有。腓特烈三世于 1452 年在罗马由教皇尼古拉五世加冕为神圣罗马帝国皇帝。由于德国的一切都取决于那些各自为政的诸侯，腓特烈三世实际上不能在德意志内政方面做出任何决定。所以他把精力集中在扩大哈布斯堡王朝自身的领地上。1453 年 11 月 23 日，神圣罗马皇帝腓特烈三世将奥地利公国提升为大公国，使哈布斯堡王室在奥地利乃至欧洲的地位都大大提高，也为皇朝的进一步扩展提供了基础，王朝也逐渐步入鼎盛期。到 1464 年，除蒂罗尔以外的全部奥地利领地已集中于皇帝一人之手。1480 年，腓特烈三世在与匈牙利国王马加什一世的战争中，几乎失去了全部的奥地利领地（包括维也纳）。查理五世（1519—1556 年）时代帝国版图再度扩张，但已无力挽回帝国衰败的颓势。1806 年，拿破仑大军推翻神圣罗马帝国。

在此之前，普鲁士公国臣属于波兰，该公国后来与勃兰登堡选侯国合并。所有普鲁士君主均属霍亨索伦王朝。

1701 年 1 月 18 日，腓特烈三世在柯尼斯堡加冕成为普鲁士国王腓特烈一世（Friedrich I），此即著名的腓特烈大帝，也是普鲁士共济会的会长。从此展开了普鲁士王国 200 多年的显赫历史。1871 年，普鲁士王国统一全部德意志民族，建立德意志帝国（第二帝国），即现代德国的前身。[1]

普鲁士的领土

古代普鲁士地区仅包括今日立陶宛以南、波兰东北部维斯瓦河河口以西、以但泽为中心的西普鲁士地区，以及俄罗斯加里宁格勒原东普鲁士地区的领土。

1295 年，占据普鲁士的条顿骑士团购买了波美拉尼亚和但泽地区。1308 年，自勃兰登堡选帝侯手中购买了纽马克地区，普鲁士同神圣罗马帝国本土接壤。15 世纪时将但泽和西普鲁士割让给波兰。1618 年，普鲁士公国并入勃兰登堡选侯国，至 1701 年普鲁士王国成立的时候，其领土以普鲁士王国的首都柏林为中心，包括勃兰登堡、波美拉尼亚、纽马克和阿尔特马克，以及德意志南部的霍亨索伦—西格马林根地区。

18 世纪时，普鲁士先后从瑞典、波兰和奥地利获得前波美拉尼亚、波森、西里西亚等地区。三次瓜分波兰后，普鲁士获得了新东普鲁士、南普鲁士、但泽、托伦，以及波兰王国的西部和中部，包括华沙地区。1806 年，普鲁士败于拿破仑后，被迫割让波兰地区，法国在此成立华沙大公国。

拿破仑战败后，在 1815 年维也纳会议上，普鲁士

1. 1862 年 9 月 22 日，威廉一世任命俾斯麦担任首相。俾斯麦上台后，即着手策划德意志统一大业。俾斯麦主张建立将奥地利排除在外的“小德意志”。普鲁士在 1864 年和 1866 年先后击败丹麦和奥地利，并在 1870 年领导北德意志邦联及南方的德意志诸邦，打败了法国。

威廉一世于 1871 年 1 月 18 日，即普鲁士王国成立 170 周年纪念日，在法国凡尔赛宫镜廊登基，成为德意志帝国的皇帝，宣布建立以普鲁士王国为首的德意志帝国（Deutsches Reich），即德意志第二帝国（Das Zweite Reich）。

由于普鲁士拥有德意志帝国 2/3 的人口和 3/5 的领土，并且在军事、经济、工业等方面远远超过帝国内其他王国、公国，因此德意志帝国成为普鲁士王国的扩大版。各邦国享有内政和财政的自治，但将外交、军事（巴伐利亚除外）、海关等权力交给德意志帝国中央政府。普鲁士历史从此并入德意志帝国历史。

1888 年，威廉一世之子腓特烈四世在位 99 天后去世。其孙威廉二世登基，成为德意志帝国的第三代皇帝。1914 年，德国发动第一次世界大战。1918 年 11 月 7 日，巴伐利亚发生革命，国王退位。柏林旋即爆发革命，要求德皇退位。其时威廉二世在比利时斯巴的德军大本营亲自指挥作战，得知发生革命后，试图仅放弃德意志皇帝头衔，而保留普鲁士国王称号，但陆军统帅兴登堡劝其彻底退位。为避免发生更大变乱，德国总理马克斯·冯·巴登亲王于 11 月 9 日午前宣布德皇已经退位，并于同日将首相职务移交德国社会民主党领袖弗里德里希·艾伯特。威廉二世流亡荷兰，德意志帝国及普鲁士王国灭亡。

失去了拜罗伊特、安斯巴赫、纳沙泰尔（加入瑞士）、东弗里斯兰、希尔德斯海姆等领地，华沙大公国除西部以波森为中心的一小块领土外都被俄国吞并。作为补偿，普鲁士获得了萨克森王国五分之二的领土，以及德意志西部的汉诺威、明斯特主教区、莱茵河东西两岸的威斯特伐利亚和莱茵兰，以及萨尔路易、萨尔布吕肯等领土。

19 世纪，普鲁士经过战争，又先后兼并了黑森—莱茵、石勒苏益格、荷尔斯泰因、法兰克福等王国、公国和自由市。到 1871 年普鲁士变身成立德意志帝国时，普鲁士王国已经拥有 22 个省，包含了巴伐利亚、巴登、符腾堡以外的大部分现今德国与西波兰及北波兰领土，还有于普法战争中夺自法国的阿尔萨斯和洛林。19 世纪，普鲁士王国统一德国建立德意志帝国，与奥匈帝国联合组成同盟国集团发动第一次世界大战，攻打英法俄为首的协约国集团，被协约国集团所战败，在法国巴黎签订《巴黎和约》，德意志帝国灭亡，普鲁士也随之灭亡。

第一次世界大战后，原属普鲁士王国的波森省、西普鲁士和但泽被割让给波兰，默麦尔地区被割让给立陶宛，石勒苏益格的北部归还丹麦，莱茵兰地区南端被并入萨尔区。第二次世界大战后，根据盟军定下的奥德河—尼斯河线，界线以东的东普鲁士、西里西亚及波美拉尼亚被并入苏联及波兰；普鲁士的西部地区并入西德，中部并入东德，地理意义上成建制的普鲁士领土不复存在。

【附录】

骑士团与共济会

圣殿骑士团、隐修会和共济会，三个不同的组织之间有着很深的渊源，甚至从某种程度上说就是一回事。他们共同的根源，都会追溯到公元 12 世纪早期，源于十字军东征那场历史上最大规模的宗教战争。

公元 1096 年，东征的十字军占领了基督教、犹太教、伊斯兰教三大宗教共同的圣地耶路撒冷，随后撤回了欧洲。圣城“回到”了基督徒的统治之下，但就和今天的耶路撒冷一样，来自欧洲的朝圣者，却经常受到“强盗”的袭击。于是在 1119 年，九位法国的“骑士”来到了耶路撒冷，决定用武力保护上帝的子民。这就是“圣殿骑士团”的最早的来源。

他们之所以被称作“圣殿骑士团”，是因为这些骑士的总部，就设在耶路撒冷“圣殿山”之上，据说就是当年所罗门王修建的、用以盛放约柜的“所罗门圣殿”的遗址。当然，那时候所罗门圣殿早已不见了踪影，取而代之的是伊斯兰教的阿克萨清真寺，所以这些基督教的骑士们，其实是驻扎在一座清真寺里。

十几年以后，这些骑士回到了法国，正式组建了“圣殿骑士团”，到 1139 年，当时的教皇陛下发布圣谕，正式确认了“圣殿骑士团”的合法地位，并在土地、税收等方面，赋予了他们许多特权。此后这个教团迅速壮大，并且依靠其特权，积累了大量的财富。

到了 14 世纪早期，圣殿骑士团拥有的大量财富勾起了一个人的强烈欲望，这个人就是法国皇帝菲利普四世，于是他联合当时的罗马教廷，开始对圣殿骑士团进行清洗。1307 年，圣殿骑士团被宣布为非法组织，其财产大部分被没收，成员则大多被抓捕，很多核心成员死于残酷的火刑。从此，作为早期的三大骑士团之一，圣殿骑士团不复存在。

在相当有限的、并且全部出自现代的郇山隐修会材料中，这个隐修会的源头被追溯得更早——据说其前身是一个来自埃及的炼丹会（修法会），时间是公元 46 年（所以丹布朗将它保守的秘密设定为耶稣的骨血），叫作“诺斯蒂修法会”。但一直到圣殿骑士团建立的那个时期，这个组织几乎没有任何行动。

到了 1119 年，也就是圣殿骑士们出发前往耶路撒冷的那一年，这个组织更名为“圣山教团”，其成员也正是后来组织“圣殿骑士团”的那些人。所以，实际上“圣山教团”基本上就是“圣殿骑士团”，只不过圣殿骑士团是公开的，其成员更多，而其中的核心成员，则形成了“圣山教团”。

实际上，“郇山隐修会”里的“郇山”，也就是“圣山教团”里的“圣山”——如果这个组织确实曾经存在过的话，那么它变成“隐修会”，也应该是在圣殿骑士团被清洗以后，那些幸存的成员，不得不将活动转入地下，也就形成了“隐修会”。

再来看看“共济会”。这个世界上最大的“秘密组织”，在其自身的叙述中，似乎看不到圣殿骑士团的影子，他们把这个组织的起源大大提前至公元前4000年，自称是该隐（《圣经》人物，亚当和夏娃的长子）的后人，通晓天地自然的奥秘。

但实际上，这个组织与圣殿骑士团一脉相承，它的思想和前面说到的“诺斯蒂修法会”（或诺斯蒂教派）也有颇多相似之处。事实是，在14世纪欧洲大陆的圣殿骑士团（圣山教团）遭遇血腥清洗时，在当时的英伦三岛，情况却大不相同。

就像今天的欧洲一样，孤悬海外的英伦三岛，传统上就与欧洲大陆不太合拍。所以，虽然当时教皇下令清洗圣殿骑士团势力，但在英格兰和苏格兰，这条教令并没有被严格执行。很多圣殿骑士团的成员得以幸免——但也不得不再以骑士团名义行事，遂将其活动转入了地下。

到了18世纪初期，这些“地下工作者”逐渐将其组织合为一体，也就形成了近代的“共济会”。

16 世纪西班牙的灭华计划

据沈定平《明朝时代的中西文化交流史》（商务印书馆，2001 年版）一书记载，16 世纪的大航海时代，西班牙人在征服了菲律宾之后，即派遣耶稣会教士和间谍进入中国，深入考察分析中国国情民情，收集经济政治军事资料，并对广东、福建、浙江沿海进行侦察，探测航道并绘制地图。

1586 年 4 月，驻马尼拉殖民首领、教会显要、高级军官及其他知名人士，召开马尼拉大会，专门讨论怎样征服中国的问题。与会者在完全赞成武力征服中国的前提下，草拟了一份包含有 11 款 97 条内容的征服中国具体计划的报告，并由菲律宾省总督和大主教领衔，加之与会的其他 51 个显贵联名签署上报西班牙国王。

马尼拉军事会议的讨论非常详细。殖民地官员根据传教士的报告，对明朝的军备状况、经济和社会情况进行了详细分析，对发动战争的理由、后勤保障、军事装备、人员配置、作战方针等都进行了详细的研究部署。

桑切斯总督根据这次会议的讨论，草拟了一个包含有 11 款 97 条内容的报告，现存于西班牙国家印第安史料档案馆。

桑切斯总督在马尼拉报告上签字，文件后面还有天主教马尼拉主教、西班牙殖民陆军部、西班牙贵族议员等一共 53 人的签名，备忘录呈报于西班牙国王菲利普二世。

这份最终经菲利普二世亲自批准的计划书，全文 11 章 79 节，包括附属图表共有数千幅。

备忘录认为：中国幅员辽阔，中国粮食与果品丰富繁多，中国市场繁荣昌盛，依上帝的意志，这就是我们必须进入和征服这个国家的充分理由。

兹根据包遵彭《西班牙菲利普二世与中国》一文中所引西班牙学者卢西阿诺·伯列纳·毕其提（Luciano peren Vicente）的考证，1586 年西班牙征服中国计划的主要内容大致如下：

1. 作战目的

政治：征服中国，让帝国成为全球帝国，西班牙王做万王之王。

军事：征服中国，以中国为基地，征服亚洲其他部分。以中国人力及战争资源支援欧洲本土军力攻略北欧敌人，控制欧亚世界岛。

宗教：征服中国，由中国推进，夺回巴勒斯坦大主教圣地。

经济：征服中国，开发中国资源，并移植中国人力，发展殖民事业，解决西班牙帝国经济危机。

2. 作战方针

以帝国海军舰队控制日本、中国台湾、列古缴士（Lequios）及相对大陆各岛屿（登陆跳板）。

以菲律宾吕宋北端之加各焉港战略基地之海陆军分别向靖州和澳门两处攻击登陆。前者为攻击主力。

防止中国和鄂图曼帝国（Qtomano）携手，攻占亚洲大陆，继而进军圣地。

3. 兵力组织

最高指挥官：西班牙陆军上将。陆军司令：菲律宾总督。海军总司令：西加斯的加海军指挥官。海军指挥官：驻菲总督。

16 世纪的西班牙士兵

西班牙陆军一军10000—12000人（包括意大利及盟国士兵）。雇用日本兵5000—6000人。征集毕萨牙人（菲律宾土著人）囚犯四船以及奴隶500人。共使用军力：25000人。联合葡军，任将军一人，率其适当之兵力。征集弗拉加达级战船10—12艘。运输船若干。

4. 后勤

战费：20万比索（Peso）。武器：除西军携带武器装备外五百个头盔相当的火铳。大炮若干（以能适用各种弹药为上）。弹药补给：设立军械厂于菲律宾。就地取材，制造攻击登陆时所需火药，向中国商人购取硝石及黄铜。食物补给：就菲律宾囤积大米八万斤及肉类、鱼类和酒，足够维持海陆军完成登陆行动。被服补给：购集中美洲的呢绒为士兵成制大衣，并为伤病准备军毯。

5. 心理作战

以殖民政策和天主教教义的宗教传播。对内：以战士封爵制度鼓励西人参与征服事业。对外：以西国宗教在明朝的传教士使之为向导传教。

从西班牙征集大批玻璃器皿、念珠、织绣、地球仪、葡萄酒等新奇事物，以赚取中国各级官吏及人民之好感及亲善，缓冲中国人之敌意。

6. 作战指导

陆军由海军协助，以轻型船舰快速行动登陆。西班牙军自福建登陆。葡萄牙军自澳门攻击前进。日本兵分编于各攻击部队。西军登陆部队以短铳、长矛为主要武器，在炮兵和海军舰队掩护支援下深入。葡军同时在征服最高指挥官指挥之下攻击前进，第一目标为广州。

征服部队密切协同宣传人员以宣扬西班牙国王之德威，尽量避免牺牲。征服中国后，沿《马可·波罗游记》记述的旧路西进。

以上计划中不仅有对征服中国的时机、兵力、武器、出击基地和宣传策略等详尽方案，乃至占领后须保留中国朝廷和法律的必要性均提出了明确的建议。此外，还特别强调了联合葡萄牙人发动战争的必要性，认为“让葡萄牙人参与这次征服有重要作用。因为他们对中国海岸、陆地和人民的经验是大有帮助的”。

但是，不久以后西班牙的“无敌舰队”被英国人重创，从此失去了盛极一时的海上霸权，西班牙的殖民帝国地位被英国替代，致使这一庞大的征服计划无从实施了。

这份计划，当时的大明帝国一无所知。现在的中国人包括主流历史学界也很少知道。那么，这是一个荒诞的玩笑吗？非也。

后来从西班牙国家印第安档案中发现的原始手抄文件表明，西班牙国王菲利普二世不仅完全接受了马尼拉备忘录的建议，做了详细批注，还于 1588 年在马德里设立特别委员会，进一步从政策、战略、战术、行动方针、后勤动员和舆论宣传等方面，审查和制订了进攻中国的详细计划。

其实，大明帝国当时在西班牙人眼中，不过是又一个待征服的南美洲的玛雅帝国而已吧？也许现在的人们读这个马尼拉灭华计划，难免会有一种荒诞感。

但是实际上，大明帝国不久后的确灭亡于满人，满人只是一个不到百万人的小族，武力不到 10 万人，而大明帝国人口过亿，军力百万以上。历史有时候也许比人的臆想更加荒诞。

这份貌似天方夜谭的远征计划，后来在鸦片战争中以及以后，终于得到实施。这个计划透露了大航海的殖民时代西方势力东渐的野心和目的——将广袤的中国市场和资源纳入西欧的世界战略的蓝图，始终是殖民帝国魂牵梦萦的一个主题。

西班牙对中国的觊觎

1571 年，西班牙征服者雷加斯比（Miguel López de Legazpi）抵达菲律宾马尼拉，并在此打造城寨，建立王城（Intramuros），之后一步步对菲律宾进行控制和文化宗教侵略，天主教在菲律宾取得统治地位。

1580 年，西班牙国王菲利普二世以葡萄牙国王曼诺尔外甥的身份兼任葡萄牙国王，组建“无敌舰队”，使西班牙成为欧洲第一海上强国。

在亚洲，葡萄牙在印度果阿和中国澳门建立了殖民据点。西班牙占领了马六甲，并征服了菲律宾群岛。

西班牙殖民者打算利用菲律宾为基地来征服中国。1574 年 1 月 11 日，菲律宾的西班牙殖民者雷克尔上书国王说：“如果陛下同意调度，我只要不到 60 名优良的西班牙士兵，就能够征服中国人。”

西班牙人在征服了菲律宾之后，即开始积极考察，分析中国国情、民情，并对福建沿海进行侦察，熟悉航道并绘制地图。由菲律宾的西班牙殖民者派代表前往西班牙向国王详细介绍中国的情况，力促菲利普二世对侵略中国一事做出决定。

对国王游说成功后西班牙殖民者开始准备兵力。侵华远征军计划由 1 万到 1.2 万名西班牙士兵组成，另加 5000 名日本人。远征军总司令由菲律宾群岛的总督桑德担任。军队由枪手、甲胄兵和毛瑟枪手等组成。派遣 4 艘大帆船的船员，以及三四名铸炮者，还有 12 名武器和抛火器的工匠、一些能制沥青的手工艺匠以及能造高舷侧大帆船的船匠。此外，菲利普二世命令印度总督送来 500 名奴隶，并派一名军官到日本，通过日本的神父招募军队。

未来远征中国，西班牙邀请葡萄牙人参加，因为葡萄牙人在这一地区有经验。西班牙雇用而且对葡萄牙军官委以重任，双方协同作战，互相配合。

1576 年 6 月 2 日，西班牙驻菲律宾总督桑切斯在给菲利普国王的信中说：“这项远征需要 4000—6000 人，配备矛、枪、船、炮和所需要的弹药。”“有 2000—3000 人，便足以占领所要占领的省份，用那里的港口和舰队，组成海上最大的强国，这是十分容易的，征服一省之后，便足以征服全国。”“这项事业（指征服中国）容易实行，费用也少。”

按照西班牙的策划，进攻中国以菲律宾群岛为军事基地，西班牙远征军寻找了四条进攻中国的路线，并认为最佳航线应取道麦哲伦海峡。

征服中国的计划书中还提到战争中应注意的问题。认为西、葡两军的数量不能太少，否则会被包围。同时必须谨慎地选择远征的人选，改变以往的侵略方式——不能使中国人口减少，人口消失意味着财富的消失。侵占中国后，保留中国政府，以保持它的繁荣和富裕。让参加远征的人知道这次远征并不是去对付敌人，而是为了能在中国自由传教。

计划书提到侵入中国应采取谨慎和温和的方式，不能对中国人民犯下太多罪行。计划书强调侵略成功后，西班牙可利用在中国获得的物资打击自己的敌人。中国还可向西班牙帆船提供船员，西班牙可获得金、生丝、绸缎、精美的手工艺品。

西班牙国王可以从中国获得大量租税和利润。征服中国后，西班牙官兵可得到升迁，许多西班牙人可定居中国并得到封爵。

计划书最核心的部分是战后西班牙如何统治中国。计划书首先强调建造大量学校，对中国人灌输西班牙文化；建立大量教堂和寺院，传播天主教，并引入西班牙人的生活方式；要安抚农民，使他们皈依基督教，阻止伊斯兰教在中国的传播。在中国建立 58 个大主教、主教和一个总主教；建立一个新的有关税赋的军事制度；建立一系列爵位，如公爵、伯爵和侯爵，在中国委任 4—6 名总督，如同十五省的巡抚，拥有与其他殖民地总督一样的权力；与北方蒙古族和解，打击土耳其；在陆上建立自中国到西班牙的邮传路线。

菲利普二世成为中国的主人后，他将成为柬埔寨、暹罗等中国属国的君主。征服中国后，可保障印度从来自中国的商品获得利润，这对印度的殖民统治很重要。在中国的附属国中建立统治权，以建立联盟和通商，传播基督教。中国人届时可航行至秘鲁及西班牙等殖民地，中国人和西班牙人的关系将进一步巩固。西班牙可利用中国人作为他们的殖民劳力进入菲律宾，开发菲岛。占领中国还可防止法国、英国及不同宗教和北方国家前来中国。计划书还建议鼓励西班牙公民与中国妇女结婚，培养混血后代，执掌中国的统治权。

西班牙人和中国妇女结合，便会有适宜做神父和传教士的人以及担任政府官员和担任军事职位的人。这些人组成的亲属集团和利益集团将会巩固西班牙在中国的统治。

1587 年，菲律宾殖民地派遣桑切斯总督到西班牙向国王面呈计划书。菲利普二世对该计划大加赞赏，并积极准备采取行动。

明万历二十七年（1598 年），西班牙海军将领萨姆迪奥率领舰队来到中国澳门，要求在当地设立据点，遭明朝政府拒绝。西班牙人登岸，在中国澳门以西十里的虎跳门修筑据点，明朝立刻出兵，水陆齐发将西班牙人一顿猛揍，拆除了据点，西班牙人最后狼狈逃窜。

16世纪中叶，英国通过圈地运动、血腥立法和海外掠夺，获得迅速发展，同时强烈希望向外扩张。这种扩张与西班牙的利益发生激烈冲突，导致双方兵戎相见。

1588年5月末，西班牙“无敌舰队”从里斯本扬帆出航，远征英国。这时“无敌舰队”共有舰船134艘，船员和水手8000多人，摇桨奴隶2000多人，船上满载2.1万名步兵。8月8日，两军在法国加莱东北海上进行了激战。由于西军组织不力，“无敌舰队”被打得七零八落。到10月，“无敌舰队”仅剩43艘残破船只返回西班牙，以近乎全军覆没的结局惨败。

“无敌舰队”的惨败是西班牙国力衰败的转折点。更为严重的是，荷兰从西班牙统治下获得独立后，国力不断上升，与西班牙在各领域进行较量。它来到亚洲后，成为西班牙的第二大竞争对手，从而牵制了西班牙的力量。

荷兰殖民者斯佩伊贝格在描绘荷兰在亚洲的战略轮廓时谈道：“依我的看法，建立我们在东印度的事业和成为摩鹿加群岛（今印尼）主人的最好和唯一方法，就是派遣一支舰队和武装力量，直接到菲律宾，进攻在那里的西班牙人。”与英、荷的战争使西班牙自顾不暇，菲利普二世不愿意再在亚洲陷入与中国的长期战争中。

在这种情况下，西班牙侵华计划只得一搁再搁，直至最后流产。

世界最早的银行资本之国——威尼斯共和国

威尼斯共和国

【导读】

威尼斯共和国是意大利北部威尼斯人的城邦，以威尼斯为中心。它的存在期由5世纪直至18世纪。它有时亦被称为Serenissima，而这个名称的拉丁语意思是指“最尊贵的城”。

威尼斯城最初仅仅是从属于罗马帝国的一个蛮荒滨海小区域。公元5世纪后欧洲大动乱，犹太商业资本和金融资本在这里避难而得到积聚。

8世纪，威尼斯形成城邦而获得自治权。1171年，威尼斯银行成立，这是世界上最早的银行。随后意大利的佛罗伦萨、热那亚以及葡萄牙里斯本、西班牙马德里，德国汉堡、法兰克福，荷兰的阿姆斯特丹、安特卫普，英国伦敦等一些城市也先后成立了银行。

中世纪后期，由于威尼斯城邦控制了欧洲通向远东的贸易路线而变得非常富裕，并开始向亚得里亚海方向扩张，曾统治希腊半岛以及爱琴海内的很多岛屿。

13世纪（1204年，南宋嘉泰四年）威尼斯城邦领导的第四次十字军摧毁了君士坦丁堡的东罗马帝国，如同跳蚤击败大象。但是15世纪后，奥斯曼伊斯兰帝国兴起而控制丝绸之路。欧洲金融资本由意大利半岛向西欧区域（葡萄牙、西班牙、荷兰、不列颠和法兰西）转移，威尼斯遂逐渐衰落。

1797年，威尼斯共和国被拿破仑灭亡，成为奥地利帝国的一部分。19世纪后威尼斯并入意大利国家。

威尼斯城最初仅是从属于罗马帝国的一个蛮荒滨海小区域，丛林、河流、沼泽与泻湖[1]密布。

威尼斯城起初原为渔村，由于其地理位置优越，便于从事航行，位置居于东西方中转贸易的欧洲枢纽地区，故5—7世纪时受匈奴人和伦巴德人侵扰的内陆居民纷纷迁移此地，其中有不少富有的犹太商人。

公元5世纪，西罗马帝国在北意大利的势力崩溃之后，几个泻湖区的社区为了抵抗伦巴第人、匈奴人和其他入侵者而结成了同盟，这就是威尼斯城邦的起源。

8世纪初，泻湖区的人们首次以选举形式推出了城邦的领袖乌尔索斯（Ursus）。他也得到了东罗马帝国的承认，被授予“执政官”（Hypatus）和“总督”（Dux）的名号。他是历史上第一位威尼斯总督。[2]

乌尔索斯死后，他的儿子狄乌迪第（Deusdedit）继承其大位。在8世纪40年代将驻地从赫拉克利亚移到了马拉莫克（Malamocco）。东罗马帝国封他为总督和执

1. 泻湖即潟湖（误称泻湖是由于“潟”字少见并被不少人认为是繁体字，其实不然），是被沙嘴、沙坝或珊瑚分割而与外海相分离的局部海水水域。海岸带泥沙的横向运动常可形成离岸坝——潟湖地貌组合。当波浪向岸运动，泥沙平行于海岸堆积，形成高出海水面的离岸坝，坝体将海水分割，内侧便形成半封闭或封闭式的潟湖。在潮流作用下，可以冲开堤坝，形成潮汐通道。涨潮流带入潟湖的泥沙，在通道口内侧形成潮汐三角洲。潟湖沉积是由入潟湖河流、海岸沉积物和潮汐三角洲物质充填，多由粉砂淤泥质夹砂砾石物质组成，往往有黑色有机质黏土与贝壳碎屑等沉积物。

2. 一则最早出现于11世纪初的传说中，威尼斯人早在697年就选出了第一位总督，但是可疑的是，它在编年史中才出现。不管事实到底如何，早期的总督的大本营都在赫拉克利亚（Heraclea）。

政官。

在中世纪盛期，威尼斯通过控制欧洲与小亚细亚黎凡特（Levant）之间的商路而变得极其富有，并开始自亚得里亚海向外扩张。

威尼斯几乎从一开始就卷入了十字军东征。

第一次东征之后，威尼斯派出 200 艘船帮助占领了叙利亚的沿岸城市；1123 年他们得到了在耶路撒冷王国中事实上的自治权。

1110 年，奥德拉弗·法里罗（Ordelafo Faliero）亲率 100 艘战船帮助耶路撒冷国王鲍德温一世和挪威国王西格德（Sigurd）一世夺取了西顿城。1204 年，威尼斯人领导的第四次十字军东征攻陷君士坦丁堡。12 世纪，威尼斯人在东罗马帝国中得到了广泛的贸易特权，他们的船也经常充作帝国海军。1295 年，彼特罗·格瑞敦歌（Pietro Gradenigo）派出 68 艘船攻击亚历山大里亚的一支热那亚舰队，1299 年，又派 100 艘船进攻热那亚人。1350 年到 1381 年，威尼斯一直断断续续地与热那亚人作战。尽管最初战败，威尼斯人在 1380 年的基奥贾（Chioggia）战役中摧毁了热那亚舰队，从此接替正在衰落的热那亚人成为东地中海的主导力量。

1171 年，威尼斯市政议会建立的“国家贷款所”是西方最早股份制经营的贷款取息机构。这家贷款所于 1407 年改组为威尼斯共和国公债经营所。在此基础上 1580 年成立了“里亚尔布市场银行”，这是世界上最早的股份制商业信贷银行，1587 年更名为“威尼斯银行”。[1]

威尼斯所从事的中介贸易，主要是将来自中国及远东的茶叶、瓷器、胡椒、肉桂、丁香、蔗糖、宝石、丝织品等运往西欧各地高价出售，14—15 世纪，其贸易总额每年达 10 万杜卡特[2]。

海上贸易促进了造船业和航海业的发展，威尼斯拥有水手 2.5 万多人。著名的威尼斯水手马可·波罗据说曾旅行中国，并在中国居住达 17 年，归国后口述的《马

1. 私人银行起源于东西方贸易的中东中转地带。传说公元前 2000 年的巴比伦寺庙、公元前 500 年的小亚细亚寺庙，都已经有了经营保管金银、收付利息、发放贷款的机构。近代银行产生于中世纪的意大利半岛。由于威尼斯特殊的地理位置，使它成为当时的贸易及金融中心。1171 年，威尼斯建立了信贷银行，这是世界上最早的银行。此后，犹太银行家于 1593 年在意大利米兰、1609 年在荷兰阿姆斯特丹、1621 年在德国纽伦堡、1619 年在汉堡，以及 1694 年在英国伦敦建立英格兰银行。

2. 杜卡特，威尼斯铸造的金币，1284—1840 年流通，重 3.56 克。

可·波罗游记》促进了西方对中国的了解。

在贸易与领土扩张中，贵族和商人相互融合，成为强大的商人贵族阶级，威尼斯即为其所把持。国家最高的立法和监察机关是由480名议员组成的大议会。掌握行政大权的是元老院，由大议会选出。国家首脑称总督，选举产生，终身任职。

1297年，选举大议会议员的权力受到限制，只有列名“黄金簿”的几百个贵族大姓才有选举权。1310年，发生企图推翻这种贵族寡头统治的暴动，贵族为加强控制，又组成秘密司法机关十人委员会，独揽一切权力。1325年后，十人委员会成为永久性机构，设有侦查机关，迫害一切异端力量，威尼斯国家制度具有寡头独裁性质。

全盛时期的威尼斯是意大利文艺复兴的中心之一。以掠夺于君士坦丁堡的艺术品为素材，在大批东罗马匠人的工作下，威尼斯的建筑、雕刻与绘画均达到很高水平。威尼斯画派注重色彩和光线，题材丰富，生活气息浓厚，奠定了威尼斯的文艺复兴盛期的艺术基础。

土耳其的奥斯曼帝国早在1423年就开始了海上征伐，发动了与威尼斯共和国长达7年的争夺爱琴海和亚得里亚海的战争。1463年战火重燃，最终有利于奥斯曼帝国的条约得以签署。

此后，威尼斯与奥斯曼帝国进行了长达二百年时断时续的战争。

17世纪后半叶中，威尼斯与奥斯曼进行了旷日持久的战争；在克里特战争中（1645年—1669年），经过长达24个月的史诗般的围城战，威尼斯失去了它最重要的海外领地克里特岛。

1714年，两国进行了最后一次战争，土耳其攻占了威尼斯在爱琴海地区曾控制的全部岛屿，包括希腊半岛。奥斯曼帝国全面取得了对东地中海的控制权。

1796年春天，拿破仑率领的军队越过中立的威尼斯边境追逐敌人。

当年年末，法国军队宣布占领直到阿迪杰河（Adige）为止的威尼斯领地。1798年，威尼斯领地在拿破仑发出最后通牒之后，总督卢多维柯·马宁（Ludovico Manin）在5月12日无条件投降了，自行解职，大议会宣布共和国终结。

根据拿破仑的命令，威尼斯共和国的权力转交法国军事总督管理下的省委员会。10月17日，法国和奥地利签署《卡普福米奥条约》(*Treaty of Campo Formio*)，两国分割了古老威尼斯共和国的全部领地。威尼斯共和国的城市部分成为奥地利的一部分，成为威尼斯省。

1861年，意大利宣布独立。1866年，意大利从奥地利手中夺取了威尼斯。

威尼斯大事记

公元687年产生第一任总督，建立共和国。建国初期隶属君士坦丁堡的东罗马帝国。

10世纪末获独立，成为富庶的商业国，它协助东罗马帝国击退诺曼人的进攻，于1082年获准在东罗马帝国境内建立商站免税行商。

12—13世纪十字军东侵期间，威尼斯巩固了在东方和爱琴沿岸的地位，并乘机吞并东罗马帝国的大片领土，包括克里特岛、伯罗奔尼撒西南部及爱琴海上的许多岛屿。

1298年—1382年，同热那亚共和国连续进行四次海战，击败这一贸易竞争对手，成为地中海和黑海地区的强国，进入全盛时期。

15世纪末，随着新航路的开辟，欧洲商业中心从地中海转向大西洋沿岸，威尼斯遭到惨重打击。

16世纪初，威尼斯被西班牙、法国、神圣罗马帝国同教皇所结成的同盟击败，领土日蹙。

1453年，奥斯曼帝国攻占君士坦丁堡后，同威尼斯进行了延续250余年的海战，威尼斯在巴尔干和地中海的殖民地丧失殆尽。

1797年，法国同奥地利争夺意大利的战争，给威尼斯最后致命的一击，拿破仑·波拿巴灭威尼斯后，根据《坎波福尔米奥和约》，将其割让给奥地利，从而结束了威尼斯共和国的历史。

1866年并入意大利王国。

俄罗斯帝国新考

俄罗斯人种及语源考

【何新按】

俄罗斯是近代世界超强之一，与近现代的中国关系至为密切。但耐人寻味的是，坊间竟很难找到一部说得清俄罗斯古代历史及俄罗斯帝国起源问题的书籍或者论著。

以下是笔者近年关于俄罗斯问题读书所做的札记，试图厘清这个问题的基本来龙去脉。

俄罗斯语源

元代以前，历史中没有关于俄罗斯国家及民族的存在和记载。在中国古代史书中，包括西伯利亚在内以及乌拉尔山西部的地区，笼统地统称东胡。“东胡”是一个古阿尔泰语词“Toung-gu-s”的音译，也即“通古（斯）”。也就是说，“东胡”实际上是古阿尔泰语系（匈奴、突厥、蒙古）“通古（斯）”一词的汉语异写。

在中国史籍中，东胡地曾经泛指蒙古高原及中国东北（满洲）以外地区，包括整个西伯利亚地区。而东胡诸族是比匈奴民族距离中原民族更遥远的族群。这些族群居无定所，没有形成国家制度，种族来源复杂且不明晰，其中包括黑发的苏美尔人、突厥人，也包括红发蓝眼白种而被汉族看作恐怖鬼魅的罗刹斯拉夫人。这些斯拉夫人自称罗斯，汉人则称其为罗刹人。

罗刹语源与罗斯有关，都来自俄语“Россия”，较准确的音应为“拉西亚”。

元朝时蒙古人根据蒙古语，加冠词读此词为“OROCCIA”——“斡·罗思”，再转译成汉语，即“俄罗斯”。满语借用蒙古语用法，也称俄罗斯为斡罗斯“Oros”。

清初年中国称罗斯人为“罗刹”。这实际是一个来自佛教的恶称。在某些佛经中，罗刹是恶鬼之名。例如，《慧琳意义》卷二十五：“罗刹，此云恶鬼也。食人血肉，或飞空，或地行，捷疾可畏。”同书卷七：“罗刹娑，梵语也，古云罗刹，乃暴恶鬼名也。男即极丑，女即甚姝美，并皆食啖于人。”

斯拉夫人中的一部分属于北欧的白种人，红发、绿眼、长须、多毛，故汉地人视之丑恶而同于鬼魅，故以佛经中的罗刹名之。

清初俄罗斯向东方扩张，引发清朝与俄罗斯的战争。雅克萨战役后，清朝与俄罗斯达成划界协议。康熙皇帝命国史馆汇辑了与俄罗斯战争前后的有关谕旨、奏议、文牍等文件，编纂成《平定罗刹方略》。

清乾隆年间官修《四库全书》时弃用罗刹之名，而改称为“俄罗斯”或简称“俄国”，自此沿用至今。

斯拉夫人的起源

根据语言的分类，近代西方学界认为罗斯人属于斯拉夫族。

关于斯拉夫人的起源，据西方学者说，最早的文字记载见于1世纪末和2世纪初的古罗马文献。罗马作家大普林尼著的37卷《自然史》介绍欧洲古代民族时，提到在维斯瓦河一带除居住着萨尔马特人、斯基泰人，还有一种维内德人（Venedi）。塔西佗在《日耳曼尼亚志》一书中，也把生活在古代日耳曼人东边的居民称为维内德人。

据西方史学的说法，维内德人就是古代的斯拉夫人。他们于公元1—2世纪曾分布在西起奥得河、东抵第聂伯河、南至喀尔巴阡山、北濒波罗的海的广大地区。今日波兰境内的维斯瓦河河谷，被认为正是斯拉夫人的故乡。

4—6世纪，由于民族大迁徙的冲击，斯拉夫人分化为三大支系，并出现不同的名称：西支称维内德人，东支称安特人，南支称斯拉文人。

南部斯拉文人同东罗马帝国联系比较密切，因之多见于东罗马的史料记载。所以，“斯拉文人”或“斯拉夫人”就成为各系统斯拉夫民族的统称。

斯拉夫的语源

斯拉夫（Slav）一词，据西方语言学研究，是来自古斯拉夫语的 Sloveninu（如今有个斯拉夫人的国家叫斯洛文尼亚，即来自这个词汇）。斯拉夫是古代斯拉夫族人的自称。

多数西方学者认为，这个词来自 Slovo，本意是“我们的语言”。也就是说，斯拉夫人将讲斯拉夫共同语言的人认作自己人。斯拉夫人对自己的这种自称，相当于是将自己归为一个特定的语言类群。作为对照，在古斯拉夫语中，他们称呼日耳曼人和其他外族人为 Nemici，这个词的意思是“说话含混不清的，胡乱咕哝的”。[1]

“斯拉夫”，奴隶还是光荣？

在俄语中 slava 意为“光荣”，相当于俄语 слава（光荣、名誉、英雄）。斯拉夫人含义为“光荣的人”。斯拉夫在俄罗斯语言中具有“光荣、勇敢、英雄”的含义，因此作为斯拉夫人是一种荣耀。俄罗斯男人名字中，很多人都叫“斯拉夫”。这个历史现象本身和俄罗斯人对“斯拉夫”一词所赋予的截然不同的价值观，反映了一个事实——俄罗斯民族的历史自豪感。

然而，在英语中的 Slav 一词，西方语源学者认为是源自中古英语里的 Sclave，是直接借用自罗马拉丁语里的 Sclavus，而这个词是“奴隶”的意思。

有人认为，这是因为在罗马的奴隶市场上，斯拉夫人是奴隶的货源。“Slave 奴隶源于古法语，并源于中世纪拉丁语。斯拉夫人（The Slavs）被奥托大帝及其继任者征服为奴并出售。”（《英语语源学词典》：This sense development arose in the consequence of the wars waged by Otto the Great and his successors against the Slavs，a great

1. 有意思的是，类似的命名逻辑也出现在古罗马语言里，如“野蛮人”——蛮族 Barbarian 一词，意味讲鸟兽语言的人——据西方语源学者说，这个词最初也是来自希腊语里的 Barbaros，其实是个拟声词，即描绘一个异邦人口齿不清，前言不搭后语地操着蹩脚的外族语的情态。

number of whom they took captive and sold into slavery.)

西方史学界有一种说法认为：俄罗斯人属于印欧语系斯拉夫人语族。公元前 1000 年，古斯拉夫族生活在中欧和东欧的广阔平原上，使用共同的斯拉夫语。古文献把他们称作维涅德人。斯拉夫人的邻居日耳曼人自 1 世纪起，开始接触南方的罗马文化，最初是日耳曼人自己充当罗马人的雇佣兵和仆役，后来他们又把大批俘获的斯拉夫人卖给罗马人作为奴隶。久而久之，“斯拉夫”这个名称便成为对诸斯拉夫民族的称谓，它在拉丁语中是“奴隶、俘虏或流放者”的意思，英语是 Slave。

另据西方语言学的研究，Sklábos 一词和中世纪阿拉伯语的 Saqaliba 也有非常大的关系。

Saqaliba，根据波斯史家的记载，当时有两种人被称为 Saqaliba——奴隶。一种是居住在沿海地区，黑皮肤黑头发（地中海人）；另一种则是居住在遥远的内陆地区，身材高大、皮肤洁白。后者应该指的是中东欧的白种斯拉夫人。

实际上，今天的俄罗斯人以及斯拉夫人也不是一个血统纯粹的族群，其中既包括黑发褐色的高加索人种，也包括红发或者金发白种的北欧白色人种。

“斯拉夫人”这个统一名称其实是 19 世纪泛斯拉夫主义兴起以后才有的称呼。在这之前阿拉伯人、日耳曼人和拉丁人从来不管斯拉夫人叫斯拉夫人，而是有各自不同的称呼。只有东方罗马帝国人有斯拉夫人这个称呼。

俄罗斯人与斯拉夫人的关系

关于罗斯人与斯拉夫人的关系，所知较早的文献可能为 14 世纪中叶的《大波兰编年史》。书中讲到三个斯拉夫民族（捷克、波兰、罗斯）的祖先捷赫、莱赫、罗斯三兄弟的故事。

据说，这三兄弟的父亲叫潘（Pan），是潘诺尼亚（Panonia）的统治者。三兄弟各自建立了国家，即捷克、波兰和罗斯。（注：据耶日 · 克沃乔夫斯基：《14—15 世纪的斯拉夫欧洲》，华沙，1984 年版，第 287 页）

但是 19 世纪俄国历史学家谢 · 索洛维约夫和瓦 · 克柳切夫斯基则认为，斯拉夫人最早居住在多瑙河流域，与罗斯人并非同一来源。罗斯人是来自北欧日耳曼人的分支。斯拉夫人把来自西北的日耳曼人称为“瓦兰结亚人”或“罗斯人”，最初是对北欧的瑞典人（罗京人）的称谓，这个词起源于古诺尔曼语，意为“划独木舟的人”，引申的意思是来自北方的商人。

中国史书关于俄罗斯的最早记录

《元史・兵二・宿卫》记载元代军部设置有：“宣忠斡罗思扈卫亲军都指挥使司”。这里的“斡罗思”为元代俄罗斯的音译，这是“俄罗斯”一词始见于中国史书的最早记录。

早期俄罗斯国家形成的传说

俄罗斯的历史分为三个时期：传疑的基辅公国时期，蒙古帝国殖民地时期，莫斯科公国立国时期。

俄罗斯民族的混合构成

俄罗斯位于广袤无际的欧亚草原和俄罗斯平原地区，古代曾经在此居住的人口和民族具有极大的流动性。

从公元6世纪初起，东欧的斯拉夫人也加入了民族大迁徙的行列，向罗马帝国进攻。

战争和迁徙持续了一百多年，最后东罗马人终于遏阻了斯拉夫人的南侵。大批斯拉夫人留居在多瑙河以南和巴尔干半岛，他们以后建立了保加利亚王国和塞尔维亚公国，形成南系斯拉夫人。

居住在维斯瓦河流域的斯拉夫人后来建立了古波兰国，波兰人和住在易北河上游的捷克人形成了西系斯拉夫人。

至于斯拉夫人的东系，史料不见记载。据推测，他们从多瑙河迁居到了第聂伯河流域。中世纪以后，从事原始农耕的斯拉夫人成为乌克兰草原和俄罗斯平原地区主要和比较稳定的居民。

大约在9世纪中叶，一批从事商业和掠夺的北欧维京人（诺曼人）出现在俄罗斯土地上。斯拉夫人称这些来自北方的维京人为瓦良格人，“瓦良格人”这个词的意思是商人。

据俄罗斯史家的记述：维京人来自北欧的瑞典地区。在公元6和7世纪，开始在波罗的海东部沿岸经商和劫掠。

强悍的北欧维京人从事着强盗和商人的双重工作。他们被称为海盗帮，经常抢劫财物，掳掠斯拉夫人口为奴，运到君士坦丁堡出售。他们自称罗斯人（Роусь，Рось，Русь，Русы，Rus），这个语词的意思是“桨手，驾船的人”。

到公元8世纪的末期，维京人沿着伏尔加河南下，控制了航运和交通线，沿途设置要塞来作为防卫。

在公元9世纪，维京人控制了今日乌克兰的基辅地区，成为贵族领主，他们把斯拉夫人变成奴隶和农奴，从而控制了斯拉夫人。

9—10世纪时期，在俄罗斯地区出现了一系列瓦良格人的公国。如诺夫哥罗德的留立克公国、白湖的西纽斯公国、伊兹波尔斯克的特鲁沃尔公国、基辅的阿斯科里德公国等。

到10世纪初，瓦良格武装商人控制了黑海沿岸，以至黑海当时被阿拉伯人称作罗斯海。

此外，在中古时代的南俄罗斯草原地区，居住着一个突厥血系的强悍游牧民族钦察人。这个人群对俄罗斯中古时期的历史影响也甚大。

维京人、斯拉夫人和钦察人，乃为构成俄罗斯民族的三大基本族群。

来自北方的维京人商人和海盗

西方史学认为，维京人即诺曼人，属于日耳曼民族北支，原来居住在北欧的斯堪的纳维亚半岛（瑞典），后来为了开辟东方商路来到东欧平原，活跃在欧亚商路上。

来自东方的丝绸、茶叶、瓷器和香料是欧洲人的生活必需品。汉代以后，从长安到地中海，通向意大利、法兰西、大不列颠群岛，开辟了著名的丝绸之路。

但是5世纪西罗马帝国覆灭后，蛮族横行西欧，生产萎缩、商贸萧条，地中海渐渐成为一片死海。7世纪以后，阿拉伯人兴起，控制了地中海海运，以及中亚、西亚、北非和伊比利亚半岛，不断袭扰法国南部和意大利沿岸，封闭了经西地中海到东方的商路（丝绸之路）。

这就迫使西北欧的人们寻找和开辟一条新的商路以通往君士坦丁堡和东方，于是来自瑞典的维京人打通了从北欧经过俄罗斯、乌克兰通向君士坦丁堡的南俄商路。

瓦希商路的开辟和衰落

瓦良格人为了与君士坦丁堡及阿拉伯人进行贸易，进入第聂伯河和伏尔加河流域。瓦良格人的商队是武装商队，由军事首领统率千百个侍从兵，依靠劫掠来的各种货物，主要是毛皮和奴隶等运到诸如君士坦丁堡和阿拉伯进行出售。

从瓦良格到小亚细亚半岛（也叫希腊）的瓦希商路，成为瓦良格人的重要贸易路线。

瓦良格人的贸易主要取两条南北向的河道：一条沿第聂伯河南下航行至黑海，并沿其西海岸最终到达罗马首都君士坦丁堡，将货物卖掉，换成白银、丝绸和香料，再沿路返回。

另一条航线是沿伏尔加河到达伏尔加河中游的保加尔市场，那儿的阿拉伯商人希望取得瓦良格人的毛皮和奴隶。瓦良格人南下进入里海，在里海纵向航行，然后换乘骆驼，经过一条长达 650 公里的陆路进入哈里发帝国的首都巴格达。

通常瓦良格人出卖商品收回的是白银，有时也会换回来自东方的丝绸和香料。瓦良格人成为斯堪的纳维亚半岛白银的供给者。

而瓦良格人能够交换的除了皮毛、蜂蜜等，最大宗的商品就是斯拉夫奴隶。瓦良格人打劫各斯拉夫人村庄，强迫他们纳贡甚至进行抢劫，将掠来的俘虏卖为奴隶。于是“斯拉夫—slav”一词就成为拉丁语系“奴隶—slave”词的词根。

十字军东征重新打通了地中海的商道后，东西方的贸易不再需要穿越广袤而危险的东欧平原。意大利的威尼斯、热那亚等商业共和国蓬勃发展。尤其是 1204 年十字军攻陷君士坦丁堡后，罗斯人丧失了南方的市场。一度兴旺的瓦希商路归于沉寂。

基辅罗斯的建立

在瓦希商路繁荣时期，瓦良格人在商路的沿途要地修筑了要塞，这些要塞逐渐发展为城镇。最大的商业城镇有两个，一个是北方伊尔门湖畔的诺夫哥罗德，另一个是南方第聂伯河右岸的基辅。前者控制着东西方的贸易，而后者成为南北运输的枢纽。

诺夫哥罗德据说是俄罗斯最古老的城市，建城于 859 年。

俄罗斯史家认为，在瓦良格——罗斯人入主之前，东斯拉夫人已形成了三个准国家形态的部落联盟：诺夫哥罗德附近的斯拉维亚，基辅附近的库雅巴和梁赞附近的阿尔塔尼亚。

但这些斯拉夫人的部落内部矛盾严重，相互争雄、内战不休。

据《俄罗斯编年史》记载：为了避免无休止的冲突，北方斯拉维亚部落于公元 862 年选派代表邀请瓦良格人的首领留里克做王公，进驻诺夫哥罗德以维持社会秩序。

留里克偕同两个兄弟西涅乌斯和特鲁沃尔率领武装亲兵来到诺夫哥罗德，自称大公，建立了俄国历史上第一个王朝——留里克王朝。其王统一直绵延至 16 世纪（1598 年）。

留里克统治的地区被称为“罗斯”。以后整个东斯拉夫人地区都被称为罗斯人。[1]

与此同时，另一支瓦良格人商队的首领阿斯科德和迪尔占据基辅，建立了早期的基辅城，与诺夫哥罗德罗斯分庭抗礼。

留里克死后，其子伊戈尔即位，由留里克的堂弟奥列格摄政。奥列格在公元 882 年沿瓦希商路南下，占领基辅，并迁都于此。

奥列格励精图治，四方征讨，征服了周围的斯拉夫部落，合并形成一个以基辅为中心的罗斯国家。

1. 中国元明时称俄罗斯为“罗斯”或“罗刹国”。当时蒙古语拼读俄文“Roccia”时，在前面须加一个元音，就成了“ORoccia”。清政府时，蒙语的“ORoccia”转译成汉语时，就成了“俄罗斯”。

东正教成为罗斯国教

公元 988 年，基辅大公弗拉基米尔与君士坦丁堡的东罗马皇帝联姻，东罗马皇帝将其妹妹安娜公主嫁给弗拉基米尔，条件是要求弗拉基米尔皈依基督教。

弗拉基米尔接受洗礼，并以武力强迫他的属民全部信仰东正教。此后，东正教成为罗斯人和东斯拉夫人的全民信仰。在统一宗教文化的熔铸下，来自北欧的瓦良格人统治者和广大东斯拉夫人融合成了一个新的民族——俄罗斯民族。

但是必须指出，以上所有关于罗斯古代历史的这些说法，都并无确切的历史年代史料依据，而主要是根据一些传说和推测而已。

拔都西征

欧亚草原上突厥种属的钦察人

近代俄罗斯土地广袤，横跨欧亚两大洲。其欧洲部分的人口主要为东系斯拉夫人和维京人。其亚洲草原部分的人口则主要是钦察人和蒙古人。

钦察人可能属于突厥人的支脉，现在突厥语西北语支名为钦察语支，有些突厥部落是他们的后人。有人认为钦察人祖先与塞种的康居和月氏、乌孙有关。

钦察人是古代欧亚游牧民族。俄国人叫波洛维赤人，罗马人称其为科马洛伊人，阿拉伯人则称之为库蛮，匈牙利人称其为昆人（匈奴分支）。

大约在 11 世纪中期钦察人从中亚额尔齐斯河流域向欧洲迁徙。俄国编年史在 1054 年第一次提到他们出现在黑海以北草原，建立了钦察汗的游牧国家，领地西起第聂伯河（包括克里米亚半岛），东北为伏尔加河中游地区直抵不里阿耳，东南到乌拉尔河。

拔都受命远征

成吉思汗铁木真兴起以后，蒙古人崛起，发动西征，灭花刺子模，扫荡广阔的欧亚草原，征服了中亚细亚地区。

成吉思汗死后，窝阔台即位为蒙古大汗，是为元太宗。1234 年，蒙古与南宋联军灭金国。

1235 年，窝阔台召集蒙古诸王部落大会，决定由拔哥继承成吉思汗遗志，发动蒙古人的第二次西征，征讨钦察、斡罗思等国。命各支宗室均以长子统率出征军，万户以下各级那颜也派长子率军从征。

拔都（蒙古语“巴特尔”，与满语“巴图鲁”同音，意为“英雄”“勇士”），是成吉思汗的孙子，成吉思汗长子术赤的次子，但为嫡子，母亲是弘吉剌部按陈那颜的女儿兀乞旭真可敦。

西征的蒙古军以拔都为诸王之长、统帅，以速不台为主将，统率各系宗王居长者出征，因此这次远征又被称为“长子西征”。

西征战绩始末编年

窝阔台汗七年（1235 年）

拔都奉命以诸王之长统领先锋速不台和术赤诸子，窝阔台长子贵由，拖雷长子蒙哥，察合台子拜答儿、合丹等，率军 15 万，出征钦察（里海、黑海北之突厥语部族）、斡罗思（俄罗斯）等国。

窝阔台汗八年（1236 年）

拔都与诸王会师于押亦河（今乌拉尔河）。

秋季，前锋主将速不台率骑兵攻占钦察部的不里阿耳（今俄罗斯伏尔加河中游维亚特卡—波利亚纳东）。

冬，蒙哥率部进攻亦的勒河下游的钦察部，灭之。钦察首领班都察率部归降。

拔都率诸王部征服莫尔多瓦国。

钦察斡勒不儿里克部首领八赤蛮，袭击蒙古军。

窝阔台汗九年（1237 年）

春，速不台自不里阿耳移师南下，增援蒙哥汗。

八赤蛮军败，逃入里海中。蒙哥部进攻里海岛屿，俘八赤蛮，处死。

秋，蒙古军大举进入斡罗思（俄罗斯）。

十二月，攻占也烈赞（今俄罗斯梁赞）。

窝阔台汗十年（1238 年）

春，蒙古军分兵攻破莫斯科、科罗木纳（今莫斯科东南科洛姆纳城）、弗拉基米尔等十余城。

蒙古军抄掠斯摩棱斯克、契尔尼果夫等地。围歼弗拉基米尔大公尤里·符谢伏洛多维奇所部于昔迪河（今伏尔加河上游）畔。

蒙古军继续掠取钦察（乌克兰）草原西部地。

钦察余部逃入马札儿（今匈牙利）。

拔都率军经略亦的勒河（伏尔加河）以东诸地，在钦察草原休养士马，休整屯牧。

随后，向基辅公国古都诺夫哥罗德（今属俄罗斯）进军。离城 50 公里，改道南下向高加索北挺进。

窝阔台汗十一年（1239 年）

春，遣蒙哥、贵由部攻灭阿速国（今高加索山北麓）。

拔都控制了黑海北岸的海滨土地后，许多突厥系人归顺，并被编入蒙古军队。

拔都挥师斡罗思南部，连克二城。经略伏尔加河以东诸地。

冬，拔都军长驱直入斡罗思南部，攻克别列思老勒（今乌克兰赫梅利尼茨基）和契尔尼果夫（今乌克兰切尔尼戈夫）等城。

窝阔台汗十二年（1240 年）

秋，进围乞瓦（今乌克兰基辅）。先取外围数城，再遣使劝降，遭拒绝后，架炮猛攻，尽毁其城。

西攻伽里赤国，破其都城弗拉基米尔—沃伦（今乌克兰弗拉基米尔沃伦斯基）。杀弗拉基米尔大公，灭其国。

窝阔台汗十三年（1241 年）

春，蒙古军留 3 万兵镇守南斡罗思。

会集蒙古军 12 万，兵分三路向马札儿（今匈牙利）进攻。南北二路先发，分进合击。

3 月，蒙古军进逼匈牙利都城佩斯（今布达佩斯，《元史》所记之马茶城）。

4 月 11 日，蒙古军与匈牙利军队在赛育河右岸与蒂萨河汇流处展开战斗。匈牙利王别拉（贝拉）四世亲自督军迎战。

蒙古军诱守军出城，乘夜回师，围之于城外。先用炮弩轰射，继而网开一面，纵其突围溃逃，乘机追歼 6 万人，占领马茶城。

别拉四世单身逃脱，乌古兰大主教战死。匈牙利士兵生还者无几，积尸绵延两日路程，赛育河水染成了红色。蒙古军取得了赛育河歼灭战胜利后，攻破佩斯城和布达城，纵火焚烧，屠戮居民。

北路拜答儿等率军入孛烈儿（今波兰）。在列格尼卡战役击败孛烈儿军队，攻陷孛烈儿都城克拉科夫，将其烧毁，然后乘筏渡过奥得河，进入西里西亚（今波兰西南部）。

神圣罗马帝国的昔烈西亚（西里西亚）大公爵亨利二世集结孛烈儿（波兰）军、日耳曼圣殿骑士（十字军）与条顿骑士团（捏迷思，日耳曼）组成联军 3 万人，迎战蒙古军，激战于里格尼茨。

蒙古军避其锋芒，以伏兵突袭联军，大破之，全歼联军，杀死亨利二世。继而蒙古军南下攻入莫剌维亚（地址在今捷克斯洛伐克）。

里格尼茨之战使欧洲诸国十分震惊，感受到蒙古入侵的严重威胁。

拔都命合丹穷追别拉四世的残部。别拉四世逃往奥地利。他致书罗马教皇格利高里九世和神圣罗马帝国皇帝腓特烈二世求援，均被拒绝。

1241 年 12 月，别拉四世逃到亚德里亚海上的小岛上。合丹军追击，在亚德里亚海东岸相继攻取多座城镇。

1241年夏，西征军各路兵马驻营于多瑙河畔，休整兵马后，分兵四处劫掠。

1241年冬季，多瑙河冻冰后，拔都大军渡过秃纳河（多瑙河），攻陷格兰城。

南路合丹军先后攻取鲁丹、瓦剌丁诸城，与拔都会合。

拔都率主力进抵帛思忒（今布达佩斯）城下，攻而不破，遂率军引退，诱敌出城，继于撒岳河畔索尔诺克歼马札儿军6万。

蒙古军会攻帛思忒，攻破其城。

夏，蒙古军一部进至维也纳附近的诺伊施达，被奥地利、波希米亚联军击退。

12月，拔都军过秃纳河（今多瑙河），攻陷格兰城。

元太宗窝阔台死于北京。

乃马真后元年（1242年）

春，蒙古军遣兵分掠诸地，所部向秃纳河（今多瑙河）上游进军。

拔都率蒙古大军抵达维也纳城郊的诺伊施塔特城。至此，蒙古西征军基本完成了对匈牙利全境的占领。

南路合丹军向南进军逼近意大利，进逼威尼斯共和国的达尔马提亚。

4月，窝阔台死讯传来，拔都率军东还。

乃马真后元年（1242年）

春，拔都遣兵分掠诸地，所部向秃纳河（今多瑙河）上游进军。

4月，拔都进军途中闻窝阔台死讯，率军东归。

建立金帐汗国统辖俄罗斯乌克兰

乃马真后元年（1242年）

夏，弗拉基米尔大公雅罗斯拉夫一世晋见拔都，领取封诰，管理东俄罗斯。

拔都命令加里西亚大公丹尼尔把政权交给蒙古军，将之纳入蒙古直辖地。

乃马真后二年（1243 年）

拔都命速不台和诸王率部东返中国。

拔都自留亦的勒河下游营地，建钦察汗国，定都萨莱城（今伏尔加河入里海处）。

宗子维城蒙哥汗元年（1251 年）

拔都拥立蒙哥为蒙古大汗。

蒙哥汗即位后，拔都因拥立有功，取得更大权力。拔都将斡罗思、塔剌思及河中地区全部置于钦察汗国的制下。

蒙哥又将谷儿只（格鲁吉亚）授予拔都弟别儿哥为封地，称蓝帐汗国。

钦察汗国遂成为大蒙古国中领土最大的宗藩之国，其境域东起也儿的石河（今额尔齐斯河），南至里海，西包斡罗思诸公国，北讫伏尔加河上游，接近北极圈。

拔都立萨莱城（今俄罗斯阿斯特拉罕）为国都，建立了钦察汗国，统有东起也儿的石河，西至斡罗思，南起巴尔喀什湖、里海、黑河，北到北极圈的辽阔地域。

钦察汗国（因以原钦察部地为中心而得名），汉译名也称为金帐汗国。

经历 1236 年—1241 年的五年征战，拔都军征服了欧亚草原的突厥钦察人，征服了伏尔加流域的保加利亚、基辅罗斯、加里西亚、摩尔达维亚、立陶宛大公国、波兰王国（“孛烈儿”）、匈牙利王国、保加利亚第二帝国、波西米亚与捷克、摩拉维亚与斯洛伐克、拉什卡，威逼神圣罗马帝国的奥地利、威尼斯共和国等国。

蒙古军席卷东欧与中欧，击败神圣罗马帝国联军，使基辅、布达佩斯等三十多个城镇遭受摧毁与屠杀。

此后三百年，几乎大部分俄罗斯、白俄罗斯和乌克兰，都成为隶属蒙古帝国——大元朝治下金帐汗国的属地。

蒙哥汗六年（1256 年）

拔都卒于伏尔加河滨，终年 48 岁。

术思札尼描写拔都下葬情形时写道：“拔都按照蒙古仪式入葬。他的武器及财产、他的妻妾、仆役及最宠爱的人也与他一起入葬。”

【附录】

《元史》列传第八　速不台

乙未，太宗命诸王拔都西征八赤蛮，且曰：“闻八赤蛮有胆勇，速不台亦有胆勇，可以胜之。”遂命为先锋，与八赤蛮战。继又令统大军，遂虏八赤蛮妻子于宽田吉思海。八赤蛮闻速不台至，大惧，逃入海中。

辛丑，太宗命诸王拔都等讨兀鲁思部主也烈班，为其所败，围秃里思哥城，不克。拔都奏遣速不台督战，速不台选哈必赤军怯怜口等五十人赴之，一战获也烈班。进攻秃里思哥城，三日克之，尽取兀鲁思所部而还。

经哈咂里山［喀尔巴阡山（巴尔干半岛北）］，攻马札儿部主怯怜。速不台为先锋，与诸王拔都、吁里兀、昔班、哈丹五道分进。

众曰：“怯怜军势盛，未可轻进。”速不台出奇计，诱其军至漷宁河。诸王军于上流，水浅，马可涉，中复有桥。下流水深，速不台欲结筏潜渡，绕出敌后。未渡，诸王先涉河与战。拔都军争桥，反为所乘，没甲士三十人，并亡其麾下将八哈秃。既渡，诸王以敌尚众，欲要速不台还，徐图之。

速不台曰：“王欲归自归，我不至秃纳河马茶城，不还也。”及驰至马茶城，诸王亦至，遂攻拔之而还。诸王来会，拔都曰：“漷宁河战时，速不台救迟，杀我八哈秃。”

速不台曰：“诸王惟知上流水浅，且有桥，遂渡而与战，不知我于下流结筏未成，今但言我迟，当思其故。”于是拔都亦悟。后大会，饮以马乳及葡萄酒。

言征怯怜时事，曰：“当时所获，皆速不台功也。”壬寅，太宗崩。癸卯，诸王大会，拔都欲不往。速不台曰："大王于族属为兄，安得不往？"甲辰，遂会于也只里河。

《新元史·拔都传》

拔都，术赤第二子。与兄鄂尔达相友爱，鄂尔达自以才不如弟，乃让位于拔都，斡赤斤遂定拔都为嗣。未几，太祖崩，斡赤斤驰归。拔都与兄鄂尔达，弟伯勒克、脱哈帖木儿、昔班、唐古忒、伯勒克察耳来会葬，奉太宗即位。

太宗七年，以奇卜察克、斡罗斯诸部未定，出师讨之。

命拔都为统帅，速不台副之。

太宗位下定宗、合丹，术赤位下鄂尔达、昔班、唐古忒、伯勒克，察合台位下贝达儿、不里，拖雷位下宪宗、不者克，太宗庶弟阔列坚，皆从行。

八年，速不台首入布噶尔都城，其酋望风纳款。未几又叛，速不台讨平之。诸王各率所都会于浮而嘎河布而噶之地。

九年，入奇卜察克，其别部酋八赤蛮窜匿浮而嘎河深林中，一日数迁，踪迹无定。大军入林搜捕，见空营一病妪在焉，询之，则八赤蛮已遁入海岛中。迹至，出不意擒之，里海以北诸部悉降。

是年冬，克巴而脱拉及惹勒忒城、沙而克芯城，进至倭而那城，坚守不下。

拔都决端河水灌之，迷入斡罗斯。毛儿杜因人与斡罗斯有兵怨，导大军自东南入，取勃蛮思克等城。南境诸王幼里与其弟罗曼分守烈也赞、克罗姆讷二城，乞援于物拉的米尔王攸利第二。大军招降烈也赞，幼里不从，乃筑长围困之。

攻六日，城陷，幼里阖门皆死。攸利第二遣其子兀薛佛罗特率众来援，而烈也赞已陷，乃战于克罗姆讷城下。罗曼阵殁。兀薛佛罗特逃归，大军遂攻拔克罗姆讷。是役也，阔列坚创甚卒，因屠克罗姆讷城。

北进至莫斯科，攻五日拔之。

获攸利第二之孙，东趋特拉的米尔都城。

时攸利第二令其子兀薛佛罗特及木思推思老弗哀居守，而自引兵北驻昔提河，以待乞瓦王牙罗思剌弗哀、珀列思剌弗哀勒王委阿脱思剌弗哀援兵。

大军至，令攸利第二之孙在城下招辟，不肯从，乃杀之，分军下苏斯达耳城而归。

十年春，合围物拉的米尔，凡七日，城陷，自此分数军，一月之间下攸利掖甫等十余城。时攸利第二尚屯昔提河上，我军至，破其营，攸利第二与二侄俱战殁，军士得脱者十才二三。

拔都一军益北趋那怀郭罗特，未及城百八十里，阻于淖而退。遂转而西南，一军攻秃里思哥城，其王瓦夕里坚守不下，杀蒙古兵数千。拔都命合丹、不里助攻，阅四十九日始克之，屠城，血流成渠，获瓦夕里，投血渠中毙之，谓其城曰卯危八里克。

是时，伯勒克击败奇卜察克，其酋霍滩西北奔马加。秋，合丹等征撒耳柯思，获其酋秃勘，杀之。昔班、不者克、不里别将侵奇卜察克属部蔑里姆。

是冬，蒙哥、不里、合丹合军围阿速部蔑乞思都妓。

十一年春正月，拔之。分军东渡亦的勒河，直至乌拉岭西北。

拔都休息士马，乃谋攻斡罗斯南部。

计掖甫者，斡罗斯之旧都，南部名城也。攸利第二战殁，其弟计掖甫王牙罗思剌弗哀征援弗及，乘蒙古军退，遂入物拉的米尔，嗣其兄位。而扯耳尼哥王米海勒亦乘其北行，转据计掖甫。

十二年，拔都军至珀列思剌弗哀勒城，降之，攻下扯耳尼哥城。城人以沸汤浇士卒，死伤颇众。

退而东掠戛鲁和城，至端河，虽绝计掖甫之旁援，而阻于帖尼博耳河不得渡。宪宗驻兵河东，遣入谕降计掖甫，使者被杀。

冬，帖尼博耳河冰合，拔都率全军流河，米海勒奔波兰，令其将狄米脱里居守。大军昼夜环攻，克之。狄米脱里伤而未死，拔都嘉其忠勇，释不诛。复下哈力赤城，达尼耳王亦遁。斡罗斯之南部略定。

乃谋攻波兰及马加，皆斡罗斯西南境之邻国也。

波兰王波勒斯拉物死，分地与四子为四部：曰康拉忒，治撒洛赤克城，曰亨力希，治伯勒斯洛城，曰波勒司拉布哀，治克拉克城；曰米司拉弗哀，治低而贝城。马加王贝拉治格兰城，滨杜恼河，而常驻河东派斯特城。

波兰在东北，马加在西南，两国相倚如辅车，而马加三面环山，险阨四塞，用兵尤不易。拔都乃议东南北五路进兵，而以贝达尔统北路一军攻波兰诸部。贝达尔转战至不威迷亚部东南，为拔都声援，事具《贝达尔传》。

拔都未入马加，先遣英吉利人谕降，自屯哈力赤以待之。

马加王贝拉不肯降，亦不设备，仅遣其众守喀而巴特山口，伐木塞途以拒我军。

十三年春，拔都率诸将攻喀而巴特山口，守兵尽溃。

贝拉亟召各部兵赴援，未至，游骑已抵派斯特城。贝拉欲俟援兵，天主教士乌孤领以为怯，出城拒战。拔都麾诸军退乌孤领，逐之。其所将皆客兵，失过陷淖中，又身擐铁甲行迟，我军攒射之，尽殪。惟乌孤领脱归。既而，援兵大集，拔都引还，退至赛育河、色克河合流之下游。时雪消水涨，我军三面阻水，据桥，地势险固，又林木丛杂，可隐蔽。

贝拉追至。见桥东有守兵，乃驻于赛育河西，以千人守桥，环车为营，悬盾于车上，俨如壁垒，然举动皆为我军所见。相持数日，拔都知敌懈可乘，下令夜进，一军夺桥，一军绕至下游潜渡。有斡罗斯逃人，漏其事于马加诸部长，皆不信。

惟贝拉弟廓落曼与乌孤领信之，引众巡桥，见我军已至桥西，却之，增守卒而反。遂酣寝，以为无患。既而，我军以炮击守卒，皆遁。下游之军亦济而成列，乃四面攻之，而开西南十面，使之走。众遂瓦解，逸者十无二三，河水尽赤。

乌孤领死之，廓落曼走丕思脱，欲往地中海，以创甚死。贝拉拉遁入林中，辗转至土拉斯部，合于其婿波勒司拉弗哀。

拔都获贝拉之印，使降人伪为贝拉，谕令居民安堵无恐，军虽失利，终必大捷。居民见伪谕，信之，无迁徙者。

大军至，悉俘之。遂流赛育河，至丕思脱。先是，廓落曼劝城人避去。不从。至是，尽为大兵所戮。

合丹一军由马加东南马拉儿境间道，攻鲁丹城，克之。又募日耳曼人为乡导，而以俘卒前驱，将士督攻于后，积尸填堑，践而仰登，连拔蜗拉丁、丕勒克诸城，遂偕定宗、不里、拔绰等与拔都军合。

拔都欲攻格兰城，格兰人守杜恼河，凿冰以防西渡。已而，天寒冰合，我军欲试坚否，放牛马以诱之。格兰人践冰过，驱牛马而西，拔都自冰坚可渡，乃万骑俱进，所向无不披靡。

拔都自留攻格兰，使合丹追贝拉。初贝拉至土拉斯，旋西入奥斯大里亚境。其王劝贝拉扼杜恼河，蒙古兵未必能西渡。贝拉至韦敦贝而克城，遇其孥，乃偕赴阿格拉姆城觇敌动静，遣使乞援于天主教王及德意志国，皆不应。

合丹至阿格拉姆。贝拉复走特劳恩城，入于地中海。合丹追不及，引兵趋塞而维亚部，大掠耳拉孤萨城、喀滔城，旋奉拔都命东返。

拔都围格兰城，立炮三十架攻之。守将曰锡门日，斯巴尼亚人也，坚守不下。乃分军西略奥斯大里亚境，至地中海北维尼斯部。

又一军分攻柯伦贝而克城、韦而乃斯达城，皆旋退。

太宗凶问至，乃马真皇后称制元年春，拔都率诸军东返，中途奇卜察克叛，讨平之。

二年春，拔都至浮而嘎河，定宗奔丧先归。拔都与定宗有隙，知皇后将立定宗，遂托病迁延不行。速不台谏，不从。

定宗即位三年，西巡叶密尔河，拔都恐来谒，至阿勒塔克山，闻定宗崩而止。

定宗皇后不发丧，先赴于睿宗妃及拔都，自请摄政以待立君。

拔都允之，召诸王大将于阿勒塔克议立君，皇后亦遣使预会。有建议拔都最长当立者，拔都不可，众曰："王既不自立，请审择一人，以践大位。"

拔都曰："我国家幅员甚广。非聪明知能效法太祖者，不胜任。我意在蒙哥。"众应曰："一然。"议遂定。

明年，拔都遣伯勒克、脱哈帖木儿将兵卫宪宗而东，大会诸王于斡难河、克鲁伦河之间，奉宪宗即位。时皇后欲援先朝故事，立其子，诸王觊觎者尤众。定策之功，推拔都第一。拔都能疏财，得将士心，皆称为赛因汗。赛因译言好也。

拔都建斡尔朵于浮而嘎河下游，曰萨莱。

每岁春，溯浮而嘎河东岸，北至布而嘎尔之斡尔朵。秋则还驻萨莱，名曰阿勒泰斡尔朵，译言金顶帐也。建喀山城于浮而嘎河东岸，亦建萨莱于黑海北撒吉剌之地，使其子撒里答居之。

斡罗斯诸王皆受封于拔都，奉约束惟谨。

宪宗二年，法兰西王路易第九使其臣胡卜洛克来聘，未几小阿美尼亚王海屯亦来朝。六年，拔都卒，年四十八。

拔都子有名者：曰撒里答，曰托托罕，曰安狄万，曰乌拔奇。宪宗六年，撒里答入朝，闻父卒，宪宗令归词父位，中道卒。宪宗立其子乌拉赤，尚幼，命拔都元妃波拉克勒听政。未数月，乌拉赤亦卒。拔都弟伯勒克嗣。

伯勒克，术赤第三子。信天方教，常集教士于斡尔朵，讲论教律。太祖子孙入天方教者，自伯勒克始。伯勒伯括斡罗斯户口，计丁出赋。凡城邑及千户以上者，设官一人，而以八思哈三人总之：一治苏斯达尔城，一治勒冶赞城，一治谟洛姆城。田赋十取一，牛羊马税百取一。凡教士皆免之。

蒙古帝国的殖民地：金帐汗国

金帐汗国的建立

1242年，拔都在萨莱（今伏尔加河下游阿斯特拉罕附近）定都，正式建立金帐汗国。金帐汗国即钦察汗国。

金帐汗国分为三部：金帐汗本部、蓝帐汗部以及白帐汗部。

拔都的弟弟昔班（术赤的第五个儿子），拔都分给他一片领地，在乌拉尔山以东的鄂毕河与额尔齐斯河之间，版图最远至哈萨克的阿克托贝，称蓝帐汗部。

拔都将东方锡尔河一带分给哥哥鄂尔达，鄂尔达一系建立了白帐汗部。

金帐汗国，是蒙古四大汗国之一，与蒙古本部的窝阔台汗国，位于今日中国新疆、中亚的察合台汗国，与位于伊朗波斯的伊尔汗国并列而为土地最大者，其地位于今天哈萨克斯坦咸海和里海北部，占有俄罗斯和东欧及中欧地区（至多瑙河），由拔都及其后裔管理。

作为殖民地的金帐汗国的复杂构成

拔都征服的广大地区，由中亚细亚到乌克兰和俄罗斯，都成为拔都的“兀鲁思”（俄罗斯的蒙古译名）领地。

在金帐汗国建立之前的所谓基辅罗斯，只是松散的商业城邦的政治自治体，没有形成严密的国家组织，并不是巩固的中央集权统一体。蒙元王朝征服俄罗斯并将其分封为金帐汗国后，俄罗斯的土地上第一次出现了中央集权的封建国家。

拔都以伏尔加河地区作为政治中心，首都为萨莱城（今俄罗斯的阿斯特拉罕城）。基辅乌克兰地区原来存在的罗斯诸公国领地，都臣服蒙古人的统治，成为金帐汗国的藩属领地。

金帐汗国沿袭了成吉思汗的金字塔状的封建社会制度，领地内的全体居民即兀鲁思（分封的臣民），都被认为是隶属于以汗为首的黄金家族术赤系。

兀鲁思所有的领土，再被分封给各个封建领主，比如，各宗王和大那颜，而下面还设有各级长官（万户、千户、百户）逐级分封，这些封建领主既是民政的主管，也是军事的长官。而底层是通常以家庭为单位进行个体经营的游牧户，即阿寅勒，他们的负担是沉重的，负担所有自己及贵族所需的产品生产，向领主服各种劳役，还要从征作战，对于领主来说几乎就是蜜蜂世界里的工蜂。

在金帐汗国的统治者看来，整个术赤兀鲁思是按照蒙古封建法权归其亲族统治的寄生体，故整个汗国的领土都分区域分封给了大汗的亲属们，几个在后世金帐汗国兴衰起着重要作用的人也都来自这些封地的主人，比如，统治着黑海沿岸西部的那海，统治着钦察草原东部的昔班及或在汗国西南部获封的马迈（此人祖先为契丹贵族，有汉人血统，其祖先与老汗王结为儿女亲家，从而成为汗室亲族）。这些封建领主在各自的领地上是最大的主人，几乎是一个独立的君王，只对金帐汗处于效忠和从属状态。

虽然游牧民和游牧经济在金帐汗国的生活中起着重要的经济和军事作用，但汗国广漠的领土上还有着众多的定居居民，那么农民们的状态是如何的呢？因为这方面的记载稀少，我们不得而知，但农民们的数量也是比较庞大的。

从其邻近的另一个蒙古汗国伊尔汗国来推测，农民也被看成了领主的私有财产，并被严格束缚在了土地上，成了农奴。除了上面的叙述，对底层百姓的剥削还有各种各样的税赋，为了征收税赋，金帐汗国还组织过全国性的，包括藩属罗斯诸公国的人口大普查。

金帐汗国高度重视商业，他们保护商人，维持商路的畅通，因为他们从商业活动中征收大量的税金。

拔都接受朝贡

在拔都征服俄罗斯后，建立了“八思哈”镇守官制度，即居民组成十户、百户、千户等军事组织，由蒙古委派人任户长指挥，八思哈遍布俄罗斯各地。

金帐汗国还在所有的俄罗斯城市设置了总督与长官，并从俄罗斯诸公国的王公中选取一人，册封为全俄罗斯大公，受封者负责征缴全俄罗斯对钦察汗国的贡赋。

但大汗委派地方总督来代行管理那些定居人民众多的区域，并依靠犹太人包税人对这些地区征收税赋，比如设立了花剌子模总督，再比如委任立陶宛大公雅罗斯拉夫对基辅地区代行征税，设立弗拉基米尔大公代行全罗斯诸公国的征税。

拔都命俄罗斯大公管理俄罗斯东部。1242 年，弗拉基米尔大公雅罗斯拉夫二世晋见拔都，跪领封诰。盛大的册封仪式由金帐汗的钦差主持。从拔都汗开始，俄罗斯人把金帐汗国的统治者称作“沙皇”——即罗马恺撒大帝。这是之前斯拉夫人臣服于东罗马帝国皇帝时的尊号。金帐汗王有任免俄罗斯大公的自由权，而大公则必须到汗王陛下面前叩首。金帐汗国通过这些制度和措施来强化对整个俄罗斯人的严密统治。

金帐汗国的经济

金帐汗国分为九个区域：花剌子模、克里米亚、钦察、阿速夫、切尔卡西亚、伏尔加保加利亚、瓦拉齐亚、阿兰、基辅罗斯。

汗国内部各地的经济发展亦不尽相同，钦察人处于封建生产关系的初级阶段，大部分人过着游牧生活，只有极少数人迁到顿河和伏尔加河下游定居。

汗国幅员辽阔，社会发展水平不一。乌尔根奇、萨莱、别儿哥萨莱、阿速、喀法、速答黑是贸易中心。

南俄和北高加索大草原是土库曼人、康里人、钦察人、蒙古人放牧的地方，伏尔加河和卡马河地区与梁赞州，是生产粮食的地区。

花剌子模具有高度发展的农业技术，过着城镇化的定居生活。克里米亚及其沿海城市，商业发达，可通往小亚细亚和君士坦丁堡，一直通向叙利亚和埃及；保加尔（保加利亚）是农业国，也是金帐汗国的主要粮食产地。

西俄地区的第一次人口普查是 1345 年。东俄地区有两次人口普查；一次是 1258 年—1259 年；一次是 1274 年—1275 年。普查结果：东俄有 27 个万户，西俄有 16 个万户，全俄即 43 万户。在 1275 年人口有 850 万人。不包括在军事官职万户长统辖下的属民士兵，金帐汗国总体大约有一千万人口。

金帐汗国的主要控制区域为北高加索（商业中心和交通枢纽）、花剌子模北部（手工业区）、俄罗斯伏尔加河流域（蒙古宗王和其部落主要游牧地带）、保加尔地区（农业主产地）、克里木半岛（商业和畜牧都很发达，有很多意大利商业殖民城市）及锡尔河流域（争夺较为激烈）和乌克兰（直接统治薄弱，主要由征税人代管的次要区域）等地区，另外还有罗斯诸公国（后来的俄罗斯）等众多藩属国家。金帐汗国是一个地域广大，资源丰富的庞大帝国，但其经济和文化相对落后，外来的意大利和阿拉伯商人及伊斯兰教等经济势力和宗教、文化对其影响较大。

金帐汗国是一个由各民族组成的庞杂的联合体，其中作为征服民族的蒙古族，人数甚少。而在其主要游牧地，钦察人是主要居民，故金帐汗国在立国后突厥化较为严重，且帝国各个地区的发展和生活状态相差甚大。

不过金帐汗国地处东西方贸易的交通要道，占据着丝绸之路西段的北路，且西南直通君士坦丁堡，南通耶路撒冷及至埃及，克里木半岛上有着发达的港口城市，黑海贸易繁荣。蒙古诸汗对商业也颇为重视，拔都汗和别儿哥汗在伏尔加河先后修建了拔都萨莱城和别儿哥萨莱城作为帝国的首都，这些城市成了金帐汗国的商业中心和主要经济来源。金帐汗国在月即别汗在位时达到极盛，对东欧和中、西亚都有着重要影响。

13 世纪至 14 世纪，金帐汗国的许多城市，如莫斯科、基辅、克里木的苏达克、刻赤、卡法，阿速夫海的阿咱黑（阿速夫），花剌子模的兀龙格赤以及保加尔、必里牙儿等城市有了很大发展。有的经过复建，超过了原来的规模，如兀龙格赤重建后，成为东方的最大城市之一。

金帐汗国时代新建了一些城市，如克里木、伏尔加河上的拔都萨莱与别儿哥萨莱、北高加索的马札儿城等。由于汗国具有优越的地理位置，以及与邻国的贸易往来，使各城市的商业很快发展起来。

根据1333年到过该城的阿拉伯旅行家伊宾·巴都塔的记载："萨莱城是最美丽的城市之一，这个城市规模特别大，建在平坦的土地上，城里人众拥挤，到处有漂亮的市场、宽阔的街道……城中有十三座举行礼拜的清真寺……城中居住着不同的民族：蒙古人（他们是国家真正的居民与统治者，其中一些是伊斯兰教徒）、信奉伊斯兰教的阿速人、钦察人、契尔克斯人、俄罗斯人与罗马人（他们都是基督教徒）。每个民族分占一定地区，有自己的市场。"

月即别汗统治时代（1312年—1340年）是别儿哥萨莱城最繁荣的时期，人口达到10万以上，城内建有街坊，每一个街坊从事一定的手工业生产，有制造铁器、农具、青铜器的作坊，其中以制作皮革和毛纺品最为发达，城内还有规模较大的熔矿厂等。

金帐汗国与外国有着密切的贸易往来。从事手工业生产的人有俘虏，亦有当地手工业者和自愿从中亚、高加索、克里木，甚至从埃及等处来的手工业者。13世纪至14世纪时，在金帐汗国各城市已形成了具有世袭权的手工业者居住的街区。

拔都萨莱、别儿哥萨莱、兀龙格赤、保加尔、克里木等城市，是东西贸易的集散地。

中国，中亚以及欧洲地区的商品都运到这些城市，通过这里再运往东西方各国。

14世纪时，丹纳（阿速夫）城与苏达克城享有同等地位，这里的贸易被威尼斯商人所操纵。克里木及其港口是联络东西方的枢纽，从克里木出发，到兀龙格赤，再转向河中方向，可到达布哈拉和撒马尔罕；从兀龙格赤出发，通过草原，经讹答剌与阿力麻里，可到达大都（北京）及哈剌和林（在今蒙古国后杭爱省境）。

还有一条通往中国的商道：丹纳—萨莱—兀龙格赤或萨莱—讹答剌—阿力麻里—甘州—大都，整个行程需要 9 个月。

贩马贸易在汗国的贸易中占有重要地位，钦察草原的马可以运往各国，其中以印度居多，贩马商队最多时可贩运 6000 匹。15 世纪上半叶，钦察草原的一个商队向伊朗赶运了 4000 匹马，每匹马价值 100 底纳儿以上，从中获利达四成左右。

商人在金帐汗国的政治生活中占有特殊地位。在征税上，在别儿哥时代，最初使用伊斯兰商人与犹太人及亚美尼亚人包税，第一位包税长是一位改宗伊斯兰教的俄罗斯人，名称叫伊佐希马。后来改为使用八思哈，再后来由弗拉基米尔大公征税。

13 世纪和 14 世纪，商业集团称作斡脱商，是大汗的商业代理人。这种商人大部分与朝廷合股经商。斡脱商不仅投资于各种商业与手工业企业，而且还包办整个州或城市的税赋。斡脱商接近朝廷，谋取重要官职，并常担任使节。朝廷需要金钱时，可以向商人借贷。

金帐汗国在东西方贸易中占据重要地位。13 世纪至 14 世纪，欧洲同中国的贸易主要是通过金帐汗国进行的。因此，蒙古统治者特别重视商业的发展。拔都汗和别儿哥汗在伏尔加河先后修建了拔都萨莱城和别儿哥萨莱城，后来又修建了乌维克城，在札牙黑河（乌拉尔河）河口修建了萨莱契克城。

民族与文化

金帐汗国在历史中存在了约 260 年（1242 年—1502 年），比元朝的历史长得多。

金帐汗国是一个由多民族、不同语言和种族组成的联合体，其中作为征服者和最高统治集团的蒙古人，人数甚少。东南欧，特别是钦察草原，是钦察突厥人居住的地方。乌克兰和俄罗斯居民主要为斯拉夫人以及少数的维京贵族。

金帐汗国的人口包括钦察人、保加尔人、花剌子模人，以及其他一些突厥系族群，尤其以钦察人与土库曼人居多。

汗国治下的人民是蒙古人和突厥人的混合。汗国逐渐突厥化，而丧失了蒙古文化的特性。不过，拔都率领的蒙古战士后裔，始终是社会的上层阶级。这些蒙古人包括山只斤、许兀慎（博尔忽出身氏族）、弘吉剌、乞颜。

由于统治民族蒙古人占少数（约 10 万人），因此，逐渐被周围的大量钦察突厥等突厥部族所同化。突厥语和突厥文成为汗国的通用语言和文字，并大量混入了现代的俄罗斯语言中。

金帐汗国以元朝为宗主。在 1330 年代，有三万俄罗斯人在元帝国中央区域境内服役。元军中有钦察突厥人的军团。

金帐汗国的王系

拔都的兄长斡儿答及其后裔据有今西西伯利亚、哈萨克斯坦，称白帐汗部落。

拔都的弟弟孛儿只斤・昔班被封占有南乌拉尔地区，建立了青帐汗部落（又称蓝帐汗部）。

1255 年，拔都去世，拔都之弟别儿哥（1257 年—1266 年）继承金帐汗国大汗位。

1262—1266 年，别儿哥为了同伊利汗国争夺高加索地区，与埃及建立联盟，由此发展了与埃及的贸易关系，伊斯兰教文化开始影响钦察汗国。

1266 年，别儿哥去世，拔都之孙忙哥帖木儿（1266 年—1280 年）嗣位，得到元朝皇帝的正式册封。

月即伯汗（1312 年—1340 年）在位时，建立了中央集权，钦察汗国达到了极盛时期。汗国迁都别儿哥萨莱城（今俄罗斯伏尔加格勒附近），与伊利汗国、埃及等国通好，对外贸易兴隆。这个时期伊斯兰教在伏尔加河下游广泛传播，此后诸钦察汗都信奉伊斯兰教。

随着地方经济势力的增强，金帐汗国各万户逐渐演变成为独立王国，形成与汗庭相抗衡的力量。

14 世纪中叶，汗国内部出现了新的争端，万户们互不协调，各自为政，汗庭权力日渐削弱。

从札尼别汗（1340 年—1357 年）以后（1357 年—1380 年）24 年间共更换了 20 个汗。

1380 年，白帐汗脱脱迷失借助帖木儿的力量击败大汗庭的权臣马买，控制了钦察汗国的主要疆土，成了钦察汗国大汗，从此钦察汗全都出自白帐系。

14 世纪末，金帐汗国衰败，花剌子模、克里木、保加尔逐渐从金帐汗国中分裂出去，金帐汗国同时又遭到中亚帖木儿帝国的侵袭。

到 15 世纪时，钦察汗国先后分裂出了西伯利亚汗国、喀山汗国、克里木汗国、阿斯特拉罕汗国等独立国。

钦察汗国中央王庭直辖的只剩下有限的疆土，被称为大帐汗国，钦察汗国的正统汗位由大帐汗国继承，但他的实际地位同于其他汗国。

1472 年，金帐汗王阿合马发动了对罗斯人的莫斯科公国的战争，战争以阿合马的战败而告终。

1480 年，阿合马再次出兵进攻莫斯科公国，想强迫其纳贡。由于阿合马的同盟军立陶宛大公未如约出兵援助，致使阿合马到乌格拉河后撤兵，回到伏尔加河下游时，被诺该帐汗国人杀死，蒙古人对罗斯公国的统治到此结束（统治时间长达 238 年）。

1502 年，末代大汗赛克赫阿里被克里米亚汗国击败，金帐汗国灭亡。

16 世纪初期，卡马河沿岸和乌拉尔地区被莫斯科公国占领。

16 世纪 50 年代，俄罗斯沙皇伊凡四世先后占领了喀山、阿斯特拉罕、克里木三个汗国，金帐汗国领土至此全部并入莫斯科公国领地。

而后莫斯科公国的俄罗斯人开始崛起。

金帐汗国的宗教

伊斯兰教受到蒙古人和突厥人信仰，被定为金帐汗国国教，伊斯兰教制度和蒙古制度并驾齐驱。乌兹别克时代，金帐汗国完成突厥化与伊斯兰化，与伊斯兰国家实无分别。

忙哥帖木儿时代，罗斯人和斯拉夫人信仰的东正教受到优待。

忙哥帖木儿发了一道诏书，东正教教会和属民一律免税，豁免他们的户口普查，诽谤东正教的人一律处死。

此后东正教教会成为一特权团体，他们的工作是为俄罗斯人提供精神生活与道德上的指教，这时代也是东正教最独立的时期。

月即别汗时期，侮辱东正教信仰与破坏教会财物的人要处死。帖木儿·忽格鲁特诏书也言明，不得干预教会运作。东正教有自己的法庭，宗教案件只能由教会法庭审判，不能在汗庭审判。

蒙古帝国对于俄罗斯文化的影响

蒙古人的金帐汗统治俄罗斯近300年，成为俄罗斯国家历史不可分割的一个重要部分。近代俄罗斯的许多文化传统，是在金帐汗时代形成的。

俄罗斯有历史学家甚至认为："俄罗斯族人与西方不相干，与斯拉夫（Slavdom）也无关。"克柳切夫斯基和他的学生认为俄罗斯的统一，蒙古人至少有一半功劳。

苏联科学院院士阿·勒·奥克帕拉德尼科夫曾指出："蒙古征服者入侵俄罗斯后，以莫斯科为中心的各公国联合起来同入侵者进行斗争。客观上蒙古的入侵促进了俄罗斯的统一，同时为俄罗斯境内的蒙古汗国灭亡后建立统一、强大的俄罗斯国创造了条件。从这一点来讲，蒙古人对今天形成世界上最大的俄罗斯联邦版图做出了重大贡献。"

俄罗斯哲学家特鲁别茨科伊在他的著作《论俄罗斯文化中的图兰成分》中指出，莫斯科要感谢蒙古统治，俄罗斯政府制度也是蒙古式的。从本质上说，俄罗斯是一个东正教的蒙古国家。

蒙古控制了俄罗斯两个半世纪以上，在蒙古人统治期间，俄罗斯宫廷的王侯们渴望通过成为成吉思汗家族的一员来得到政治上的提拔。莫斯科也在蒙古人时代崛起并扩张。

俄罗斯著名的弗拉基米尔大公圣亚历山大·涅夫斯基被蒙古拔都汗当作亲生儿子一般对待，因此涅夫斯基的孙子，也就是莫斯科大公尤里·达尼洛维奇被许配给了蒙古乌兹别克汗的妹妹。费德尔·罗斯提斯拉维奇（斯摩棱斯克与雅罗斯拉夫尔的统治者）与蒙哥帖木儿汗的女儿联姻。

费德尔与蒙古大汗的关系是极其融洽的，他在蒙古汗国所花的时间甚至超过在他自己的领地。费德尔·罗斯提斯拉维奇的后裔们也世代与蒙古联姻，包括后来雅罗斯拉夫尔的历代统治者们，如沙科夫斯科椰、利沃夫、普所洛夫斯基等。他们将蒙古人的基因世代流传在俄国贵族中。

莫斯科大公空斯坦丁的孙子格雷布王子与蒙古萨尔塔汗的独生女的婚姻，他们生育了别洛焦尔斯克家族。而最有问题的婚姻莫过于格底米纳斯次子纳里曼塔斯与蒙古脱脱汗的女儿。

蒙古的喀山汗国、阿斯特拉汗国、西伯利亚汗国、克里米亚汗国、诺盖汗国、蓝帐汗国、白帐汗国的蒙古贵族们后来供职于俄罗斯公国，成为很多大公、王公贵族的姓氏起源。俄罗斯曾有蒙古血缘的大公 92 个、50 个王、13 个公侯、300 多个贵族姓氏。

现代俄罗斯人的日常生活仍然深受蒙古影响，俄语中有大量蒙古语借字。如“克里姆林”的字源来自蒙古语，意为“要塞”。“乌克兰”一词也是由蒙古语而来，意为“边境”。

俄罗斯的邮政、税收、服饰也受蒙古影响，军法制度也是从蒙古学的。蒙古血统对俄罗斯民族的形成影响是极其深远的。俄罗斯众多精英，如著名的科学巨匠门捷列夫、梅奇尼科夫、巴甫洛夫、季米里亚泽夫等人都有蒙古血统。

蒙古人对俄罗斯民族的文化和艺术也留下了深深的印迹，俄罗斯文学方面最伟大的小说家中的陀思妥耶夫斯基和屠格涅夫有蒙古人血统。

俄罗斯政治上的中央集权、经济上的农奴制度、军事上的扩张好战、宗教上的服从世俗等，都是传承自蒙古帝国的。

蒙古统治给近代俄罗斯文化的形成留下了深远影响。

俄罗斯的秦始皇：伊凡雷帝

俄罗斯国家的形成

近代出现的俄罗斯帝国，并非一个历史久远的存在。俄罗斯帝国的原型脱胎于蒙古金帐汗王国。

近代俄罗斯帝国的雏形是金帐汗国治下的莫斯科公国。莫斯科公国的建立者，是得到金帐汗赐予诰命的莫斯科镇大公、罗斯商人丹尼尔·亚历山德罗维奇。

当 13 世纪中期蒙古帝国入侵基辅罗斯的时候，莫斯科仅是从属于基辅罗斯地区的诺夫哥罗德公国的一个边陲小镇。莫斯科城市是在金帐汗国时代形成的，是蒙古人建造的一座新城市。克里姆林最早是当年蒙古汗的行宫，“克里姆林”的字源来自蒙古语，意为“要塞”。

丹尼尔之子尤里·丹尼洛维奇继位后，逐渐控制了整个莫斯科河盆地。他和蒙古金帐汗国的罗斯国王公月即别结成同盟，并迎娶蒙古金帐汗国大汗的妹妹，随即宣称自己为整个诺夫哥罗德地区的大公。

尤里·丹尼洛维奇的继承者是伊凡一世（于 1325 年—1340 年在位），金帐汗国赐予他弗拉基米尔大公的头衔，借此而拥有向罗斯地区其他公国收取贡赋和税金的权力。伊凡一世因此成为当时罗斯地区最富有的贵族。他一面利用金钱维持与金帐汗国的关系，一面扩张势力和土地。

伊凡一世运用财富向其他罗斯公国购买更多的领地，并建造了克里姆林宫。

1327年，东正教的大主教彼得由基辅迁移至莫斯科，进一步提升了这个新兴公国的威望，奠定了后来建立俄罗斯帝国的基础。

俄罗斯的秦始皇：伊凡雷帝

伊凡四世即伊凡·瓦西里耶维奇（1530年—1584年），号称伊凡雷帝，他是俄罗斯帝国的创立者、俄国历史上的第一位沙皇（始皇帝，相当于法兰克帝国的查理大帝）。

伊凡是莫斯科大公瓦西里三世与其第二任妻子叶琳娜·格林斯卡娅之子。

伊凡雷帝的母亲叶琳娜·格林斯卡娅，是中国人后裔，她出身金帐汗国万夫长马迈的家族，其父亲马迈本为汉人或契丹人（辽国亡后契丹族融入汉族）。

马迈以蒙古答剌罕（自由人）身份从军，立有战功做到万夫长，获得金帐汗国大汗别尔别狄克赏识，将哈奴姆公主予他为妻，任用为执政统管汗国全部事务，以外戚身份执政19年。他把女儿嫁给莫斯科大公瓦西里三世。

瓦西里三世在位约30年，初步统一了俄罗斯诸公国，建立了领主制的莫斯科公国。

瓦西里早死，伊凡3岁继承父亲担任大公。1533年至1547年，伊凡四世仍然是受封于金帐汗国的莫斯科大公。

俄罗斯油画马迈像

但伊凡成年后利用金帐汗国的衰落，摆脱了束缚。伊凡于1547年至1584年继承罗马皇帝恺撒的称号而称为沙皇——恺撒大帝，从此开始了俄罗斯帝国的历史，开辟了俄罗斯帝国在欧亚接合部地区之领土不断扩张的事业。

早期罗斯人认为东罗马帝国是罗

马帝国的继承人，是宇宙的中心。俄罗斯人尊称君士坦丁堡罗马的君主为“沙皇”——即俄语的恺撒皇帝，俄罗斯的大公们都是罗马沙皇的大臣。

在蒙古的金帐汗王拔都统治俄罗斯后，被罗斯人、斯拉夫人和突厥人尊称为沙皇。俄罗斯大公都成为蒙古“沙皇”的大臣。

但随着金帐汗国国势的衰落，俄罗斯人不再尊称蒙古大汗为沙皇了，但俄罗斯大公也不敢自称沙皇。

1547年，伊凡四世在莫斯科宫廷发表了重要讲话，宣布亲政并正式自称沙皇。伊凡四世的讲话令俄罗斯领主们目瞪口呆，伊凡四世当时只有16岁。于是伊凡大帝成了俄罗斯的第一位沙皇，莫斯科公国改为沙皇俄国，又称俄罗斯帝国。

伊凡四世在位期间，进行了一系列政治、经济、军事改革，尤其是军事改革，使俄罗斯走向强大。

在伊凡四世时代，莫斯科公国从金帐汗国手中获得大量领土，实力大大增强。伊凡雷帝推进了莫斯科公国脱离金帐汗国而独立。他宣称自己为蒙古金帐汗帝国的继承者，其后又宣称自己为东罗马帝国的继承者。

在伊凡四世之前，莫斯科大公权力很小，受到领主们很多限制。伊凡四世打破了对沙皇的一切权力限制，领主政体改为沙皇专制政体。

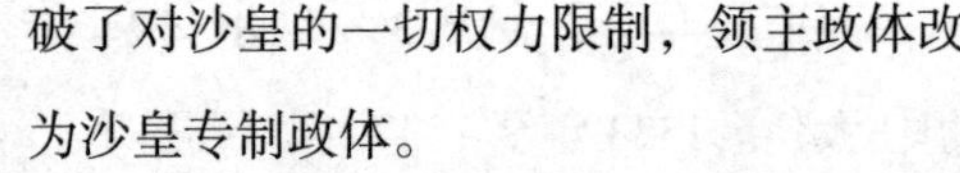

在伊凡雷帝时代，俄罗斯帝国成长起来。

伊凡先后粉碎了喀山汗国、阿斯特拉汗国、西伯利亚汗国等一系列金帐汗国家并吞并之，他使大诺盖汗国臣服于俄罗斯，俄罗斯开始成为多民族国家。

伊凡灭掉喀山汗国，标志着从此以后俄罗斯力量强于蒙古鞑靼人的力量，攻灭喀山改变了俄罗斯人与蒙古鞑靼人的力量对比。其后伊凡重创克里木汗国。克里木

俄罗斯的秦始皇——伊凡雷帝

汗国当时是奥斯曼土耳其的工具。当时奥斯曼土耳其正在图谋向东欧扩张，重创克里木汗国使奥斯曼土耳其统治俄罗斯及东欧的意图成为梦想。

在东面伊凡打通了俄罗斯往西伯利亚的道路。在西面，开始了俄罗斯历史上第一次争夺波罗的海出海口的战争，这场战争打了二十五年。

但历史上在伊凡四世的晚年，他成了一个变态的疯子。1560 年伊凡的妻子安娜塔西亚死后，他的神志越来越不正常。俄罗斯史家认为他晚年得了梅毒，当梅毒进入晚期，就会使患者神经错乱。伊凡四世的儿子、王储伊万，被他无故用权杖击毙。

俄罗斯著名画家伊利亚·列宾的经典杰作《伊凡雷帝杀子》，就是以这个历史场景为题材创作的。画中表现的是 1581 年 11 月 16 日那一天，伊凡四世在暴怒之中用沉重的权杖击打儿子伊万的头部后，从狂躁中清醒过来，头发蓬乱的伊凡雷帝跪坐在铺满了红地毯的地上，右手把儿子搂在怀中，左手试图捂住儿子头上血如泉涌的伤口，眼中流露出惊惶恐惧和无助的神色。而王储伊万双目无光，半躺在伊凡雷帝怀中，但仍然左手支地，似乎试图挣扎着站起来。沉重的金属权杖沾满鲜血，被遗弃在一旁。这幅杰作被收藏在莫斯科特列季亚科夫画廊。

伊凡王子之死

莫斯科的中国城

大约是 1534 年—1538 年，伊凡雷帝的母亲叶琳娜·格林斯卡娅在莫斯科内城东部建造带有城墙的新区，命名为“中国城”。

俄罗斯学者的考证认为：叶琳娜的先祖是金帐汗国的开国者拔都汗，她的血统可能出自蒙古北部草原，有包括汉族在内的中国基因，因此她向往中国。其家中曾有一座名为“小中国城”的庄园。

由于莫斯科老城在 12 世纪蒙古人围城攻击下残败不堪。叶琳娜便把她建造的莫斯科新城区称为“中国城”。

莫斯科的中国城 · 1887

何新作品出版年表

译著

[1][英]弗朗西斯·培根.培根论人生[M].何新，译.上海：上海人民出版社，1983

[2][英]弗朗西斯·培根.人生论[M].何新，译.长沙：湖南人民出版社，1987

[3][英]弗朗西斯·培根.人性的探索[M].何新，译.哈尔滨：黑龙江人民出版社，1988

[4][英]弗朗西斯·培根.培根人生随笔[M].何新，译.北京：人民日报出版社，1996

[5][英]弗朗西斯·培根.培根论人生[M].何新，译.北京：中国友谊出版公司，2001

[6][英]弗朗西斯·培根.培根人生论[M].何新，译.西安：陕西师范大学出版社，2003

[7][英]弗朗西斯·培根.人生论[M].何新，译.北京：中国友谊出版公司，2003

[8][英]弗朗西斯·培根.培根人生随笔[M].何新，译.北京：人民日报出版社，2007

专著

[1] 何新 . 诸神的起源 [M] . 北京: 生活 · 读书 · 新知三联书店，1986

[2] 何新 . 神龙之谜 [M] . 延吉: 延边大学出版社，1988

[3] 何新 . 艺术现象的符号 [M] . 北京: 人民文学出版社，1987

[4] 何新 . 中国文化史新论 [M] . 哈尔滨: 黑龙江人民出版社，1987

[5] 何新 . 中国远古神话与历史新探 [M] . 哈尔滨: 黑龙江教育出版社，1988

[6] 何新 . 何新集 [M] . 哈尔滨: 黑龙江教育出版社，1988

[7] 何新 . 龙: 神话与真相 [M] . 上海: 上海人民出版社，1989

[8] 何新 . 诸神的起源 (韩文版) [M] . 洪熹，译 . 汉城 (今首尔): 东文堂，1990

[9] HE XIN. *Democracy And Socialism Form the Eyes of A Chinese Scholar*. NEW STAR PUBLISHERS，1990

[10] 何新 . 世纪之交的中国与世界 [M] . 成都: 四川人民出版社，1991

[11] 何新 . 东方的复兴 (第一卷) [M] . 哈尔滨: 黑龙江人民出版社，黑龙江教育出版社，1991

[12] 何新 . 东方的复兴 (第二卷) [M] . 哈尔滨: 黑龙江教育出版社，1992

[13] 何新 . 爱情与英雄 [M] . 成都: 四川人民出版社，1992

[14] 何新 . 何新政治经济论集 [M] . 哈尔滨: 黑龙江教育出版社，1995

[15] 何新 . 中华复兴与世界未来 (上下卷) [M] . 成都: 四川人民出版社，1996

[16] 何新 . 诸神的起源 [M] . 北京: 光明日报出版社，1996

[17] 何新 . 培根人生随笔 [M] . 北京: 人民日报出版社，1996

[18] 何新 . 危机与反思 (上下卷) [M] . 北京: 国际文化出版公司，1997

[19] 何新 . 为中国声辩 [M] . 济南: 山东友谊出版社，1997

[20] 何新 . 孤独与挑战 [M] . 济南: 山东友谊出版社，1998

[21] 何新 . 诸神的起源 (日文版) [M] . 后滕典夫，译 . 东京: 树花舍，1998

[22] 何新. 新战略论·国际编 [M]. 成都: 四川人民出版社，1999
[23] 何新. 新战略论·经济编 [M]. 成都: 四川人民出版社，1999
[24] 何新. 新战略论·政治文化编 [M]. 成都: 四川人民出版社，1999
[25] 何新. 中华的复兴（韩文版）[M]. 汉城（今首尔）: 白山私塾，1999
[26] 何新. 龙: 神话与真相（第 2 版）[M]. 上海: 上海人民出版社，2000
[27] 何新. 思考: 我的哲学与宗教观 [M]. 北京: 时事出版社，2001
[28] 何新. 思考: 新国家主义的经济观 [M]. 北京: 时事出版社，2001
[29] 何新. 艺术分析与美学思辨 [M]. 北京: 时事出版社，2001
[30] 何新. 大易新解 [M]. 北京: 时事出版社，2002
[31] 何新. 古本老子《道德经》新解 [M]. 北京: 时事出版社，2002
[32] 何新. 爱情与英雄 [M]. 北京: 时事出版社，2002
[33] 何新. 龙: 神话与真相 [M]. 北京: 时事出版社，2002
[34] 何新. 诸神的起源 [M]. 北京: 时事出版社，2002
[35] 何新. 宇宙的起源 [M]. 北京: 时事出版社，2002
[36] 何新. 美学分析 [M]. 北京: 中国民族摄影出版社，2002
[37] 何新. 论中国历史与国民意识 [M]. 北京: 时事出版社，2002
[38] 何新. 全球战略问题新观察 [M]. 北京: 时事出版社，2003
[39] 何新. 论政治国家主义 [M]. 北京: 时事出版社, 2003
[40] 何新. 孔子论人生 [M]. 北京: 时事出版社, 2003
[41] 何新. 圣与雄 [M]. 北京: 金城出版社，2004
[42] 何新. 何新集 [M]. 北京: 时事出版社，2004
[43] 何新. 风 [M]. 北京: 时事出版社，2004
[44] 何新. 谈龙说凤 [M]. 北京: 时事出版社，2004
[45] 何新. 泛演化逻辑引论 [M]. 北京: 时事出版社，2005
[46] 何新. 诗经（史诗）新解: 雅与颂 [M]. 北京: 时事出版社，2007
[47] 何新. 诗经（情诗）新解: 风与雅 [M]. 北京: 时事出版社，2007
[48] 何新. 论语新解: 思与行 [M]. 北京: 时事出版社，2007

［49］何新 . 老子新解：宇宙之道［M］. 北京：时事出版社，2007

［50］何新 . 孔子年谱［M］. 北京：时事出版社，2007

［51］何新 . 天问新解：宇宙之问［M］. 北京：时事出版社，2007

［52］何新 . 尚书新解：大政宪典［M］. 北京：时事出版社，2007

［53］何新 . 楚辞新解：圣灵之歌［M］. 北京：时事出版社，2007

［54］何新 . 楚帛书与夏小正新解：宇宙起源［M］. 北京：时事出版社，2007

［55］何新 . 易经新解：天行健［M］. 北京：时事出版社，2007

［56］何新 . 孙子兵法新解：兵典［M］. 北京：时事出版社，2007

［57］何新 . 谈龙说凤［M］. 北京：时事出版社，2007

［58］何新 . 诸神的起源［M］. 北京：时事出版社，2007

［59］何新 . 雄：汉武大帝新传［M］. 北京：时事出版社，2007

［60］何新 . 龙：神话与真相［M］. 北京：时事出版社，2007

［61］何新 . 我的哲学思考：方法与逻辑［M］. 北京：时事出版社，2008

［62］何新 . 圣灵之歌：《楚辞》新考［M］. 北京：中国民主法制出版社，2008

［63］何新 . 圣：孔子年谱［M］. 北京：中国民主法制出版社，2008

［64］何新 . 雄：汉武帝评传及年谱［M］. 北京：中国民主法制出版社，2008

［65］何新 . 龙：神话与真相［M］. 北京：中国民主法制出版社，2008

［66］何新 . 兵典：《孙子兵法》新考［M］. 北京：中国民主法制出版社，2008

［67］何新 . 思与行：《论语》新考［M］. 北京：中国民主法制出版社，2008

［68］何新 . 宇宙之问：《天问》新考［M］. 北京：中国民主法制出版社，2008

［69］何新 . 风与雅：《诗经》新考（上下卷）［M］. 北京：中国民主法制出版社，2008

［70］何新 . 雅与颂：华夏上古史诗新考［M］. 北京：中国民主法制出版社，2008

［71］何新．宇宙的起源：《楚帛书》与《夏小正》新考［M］．北京：中国民主法制出版社，2008

［72］何新．诸神的起源（第一卷）：华夏上古日与母神崇拜［M］．北京：中国民主法制出版社，2008

［73］何新．诸神的起源（第二卷）：论龙与凤的动物学原型［M］．北京：中国民主法制出版社，2008

［74］何新．大政宪典：《尚书》新考［M］．北京：中国民主法制出版社，2008

［75］何新．宇宙之道：《老子》新考［M］．北京：中国民主法制出版社，2008

［76］何新．天行健：《易经》新考［M］．北京：中国民主法制出版社，2008

［77］何新．何新论金融危机与中国经济［M］．北京：华龄出版社，2009

［78］何新．反主流经济学（上下卷）［M］．北京：时事出版社，2010

［79］何新．哲学思考（上下卷）［M］．北京：时事出版社，2010

［80］何新．圣灵之歌：《楚辞》新考（精）［M］．北京：中国民主法制出版社，2010

［81］何新．圣：孔子年谱（精）［M］．北京：中国民主法制出版社，2010

［82］何新．雄：汉武帝评传及年谱（精）［M］．北京：中国民主法制出版社，2010

［83］何新．龙：神话与真相（精）［M］．北京：中国民主法制出版社，2010

［84］何新．兵典：《孙子兵法》新考（精）［M］．北京：中国民主法制出版社，2010

［85］何新．思与行：《论语》新考（精）［M］．北京：中国民主法制出版社，2010

［86］何新．宇宙之问：《天问》新考（精）［M］．北京：中国民主法制出版社，2010

［87］何新．风与雅：《诗经》新考（上下卷）（精）［M］．北京：中国民主法制

出版社，2010

［88］何新．雅与颂：华夏上古史诗新考（精）［M］．北京：中国民主法制出版社，2010

［89］何新．宇宙的起源：《楚帛书》与《夏小正》新考（精）［M］．北京：中国民主法制出版社，2010

［90］何新．诸神的起源（第一卷）：华夏上古日与母神崇拜（精）［M］．北京：中国民主法制出版社，2010

［91］何新．诸神的起源（第二卷）：论龙与凤的动物学原型（精）［M］．北京：中国民主法制出版社，2010

［92］何新．大政宪典：《尚书》新考（精）［M］．北京：中国民主法制出版社，2010

［93］何新．宇宙之道：《老子》新考（精）［M］．北京：中国民主法制出版社，2010

［94］何新．天行健：《易经》新考（精）［M］．北京：中国民主法制出版社，2010

［95］何新．何新论美［M］．北京：东方出版社，2010

［96］何新．何新论中国经济［M］．北京：东方出版社，2010

［97］何新．汇率风暴：中美货币战争内幕揭秘［M］．北京：中国书籍出版社，2011

［98］何新．统治世界1：神秘共济会揭秘［M］．北京：中国书籍出版社，2011

［99］何新．奋斗与思考［M］．沈阳：万卷出版公司，2011

［100］何新．孔丘年谱长编［M］．北京：同心出版社，2012

［101］何新．论孔子［M］．北京：同心出版社，2012

［102］何新．圣者：孔子传［M］．北京：同心出版社，2012

［103］何新．何新论《易经》（上下卷）［M］．北京：中国书籍出版社，2012

［104］何新．统治世界2：手眼通天共济会［M］．北京：同心出版社，2013

［105］何新．希腊伪史考［M］．北京：同心出版社，2013

［106］何新．新国家主义经济学［M］．北京：同心出版社，2013

［107］何新．哲学思考［M］．沈阳：万卷出版公司，2013

［108］何新．反主流经济学［M］．沈阳：万卷出版公司，2013

［109］何新．老饕论吃［M］．沈阳：万卷出版公司，2014

［110］何新．《夏小正》新考［M］．沈阳：万卷出版公司，2014

［111］何新．新逻辑主义哲学［M］．北京：同心出版社，2014

［112］何新．《心经》新诠［M］．北京：同心出版社，2014

［113］何新．希腊伪史续考［M］．北京：中国言实出版社，2015

［114］何新．有爱不觉天涯远：何新品《诗经》中的情诗［M］．北京：中国文联出版社，2016

［115］何新．野无遗贤万邦宁：何新品《尚书》［M］．北京：中国文联出版社，2016

［116］何新．温柔敦厚雅与颂：何新品《诗经》中的史诗［M］．北京：中国文联出版社，2016

［117］何新．举世皆浊我独清：何新品《楚辞》［M］．北京：中国文联出版社，2016

［118］何新．道法自然天法道：何新品《老子》［M］．北京：中国文联出版社，2016

［119］何新．大而化之谓之圣：何新品《论语》［M］．北京：中国文联出版社，2016

［120］何新．天地大美而不言：何新品《夏小正》［M］．北京：中国文联出版社，2016

［121］何新．兵法之谋达于道：何新品《孙子兵法》［M］．北京：中国文联出版社，2016

［122］何新．路漫漫其修远兮：何新品《离骚》［M］．北京：中国文联出版社，2016

［123］何新．统治世界3：世界历史中的神秘共济会［M］．沈阳：辽宁人民出版社，2018

［124］何新．诸神的起源（增订本）［M］．北京：民主与建设出版社，2018

［125］何新．诸神的世界［M］．北京：现代出版社，2019

［126］何新．诸子的真相［M］．北京：现代出版社，2019

［127］何新．中国文明的密码［M］．北京：现代出版社，2019

［128］何新．汉武帝大传［M］．上海：华东师范大学出版社，2019

［129］何新．柔弱胜刚强：何新讲《老子》［M］．上海：华东师范大学出版社，2019

［130］何新．孔子的智慧：何新讲《论语》［M］．上海：华东师范大学出版社，2019

编著

［1］何新，编．中外文化知识辞典［Z］．哈尔滨：黑龙江教育出版社，1989

【附】关于何新的评论与研究

［1］杨子江，编．何新批判［C］．成都：四川人民出版社，1999

［2］张晓霞．中国高层智囊［M］．西安：陕西师范大学出版社，2001

［3］西隐．中国高层文胆［M］．杭州：浙江人民出版社，2008

［4］倪阳．何新研究与批判［M］．合肥：安徽大学出版社，2012